紫藤花巷

ZITENGHUA XIANG

北辰 著

谨以此书献给
曾经的我们和当下的青少年

时代出版传媒股份有限公司
安徽文艺出版社

图书在版编目（ＣＩＰ）数据

紫藤花巷/北辰著. —合肥：安徽文艺出版社,2023.4
ISBN 978-7-5396-7409-4

Ⅰ．①紫… Ⅱ．①北… Ⅲ．①长篇小说－中国－当代
Ⅳ．①I247.5

中国版本图书馆 CIP 数据核字(2022)第 009993 号

出 版 人：姚　巍
责任编辑：周　丽　　　　　　　装帧设计：悟阅文化

···

出版发行：安徽文艺出版社　　　www.awpub.com
地　　址：合肥市翡翠路 1118 号　　邮政编码：230071
营 销 部：(0551)63533889
印　　制：成都市兴雅致印务有限责任公司　　(028)81142822

···

开本：880×1230　1/32　印张：9　字数：220 千字
版次：2023 年 4 月第 1 版
印次：2023 年 4 月第 1 次印刷
定价：58.00 元

序

杨松河

我不是南京人，偏与南京有缘。我是南京五老（老干部、老战士、老专家、老教师、老模范）中的"五者"（行者、读者、作者、译者、学者），"五者"与南京"五老"有缘。

我与北辰先生虽学不同校、职不同业、庚不同龄，彼此本是陌路，却偏偏机缘巧合，在关心下一代的活动中偶然相遇。我们都热衷于老有所为，在著书立说方面有颇多共同语言，互相切磋，多有所得，可以说志同道合。如今北辰大作告成，让我作序，岂敢推辞？自当欣然命笔。

记得五六年前，建邺区关工委安排"五老"外出考察，我与北辰先生坐在大巴的同排。他见我年长，便很有礼貌地让我坐在靠窗的位置，谁承想一路长谈，古今中外，南北西东，一吐为快，居然成为知己。北辰先生有创作小说的动机，我则有翻译小说的功底，话题一旦展开，思绪便信马由缰，漫无边际。

此前北辰对我虽未见其人但已闻其名，知道我是北大法语专业的毕业生，后在军事院校任教，主攻军事外交，当过教授、博导。退休后经常为老同志讲"天下大势"，给中小学生甚至幼儿园小朋友讲爱国主义故事。我们俩一见如故，岂能错过交友的机会？

北辰先生小时候就读过《海底两万里》，对海洋科学特别关注。他去书店给孙女买课外读物，指定要我翻译的版本。同时他还建议社区在"世界读书日"为"梦想加油站"的同学们举行赠书活动，同样使用我的译本，并郑重邀请我做专题科普报告。会后，我当场为同学们一一签名赠书，没想到年过古稀还可以为梦想加油。

一次北辰对我说，最近构思了一部长篇小说，故事千头万绪，并介绍了小说的梗概和主要人物。我觉得很有意思。此后每次会面，我都打听他小说创作的进展情况。

他津津乐道，我洗耳恭听。主题越来越明朗，故事越来越曲折，矛盾越来越复杂，人物越来越鲜明，气氛越来越微妙，情感越来越纠结，语言越来越接地气……我也不时地敲敲边鼓，穿插谈点《红楼梦》，谈点《今古奇观》，谈点《青春之歌》，谈点巴尔扎克的《高老头》、雨果的《巴黎圣母院》以及普鲁斯特的《追忆似水年华》，有时还顺便探讨一下现实主义、浪漫主义、象征主义、意识流等流派的创作方法。

读万卷书，行万里路，写长篇小说都需要超强的定力、耐力和毅力。三年后，北辰的《紫藤花巷》（上册）出版稿出现在我的电子邮箱里，我为之欢欣鼓舞。浏览几遍，几乎无可挑剔。

初得北辰先生的《紫藤花巷》（上册），若望文生义，以为书中讲述的是发生在一个烟雨小巷中柔情蜜意的爱情故事，其实不然。本书是作者以秘密战线斗争为背景，用"隐蔽"的手法，描写看似温馨可人的小巷中所发生的故事。有战争就会有流血牺牲，没有硝烟的战场，同样有你死我活的较量，需要有所付出，甚至失去生命。曾经的他们为此妻离子散，但无怨无悔；身处逆境，依然勇往直前。他们以智慧为刃，以信念为魂，逆风而行，不忘初心，默默承受考验，期盼拨云见日的一天。

我曾问北辰先生小说是不是自传体，他微微一笑："大多数人认为《简·爱》就是作者以自己为原型塑造的人物。尽管简·爱有着和作者一样的灵魂，是作者希望能成为的人，但那只是她的向往。所以和作家夏洛蒂·勃朗特不能等同于简·爱一样。其实，我纯粹是一个作者，一个讲故事的人，把我看到的、听到的，想到而没有实现的梦，看似互不关联的彩色图块，用文字有序地拼接在一起，形成一幅完整的画面。"

细细品读这本书，不像出自久经沧桑的老者之手，只见细腻中洋溢着青春的跃动，人物形象活泼可爱、栩栩如生，故事情节跌宕起伏、百转千回。我估计，不但"曾经的我们"爱读，当下的青少年也会追捧。

《紫藤花巷》（上册）不时妙笔生花。在序章的第二节，仅用短短的几千字就把两位青年男女的爱情故事描写得荡气回肠、跌宕起伏，让人无比揪心。

这部小说提醒青少年要以史为鉴，不忘初心，牢记使命，用新的知识和新时代的思想筑起新的长城。

请朋友们打开《紫藤花巷》（上册）这本书，里面风光无限。

愿《紫藤花巷》（上册）走出幽深的雨巷，走进大众的视野。

愿"曾经的我们"健康长寿。

愿"当下的青少年"健康成长。

2021 年 3 月 6 日星期六于南京茶亭

（杨松河，福建龙岩人，北京大学西语系毕业。军事外交专业教授，博士生导师。翻译家，作家，网络诗人。）

目　录

序 章

1

　　20世纪80年代末，关外辽东湾黄金海岸的岸边，有一大片唐山大地震时遗留的棚户区，棚户区内污水横流、垃圾遍地。脏、乱、差倒在其次，安全隐患使管理者整日如坐针毡。形成反差的是，它的北侧有一片建成不久的富丽堂皇的别墅群，它的南端耸立着一座三十多层高的双子塔大楼。棚户区像包子的劣质馅儿被雪白的面皮包裹着。三种建筑形态各自运行，不仅相安无事，甚至还能相互交流。

　　双子楼是海城的新闻中心，大厦裙楼南立面大门外的墙壁上挂满了名目繁多的招牌。其中四块由东向西分别是海城市广播电台、海城市广电局、海城市电视台以及海城日报社。两名保安威风凛凛地站在大门两侧。喉舌重地，非请莫入，甚是威严。

　　东A楼十六层，是全楼的核心，A1606办公室是核心中的核心，宽敞办公室的主人赵颖是市委宣传部原副部长、市广电局局长兼电视台台长。不久前他被提升为市委常委、市委宣传部部长，成为海城首位具有硕士学位的市级领导。

下午，赵颖独自一人来到曾经的办公室，总结过往的心路历程。他拉开办公室窗帘，站在落地窗前，看着远处的大海和天空，本以为能在这扇窗户前多看几年大海，没想到说走就走。明天他将正式履新，第一次以市委常委、市委宣传部部长的身份正式参加市委常委会。他要与工作了二十多年的宣传一线说再见了，离开这儿心里总有点不舍。他抓紧时间回到办公室，一边翻阅资料，一边回忆过去。很快，一个珍藏多年的牛皮纸信封出现在他的眼前，信封右下角印着"中共海州地委"六个红色大字，至今仍未褪色。信封里面装满了各种资料，鼓鼓囊囊的。

海州、海城，两地仅一字之差，却相隔千里，一个是长江之滨的苏北历史文化名城，一个是长城以北的塞外沿海重镇。时间和空间的大跨度，使得这份资料弥足珍贵，赵颖倍感珍惜。

1962年，赵颖在N大学读研时，曾随导师在海州"半工半读"近一年，结识过许多人，特别是一群充满青春活力的中学生。牛皮纸信封里记载的是那群学生的人文情怀，这个鲜活的时代印记随他"南征北战"，直至今日。"让海州的资料继续与我同行？"如何妥善处置这难以割舍的情怀，赵颖陷入沉思。他端起茶杯，抿了一口浓茶，这是他冥思苦想时的习惯动作。不一会儿，一个合适的人选出现在他的脑海里，冥冥之中她似乎是接受这一传承的理想人选。赵颖果断拿起手机，迅速拨出号码。一阵铃声过后，手机那头传来优雅的女中音。

"我是安静，领导有何吩咐？"安静用纯职业的口气回答道。

"请到我办公室来一趟，有任务交给你。"

"对不起，我今天没有开车，恐怕一时半会赶不过去。"

"你在外面？"

"我在台里。"

"在台里开什么车？我在楼上。"赵颖感到有点好笑。

"对不起，都是手机惹的祸，我以为你在市委大院，那我立马上去。"安静向赵颖解释一番后，回到自己的办公室，拿起笔记本，带上外套，准备上楼接受任务。

"开车来的？"赵颖以老熟人的口吻与安静亲切地打招呼。

"坐直升'梯'来的。"安静微微一笑，"领导还笑话我？"

"请坐！"赵颖很客气地说，"我给你泡杯茶以示歉意，总该扯平了吧？"

"谢谢。"安静看着过去朝夕相处，在一个大楼里摸爬滚打的亲密战友、如今的市级领导，陡生一种莫名的陌生感，她礼貌地接过茶杯，将它放在茶几上。

"听说你母亲已回南方过冬，是真的吗？"安静刚刚坐下，赵颖随便问了一句。

"嗯儿。"安静随口答应一声，心想：新官上任大老远到台里视察，打电话叫我上来，就为了这点小事？

"嗯儿"二字，是典型的苏北海州口气，带有另类的"儿化音"，海城电视台内只有赵颖听得懂。

"你怎么也带有海州口音啊？"他淡淡地问了一句。

"没有啊！……是吗？"慌乱中，安静有点语无伦次。

此刻，他肯定了自己的判断。安静担任台长助理前，上级组织对她进行过考察。赵颖看过她的个人简历：籍贯苏州，出生于上海，从小在海城姥姥家长大，"文革"前就读于农大，"文革"后在Ｎ大学脱产读研，毕业后一直在赵颖的手下工作。如果她与古城海州没有相当密切的关联，不可能带有苏北口音，也不可能如同条件反射一样慌忙否定脱口而出的方言。

"你认识安然?"赵颖有了准确的判断。

"安然?"安静几乎要从沙发上跳起来,然而,理智命令她安静地坐着,并反问道,"你也认识他?"

"我与导师在他的家乡海州学习、工作了近一年的时间,能不认识当年海州学联主席吗?"

安静不说话了,她低下头,下意识摆弄着双手,赵颖的推测得到充分的肯定。

"你能认出他吗?"赵颖递给她一张泛黄的黑白集体照。

"第三排,你导师夏阳伯伯后面的那个小伙子。"安静瞟了一眼照片,将它捂在胸前,突然失声痛哭。她极力抑制自己,却徒劳无功,哭得赵颖丈二和尚摸不着头脑。

一位外向、活跃、乐观的播音主持、名记者、大编辑,处理突发事件向来游刃有余,即便在危急关头也从来没有失态过,今天不知刺痛了她哪根敏感的神经。

"对不起,我失态了。"痛哭之后,安静抽出茶几上一包抽纸,擦干眼泪,捋了捋微乱的乌发,微微一笑。

"我在整理往日的文档,发现一份关于海州的资料,想到你的海州口音,以及和安然一样少见的'安'姓,猜测你可能与安然有点关系,本想请你做件事,没想到给你带来……"赵颖谨慎地弥补自己的"过错","你怎么认识我的导师夏阳?"

"他曾是我母亲的上司,我爸爸的挚友,'文革'前又与我爸爸同在省人大代表团的一个分团,你说我能不认识夏伯伯?"

安静的解释给赵颖带来新的疑问,比如,从没听导师提及他的挚友中有位安教授,安然与她又是什么关系?他无法追究,只能旁敲侧击地问:"你还认识一位叫紫萱的女孩?"

"认识，就是照片中最漂亮的那个女生，蹲在第一排左边第二个位置，是个不折不扣的校花。这张照片是安然他们演出话剧《屈原》后夏伯伯和中学生的合影吧？"

"嗯，是的！"赵颖点点头，"当年的紫萱的确清纯、靓丽、可爱。"

"紫萱和安然是一对令人羡慕的恋人，都住在海州的紫藤花巷。我记得，巷口有一棵硕大的紫藤树，春夏之交，满树的花串，非常芳香。他们就在紫藤树下长大。"安静如数家珍，突然话锋一转，低沉地说，"据我所知，后来他俩劳燕分飞。多好的一对啊，令人惋惜。"

"你能肯定？"赵颖听到这个消息后，确实有些惋惜，"有情人难成眷属。"

安静点点头，没有吭声，晶莹的泪珠又在眼眶里不停地打转。

赵颖不想再触动她的痛处，于是离开座位，手里拿着海州地委的大信封，对安静说："寒假将至，我想请你做一档中学生的电视访谈节目，将改革开放前后的中学生进行对比，看看他们的人生观和价值观有何不同。"

"我先看看这份资料，可以吗？"她内心急切期盼打开尘封已久的秘密。

"带回去慢慢消化吧，资料永远保存在你这里。"赵颖像一位老大哥，看着安静，心想：虽然我无意中刺痛了她，可"礼物"送对了人。

离开赵颖的办公室，安静从十六楼一直下到地下二层，准备把车开到海边，让苦苦思念的心冷静下来。地下二层是一个大车库，空荡荡的地库里没有几辆车。

"我的车呢？"安静问自己。"汽车在保养，看来我也到了保养期。"她露出苦涩的笑容，决定乘电梯到一楼，再到海边走走，忽然眼前又浮现出安然的形象。

安静走着走着，离海边越来越近，鞋里钻进了冰冷的沙粒，沙粒很湿，也很硌脚，她却全然不知。

"孩子，前面是航程的起点，也是生命的终点。"一个苍老、低沉的声音像幽灵一样在她身后响起。

一个衣衫褴褛，一个穿着得体；一个面容枯瘦，一个妩媚多姿。一老一少，一前一后，两个人在海边走了好长一段时间，安静全然不知。她惊诧地回过头，扶住疯疯癫癫的阿婆相视而泣。

老人家住棚户区，据说是位受过高等教育的知识女性，老家在浙江，她一口纯粹的绍兴话只有安静听得懂。自从电视台搬进双子楼，安静就成了她的"外孙女"，两人常在这里相见，每次都是安静送她回家，陪她吃饭，各自诉说心中的寂寞。

"阿婆，您怎么来啦？"

"先问问你自己吧！"老人语气生硬。

安静无语。

"孩子，你知道今天是什么日子吗？"

"12月26日。"安静回答道。

"知道就好，"老人说，"是一对青年男女的离别之日。人有悲欢离合……耐心等待吧，万事不可强求。送我回家吧，今天不要陪我吃饭，去忙你的大事。"

安静更加诧异，紧紧地抱着疯疯癫癫的阿婆，在寒风中放声大哭。

"在一个无知的朽木面前，不要白白浪费情感，你还得去做那虚无缥缈的梦，汲取别人的泪，滋润内心的痛。"老人神神叨叨地说。她再一次无所顾忌地揭开安静的伤疤。

平心而论，老人并不疯癫。每年 12 月 26 日晚上，安静必须去海城大学，与一群即将毕业的大学生共进晚餐，并进行一次岁末大采访，大学生们亲切地称她为"静姐"。然后她独自一人准时去火车站，采访即将离别的夜行人，目睹父子、母女、夫妻、恋人的离别是她访谈的重中之重，并在 12 月 30 日晚上 8 点，在海城电视台著名栏目《告别今宵》中播出，给当地观众送上一份年底的情感大餐。一年一期，准时播出，至今整整十年。

安静是电视栏目《告别今宵》的策划、主编、导演与主持，监制是台长赵颖。每期播出时，观看者哭倒一大片，为电视台赚足了泪水和人气。

业内人士评论，没有亲历分离的痛苦，做不出这般感人的节目；没有刻骨铭心的悲伤，刺激不了观看者众口难调的视觉神经。至于原因是什么，只有安静心知肚明。

可如今赵颖已和安静说再见了，他答应，十周年庆典的播放一定如约进行，不让安静心存遗憾。

赵颖看着安静离开办公室的背影，似乎看到她内心的惆怅，心中深感愧疚与不安。他从没有像现在这样细细品味过安静的人生历程，她大学读的是遗传学专业，却具有较深的文学功底以及让人仰慕的英语水平；她具有女性细腻温柔的情感又具备潇洒奔放的特质；她待人谦和文雅，可婚姻却遭遇不幸；她出身于高级知识分子家庭，却从没流露出一点引以为傲的神情；她孤身一人带着特别优秀的女儿，工作从没受到一点影响……快要与她告别，突然感到她人格的完美，更感到自己对小师妹关心的不足。

安静送老人回到棚户区后，一个人面对大海，曾经的记忆带她回到最珍贵的大学时光以及与安然相处的朝朝暮暮。突然电话铃声又一次响起，还是赵颖的电话。

"心情好些了没有？"电话那头传来领导的关切。

"好多了。"安静爽朗地回答。

"那好，你在办公室等着，龚诗嘉来接你去她们学校，我俩约好和你一起与大学生共进晚餐。"

"啊！龚教授参加我们的访谈？不是说好我们的活动不惊动校领导的吗？"安静有些不解，想否认领导的临时决定。龚教授是海城大学的校长，也是她领导的"领导"。

"龚教授想听听同学们的意见，活动结束之后再与你聊聊。"

既然如此，安静不再坚持自己的意见。

2

12月26日晚，海城大学学生第一食堂一隅挤满了一百多位青年人，因为是十周年访谈，不少曾参加过访谈的校友也来到今日的访谈现场，纪念他们曾经的时光。同学们感慨万千，相互交流，亲如兄弟姐妹。今年与往年不同的是在他们中间多了两位嘉宾。一位是大家都比较熟悉的校长龚诗嘉教授，另一位是只闻其名未见其人的新一届市委常委、宣传部部长赵颖。同学们对两位领导的到来既感到兴奋又有些拘谨。访谈一开始，便出现了冷场。他们相互观望，期待安静做引导性发言。

安静对同学们说："欢迎各位校友和在校大学生的到来，今天访谈的主题是'信仰·信念·信心'。在你们思考之时，我给大家讲个'文革'前两位大学生离别前的真实故事作为开场白，为大家的思考热身。原谅我隐藏了故事中人物的姓名，听了我的故事后请各位积极发言。9点半以后我要去火车站，到那时想发表意见也没有机会了。"同学们的情绪很快被调动起来，一个个热烈地鼓掌。

安静酝酿了几秒，故事开始了。

具有"天下文枢"美誉的古城有位名叫S的女孩，她的闺密叫T，S比T小一岁，T的家在一个大型国企的家属院内，S成长在N大学的教职员工宿舍区，她俩一直是校友，也是一对爱好文学的文艺女孩，都想报考N大学的文学系，都想成为作家，共同的理想将两位少女紧密联系在一起。

那年，T接到高考录取通知书时傻眼了，她被农业大学生物工程专业录取。

奇怪的是，次年S紧步T的后尘，考取同一大学同一个专业，和T一样想当一名女作家的梦想化为泡影。N大学宿舍区内有的学生家长用她俩作为鲜活的反面典型来教育自己的孩子。

又一年过去，奇迹发生了。S在省内乃至国内一些知名刊物上连续发表了三篇短篇小说和数篇诗歌、散文，不少出版商的约稿纷至沓来，S的作品受到热捧，她的散文成为家长们要求自己的孩子必须背诵的范文。很快，S红遍N大学的家属院乃至整个大学，她的靓照与美名出现在N大学的学报上。

S的父亲是N大学文学系教授。知女莫若父，他反复研究了女儿发表的文章，觉得有些蹊跷。女儿的文笔从小确实就不一般，可她文章的立意突然提得如此之高，这令父亲难以相信。

教授询问女儿事情的内情。很快，S毫无悬念地"坦白"是一位学长帮她提高了创作水平，可这位学长只想做她的影子，不愿意在文章中署名。这位学长叫 A，与 T 同班，她读高三时与 A 就有了较为密切的接触，所以偷偷地把高考第一志愿改为农大生物工程专业。"一个有如此文学素养的青年为什么不报考我校文学专业而去学生物工程？他又为什么要隐姓埋名呢？"教授觉得这种做法有悖情理，便提出与 A 见面，父女二人一拍即合。第二天上午，A 在 S 的陪伴下出现在教授的面前，一阵寒暄过后，考核如期而至。

两位谈古论今，从中国聊到世界，从文学讲到艺术，从政治扯到宗教，教授娓娓而谈，A 侃侃应答。开始 S 完全能听懂他俩的交流，慢慢感到生疏，继而如堕烟海。会面接近尾声，S 给她心中的白马王子打了个 120 分。当 S 正得意时，教授又问 A 一个冷僻的问题："你读过《九三年》？" S 一听，非常吃惊，"老头子真会整人，从来没听他提起过这本书，愿上帝保佑他不要功亏一篑。"

"读过，它是著名小说《悲惨世界》和《巴黎圣母院》的作者的最后一本小说，初中时我读过中文译本，高三时我再读了他的法文原版。"

S 听到 A 从容应答后，放下心中巨石。天哪！这哪是教授考学生，简直是父亲考女儿。

"还记得书中给你留下深刻印象的几个角色吗？"教授有些诧异，和风细雨地与之交流。

"《九三年》主要讲述法国大革命时期两派之间互相关联的三个主要人物，一位是白军统帅朗德纳克，他是一个非常冷血而残酷的人，对拥护共和的人斩尽杀绝；一位是蓝军指挥官郭文，他是郎德纳克的侄孙；还有一位是蓝军监军西穆尔登神父，他是郭文的老师。"A 非常流利地应答。

"结果呢?"教授又问。

"郭文是一位军事天才,打得白军节节败退,最终将朗德纳克包围在一个城堡里,城堡里的平民成了白军的人质。最后白军抵挡不住蓝军的进攻,放火烧了城堡,朗德纳克带领手下从密道逃跑。就在朗德纳克跑出城堡的一刻,听到一位母亲的呼救声,原来她的三个孩子被困在城堡里。朗德纳克经过一番考虑后,毅然从暗道返回城堡,救出三个孩子,他因此被郭文抓获。

"接下来郭文和老师西穆尔登就如何处置朗德纳克产生了分歧。西穆尔登认为革命高于一切,主张处死朗德纳克。郭文却认为朗德纳克在危急时刻显示出人性的善良,希望饶他不死。但是他又无权释放朗德纳克。于是郭文进入牢中,跟朗德纳克交换了服装,放跑了他,自己留在牢房中。为了维护法律的尊严,西穆尔登忍痛将郭文处死,然后自杀了。

"这本书读完95%都没有想到会出现如此的结局,我也成了雨果的'俘虏',所以两次阅读这本名著,反复琢磨作者的人性,学习他的写作技巧。"

"而且你第二次选择的是原著,利用的是高考前最宝贵的时光。"教授用赞赏的语气给A一个"肯定"的评语,教授还有半句说不出口的话:"所以没有考取我们学校,耽误了前程。"A在中学时代能用法文读完这部小说教授还是认同的,对A在叙述故事情节的过程中时不时自然而然用法文背诵原文精彩的警句名言更加赞赏。这孩子身后一定有着不一般的人文环境,教授从内心发出感叹,继而又问:"这部小说的立意是什么?"

"雨果一生经历了法国的多次革命,深感尘世动乱之苦难。他强烈谴责对阵双方的暴行。他的理想是建立一个和平共处的欧洲共和国。我还特别感谢他晚年时谴责了法国参与血洗圆明园的丑恶行径。"

"你认同他的观点？"教授问。

"雨果的观念和中国儒家思想有异曲同工之处。"A拐了一个弯，巧妙地回答了教授的提问，既睿智又谨慎，教授再次从内心认同。他不得不承认女儿敏锐的目光和择友的标准。

这时S被母亲叫出客厅，她迫切想了解男孩的家庭背景。S如实告诉母亲。"他们家也有'阿姨'？"母亲的问话没有一丝嫉妒，内心充满喜悦。

S出去后，教授问A："你们共同创作的作品为什么你不署名？"

"发表文章有两个目的：一是能提升个人知名度，二是能提高写作水平。我更看重后者。"A给教授一个说得过去的理由，教授为虚怀若谷的年轻人感到吃惊。

"这是鼓励她看重前者？"

"我是借前者巩固她的后者，积极的鼓励政策有时会起到事半功倍的效果。"

男孩的幽默唤起了教授的认同："她的写作热情有不稳定的现象？"

"有那么一点点儿。"

"你说得客气，平时多多帮助她，她非常信任你。"

"我们相互信任，互相帮助。"A说，"不过她现在好多了，日臻成熟。"

教授随即又说："聊了好长时间，我还不知道你尊姓。"

"我姓×。"A说。

"××是你什么人？"教授问，"是叔父还是伯父？"

"是舅舅。"A回答。

"你与舅舅同姓？"教授愕然。

"您对他熟悉？"A问。

"我们是大学同学。"教授突然感到一股巨大的冲击力迎面而来，回忆起他所熟悉的一位同窗好友，似乎解开了不少疑惑。他没有再继续追问，让谜底在彼此的交往中慢慢揭开吧。

时间不早了，教授的夫人走到丈夫的面前。S说："爸爸还有要交流的？没有的话我们就告辞了。"S拉着A准备离开。教授风趣地说："我们俩永远有聊不完的话题，你妈准备好了午饭，请客人入席吧。"

"教授请学生吃饭？实属罕见。"S真的很开心，也很自豪。

"你只知与他是同学，岂不知当年我与他舅舅是同窗。我们两家是世交，能不好好招待客人吗？"教授笑着对女儿说。

几次来回，S的父亲很满意这位沉稳而有底蕴的学生，将来想招他为研究生；S的母亲很满意这位男孩的家庭背景，想招他为女婿，因此A成了S家的常客。

久而久之，A看出端倪，坦诚地告诉S，他有一位好友Z，与他是青梅竹马，现在海州读高三。S对他说："像你这样的男孩能没有几个女孩喜欢？我也喜欢你，但不勉强你，我们只是好朋友。"

又一年，A的青梅竹马Z考取省城师范大学，出现在S母亲的面前。Z特别清纯可爱，S的母亲有了危机感。但是A依然如故，S的作品还是频频出现在有关刊物上，还是S一个人的署名。S跟Z成了闺密。然而危机感总是在S母亲的心中萦绕，挥之不去。

美好的时光总是过得很快，又过了一年，教授得到一个难以置信的消息：高考被按下暂停键，研究生招生也受到影响，大学生只出不进。教授的梦想破碎了。

1968年冬季，A毕业了，被分配到边远的大西北。与他一起长大的女孩Z的母亲问女儿："你是选择跟他走还是留在我身边？"Z出于孝道，选择留在母亲的身边。

S的母亲与Z的母亲有着惊人的相似，都害怕因为A而失去宝贝女儿。在A准备西行的关键时刻，S的母亲将S软禁在家，S将自己反锁在房间里与母亲对峙。想进的进不去，想出的出不来。第三天下午T来了，S的母亲请她劝劝两天粒米未进的女儿。T进去后不久便出来了，摇摇头说："伯母，我无能为力。"然后很快离开。

一个小时后，S、T、A三人奇迹般地出现在学校的食堂。S像一只飞出牢笼的小鸟，非常开心，T告诉A："她像小说中的女特工，冒着生命危险，躲过母亲的看守从二楼窗户系绳逃出，悄悄与你会师。"A非常感谢S和T前来送行。可T说："S不顾一切与你见面是来挽留你而不是送你走，我希望你不要辜负她的一片深情。留下吧，我替她求求你了。"

雨中，两辆破旧的出租车从生物工程系的宿舍大楼前出发，前面一辆车是T以及A的行李，后一辆车的后座上坐着S和A。

"你留下吧，今后就住在我家，我保证为你找到一份体面且合适的工作。"S向A苦苦哀求道。

"我是想留在大都市，但不想……"A突然刹车。

"不要吞吞吐吐，把话说完。"

A没有吭声，他的右手伸进胸前的口袋，S以为他要给她什么，不一会儿空空的右手又抽了出来："非常时期我不能给伯父伯母添乱，待一切平定之后我会回来看望你们。"

"你不要离开我，现在就跟我回去。等Z回心转意，我答应把你还给她，我敢断定她不会抛弃你。万一她真的背叛你还有我在你身边，凭我俩的能力可以自食其力。"接着S对出租车司机说，"师傅，请送我们去N大学。"

A没有发声，师傅没有听S的指挥。

S扑到A的怀里，痛哭流涕。她突然感到几滴冰冷的水珠滴到她的脸颊上，S抬头一看，A泪流满面。他真的很伤心，似乎有难言之隐。

出租车摇晃着向前开去，终于到了车站，A非常留恋这座城市以及身边的朋友。下车后他坦荡地跟两位好友说："再见！"

12月26日，一个罕见的大雨如注的冬夜，A孤身一人背起行囊登上西行的列车。

当A竭尽全力挤进车厢时，S紧随其后，决定与他同行，安抚他一颗破碎的心。她刚一只脚踏上火车，一个力大蛮横的"红卫兵"便推了她一把，A用力抓住S的手。瞬间他似乎听到一位母亲悲悯的嘱托："孩子，放开她吧，我求求你了！"A放开S，结果S抓住的只是A手上的一只手套。S看到A满含泪水的双眼想再次挤进车厢，可是车门已慢慢关上。

汽笛声响起，S跪在站台上，无可奈何地看着冒着浓烟的车头，她的目光追逐着向漆黑的前方驶去的绿皮车，声嘶力竭地呼喊："你为什么要这样对待我啊！"

没有回答，只听到凄凉的风声和S的哭泣。

一切已成过去。

故事讲到这儿，所有参加访谈节目的大学生和校友发出阵阵感慨。一位校友紧紧依偎着她的恋人，似乎担心一松手他就会像A一样突然消失在远方。之后，同学们问了一连串的问题："S是真心的？""A为什么如此绝情？""A太孤傲，难道他不喜欢S？"

"我真的想象不出A这么做的理由。"

"静姐，后来你见到过他们吗？"

"后来S还在写作？"

"一直在写，在没有A的日子里，她的作品怎么也无法超越当年的水平。"

"你应该将这个故事写成一部小说，我们期待你的突破。"

安静无法答应大学生们的要求，含着泪开始今晚的访谈。访谈获得了史无前例的成功，安静欣慰地与孩子们告别，向火车站赶去。

深夜11点，海城的星光大道上一辆白色的桑塔纳奔驰着，开车的是赵颖，后排座位上坐着龚诗嘉和红着眼眶的安静。两人都没说话，龚诗嘉不去打扰悲伤的她。

回到海城大学，龚诗嘉和赵颖请安静到龚诗嘉的家中做客，两位女性谈到凌晨2点，安静的情绪明显好转。龚诗嘉对她说："我有一个设想，过去是你与他一起在五年时间内发表了不少感人的作品，现在我想代替他与你合作，出版一部长篇小说，跟你们过去一样，只署你的名字，你将所要说的都写出来，免得一直在苦苦思念。这是我和赵颖一致的想法，你看如何？"

"要写就署我们两个人的名字。"

"这本书是你与他情感的交流，署我的名字不太合适。"

安静不再坚持，又提出一个新的问题："我只能写到两人的分别，再往后是一片空白。那只是青春的开始，并没有进入人生的巅峰。我无法推测他的未来，这不成了有头无尾的小说？"龚诗嘉想了想说："你对他的过去了解多少？""可以追溯到他的父辈，乃至祖辈。"安静说。"你们之间交流得非常充分，从他的父辈开始写起，这样使他的成长和他所做的一切有了可循的根，给读者一个满意的解释，边写边在报纸和电台上连载。也许你还没写完他就出现在我们的面前，到那时不就是水到渠成？"龚诗嘉的一番话说得安静满脸通红，好像他就在眼前。

"书名呢？"安静问。

"你说呢？"龚诗嘉感到她胸有成竹。

"能否定名为'紫藤花巷'？那是他们成长的地方，是我心中的一片绿洲。"

"完全可以。"

"您还有什么要关照我的？"安静向龚诗嘉请教。

"你今天叙述的故事详略得当，情节跌宕起伏，结果出人意料，写作手法无可挑剔，但要注意把握大方向。"

安静点点头。

"《告别今宵》这档节目也有十年了，我作为一个忠实的观众，建议你们将《告别今宵》改版为《难忘今宵》，将讴歌新时代作为主旋律。赵颖同意我的设想，如果你们研究后都支持这种看法，海城大学愿意与你们合作。"

龚诗嘉的建议得到学校与电视台的一致认同，双方签订了合作协议。这一年是《告别今宵》的收官之年，也是《难忘今宵》的开局之年。有了海城大学的通力合作，安静有了写作的时间，开始源源不断向《海城日报》和海城电台供稿。

让人始料不及的是，当小说《紫藤花巷》在报纸和电台连载以后，读者如云，好评如潮，大家唯一抱怨的是小说每期内容过少，要求报纸扩大版面，海城刮起一股"紫藤旋风"。热心的读者要求与作者见面的呼声此起彼伏，来双子楼参观的市民络绎不绝。为此，棚户区的居民请安静的"绍兴老阿婆"执笔给海城市政府写信，请求改变他们脏、乱、差的居住环境。市政府考虑到群众的合理诉求，结合城市整体规划，决定将海城脏、乱、差的棚户区改造成为新地标。几年之后，随着改革开放大潮的冲击，面对大海的棚户区得到重构与新生，新老居民一致呼吁将他们的新家园命名为"紫藤花园"，紫藤成为他们心中的精神家园，璀璨的图腾。开园那天，安静成为紫藤花园的荣誉业主，业委会将紫藤花园的金钥匙挂在她的胸前，安静激动得泪流满面。龚诗嘉有感而发：是文化软实力助力了物质时代的腾飞。

所有想象不到的变化促使安静潜心于她的写作，又一次与文艺挚友一起在文学的大海中勇立潮头，劈波斩浪。

岁月匆匆，时光若刻。多年之后，安然的夫人心生思念，将三份《紫藤花巷》剪报精装成册，留下永恒的缱绻，并亲手送我一份。感激之余，我不免感叹，要是出版成书将更加完美，她莞尔一笑。

去年岁末天气骤寒，安然打来电话，约我相会于"一鸣茶社"。见面后他旧事重提，请我将《紫藤花巷》的连载改编成长篇小说出版，完成安静当年难以割舍的夙愿。

"你这位文化大家自己不动笔，请我当枪手，对得起她曾经的眷念？"我友善地提醒一句。

安然双眉紧蹙，未做过多解释。

"我试试。"看着老友沮丧的神情，我爽快答应他的"不近情理"并坦然地表示，"请交代原则。"

"内容可以调整，书名不要改变。"

"我想将故事的时间节点前移，走出寻常的情缘与眷恋，彰显历史的凝练与厚重。以前你无法将父辈的过去坦然地告诉安静，后来又来不及向她诉说，总是欠她一个合理的解释，我想用小说替你补偿缺憾。"我欣然接受安然的重托，随即说出对《紫藤花巷》整体的构思。

"你总是一语道出我的内心想法。"安然犹豫片刻后，又补充一句，"《紫藤花巷》署你的大名。"

"让人难以接受。"我轻轻地摇摇手，又不忍断然拒绝，担心过于矫情伤害友情。

"仁兄，你是顶天立地的地质学家，看惯云卷云舒，心胸豁达开朗，何以踌躇不决？"

"夫人的意见呢？"我不再坚持。

"这也是她的意思。"

"那用我大学时代的笔名'北辰'取而代之，你看如何？"对他们夫妇俩的要求我不再坚持，退一步以敬畏之心安抚一颗伤痛的灵魂。

"两全其美。"安然欣然。

"安静近况如何？"

"还挺好的。"安然惨淡一笑，说得挺勉强，"春节前我俩去青海看望她，陪她过节。"

"书出版之后我们仨一起去大西北，劝她回归现实，请她故地重游。"

"北辰兄，你是她的保护神，对她有再生之恩。她会听你的。"安然对我说。

我俩谈了很久，不觉夜色降临，室外朔风凛冽，寒气逼人。走出"一鸣茶社"旋转大门，安然转身指着温柔的霓虹灯招牌说："北辰兄，愿此举如此店名。"我看着招牌上的四个大字会心一笑，与安然道别，向自家温暖的书斋走去。

……

"千淘万漉虽辛苦，吹尽狂沙始到金。"数月之后，长篇小说《紫藤花巷》以我的笔名出版发行，安然夫妇感激不尽，根据安静的提议，愿将此书献给"曾经的我们"、未来的青少年以及紫藤花巷的父老乡亲。

第一章　邂逅

1

　　天刚蒙蒙亮，海州紫藤花巷西端的一个极为寻常的巷内，安家的大门打开了，里面走出一位穿着得体的少妇，她如玉的面庞配上一头秀发，充满朝气。少妇脑后梳着一个圆圆的发髻，发髻周围镶着一圈粉色的绒花，如同她的人一样秀美，映衬出满脸的春色，满身的芳华。也就是因为今天要主持婚礼才做了如此装束，否则平时她总是素面朝天、宁静淡雅。

　　雪花还在漫天飞舞，完全没有停歇的意思，也不在乎这位少妇急迫的心情。她向远处望去，外面不见行人，路上没有足迹。地上的积雪足有三寸厚。

　　"啊呀，好美的雪呀，可下得不是时候。今日是姨妹的大婚之日。"她赞叹的同时略带一些惋惜。触景生情的她想起丈夫安鲁璠如今远在天涯，心中飘过一丝思念，不禁感叹道："云横情（秦）岭家何在？雪拥难（蓝）关马不前。""情"和"难"这两个字咬得特别重。

她叫舒芸，今天早早出门是为自己姨妹瞿铄的婚礼进行最后的准备。瞿铄正是安家安老太太嫡亲姨侄女，老太太的妹妹很早去世，瞿铄从小受尽后妈的虐待，今天终于出阁了，她将脱离苦海。

此时安老太太走出来站在儿媳舒芸身旁，一边忧心忡忡地帮她掸去身上的雪花，一边无可奈何地看着被雪掩盖的道路。雪花飘落在舒芸的乌发上，安老太太想用两根指头小心地拿起舒芸绒花上的雪花，可手一碰到雪花立刻变成一滴晶莹的水珠，依附在绒花的花蕊上。她笑了，笑自己糊涂。她疼爱地注视着舒芸漂亮的发髻，心中回忆起一段不堪的往事：当初芸儿如果削去满头秀发又是什么模样？

"爸妈，你们在家等着，待会儿我开车来接你们。"临出发前，舒芸向公婆关照一句便踏雪上路。

风雪中的舒芸此时是去同在紫藤花巷的路家大院，也就是她二姐安鲁玙的婆家。安鲁玙有三个孩子，老大然儿，老二诚儿，幺女瑶儿。老大然儿不姓路，已经过继给安家，取名安然，和舒芸他们住在一起，由舒芸的公公安少愈教他知书识礼，然儿聪慧懂事。寒假，弟弟路诚邀哥哥安然一起住在西二楼的房间听他讲故事。

舒芸走上路家台阶，推开大门，看见小吴妈在前院扫雪。

"吴妈，雪还在下，扫也无益，快去梳妆打扮，待会儿我们一起出发。"

舒芸的二姐安鲁玙是海州中学的语文教师，安老校长的千金，人们习惯称她为"小安先生"。安鲁玙比舒芸大一岁，舒芸称她为二姐，她称舒芸为嫂子。二姐夫路本善是海州市人民医院副院长，中医内科主任医师。其父亲路琢如 1944 年底受地下党组织指派，离开海州和大儿子路唯善一起到上海组建华东野战军地下医药供应站，二儿子路本善继续留在海州为苏北部队从事地下输送药品、医疗器械的工作。新中国成立后，组织上要调路琢如去海州市卫生局从事领导工作，他一再推辞，理由是浦东聚集着许多贫困的苏北老乡，那儿缺医少药，扎根在他们当中作用更大。于是组织给他安排了一个职务，平时仍在浦江医院上班。

舒芸从前院来到中院，看到四叔路琢如陪三个孩子对着窗前的寒梅在做背诵古诗词的游戏。"四叔您早！"舒芸应付过孩子们之后向路琢如深深鞠躬。

"芸儿还是如此有礼貌。"路琢如笑道。

舒芸正要去后院向路老太太请安，安鲁玛陪着老人家过来了，她热情地走上前去。

"听到百灵鸟般的声音就知道是我的宝贝干女儿来了。"路老太太握住舒芸的手跟二儿媳说，"玛儿你瞧瞧看，芸儿长得越来越秀气啦！"舒芸笑着不吭气。

"干妈，你们先吃早茶，我陪两个孩子上楼装扮，到时请你们多提意见。"

"你二姐跟我说过了，真想先睹为快。"路老太太兴致勃勃地说。

路诚和紫萱担任瞿铄婚礼上的花童，两个小孩都是 5 岁。紫萱是舒芸二姐夫的师兄慕容仁的小女儿，路诚比紫萱早两个小时出生，所以紫萱称安然为大哥，路诚为二哥。路诚活泼聪明，紫萱文静可爱，是一对理想的花童。

路琢如和安少愈的黄包车队浩浩荡荡来到彩灯高挂的冯家。

冯家门前搭着硕大的棚，外面大雪未停，地面倒挺干净，一条红地毯从正屋一直延伸到门外。客人尚未下车，乐队奏起欢快的迎宾曲，冯远老板满面春风地前来迎接今日最尊贵的客人。

"欢迎路大夫、安校长及各位太太、少爷小姐的光临！"冯远弯腰作揖迎候。

迎亲的队伍出发了，两位花童特别引人注目，冒雪观看的人们不停地称赞男孩长得帅气，女孩长得文静。紫萱循规蹈矩地坐在黄包车里，路诚跷起二郎腿若无其事地望着洁白的世界，并不在意人们对他们的评论。

花轿准时准点来到冯家，谁也不知在稻河对面的瞿家所发生的一切。

泰山公园温室花房早已送来二百朵红、黄两色的玫瑰，在舒芸的指导下制成一片片花瓣，装在一只漂亮的花篮内，花篮放在经过精心装饰的船形小车上，意味着新郎和新娘同舟共济，长命百岁，婚姻美满，稳如泰山。打扮时尚的两名花童迈着欢快的步伐，一手推着花车，一手欢快地向红地毯上抛撒玫瑰花瓣，在传统的乐曲声中，引领两位新人行走在铺满鲜花的地毯上。喜庆的乐声和宾客的掌声交织在一起，向新人致以祝福，向花童表示赞美。他们走过红地毯，驻足在正前方的红烛香炉前。两名花童共同高高举起一只银质托盘。托盘中放满了红玫瑰，正中有一朵硕大的黄玫瑰，新郎从黄玫瑰的花蕊里取出一枚钻戒戴到新娘的手指上。所有宾客再次鼓掌祝贺。

舒芸曾经梦想的自己的婚礼过程在瞿铄的婚庆典礼上变成现实，她像好莱坞的导演审视节目的全过程，两名花童将她心中的诉求在宾客面前演绎得完美无缺。舒芸思绪如潮，泪眼婆娑，唇边感到一丝苦涩。

"嫂子，今天是大喜的日子，忍着点。"安鲁玙悄悄地与舒芸耳语，递给她一块手绢。

所有来宾全神贯注地盯着新人灿烂的笑容和花童天真的表演，并未在意策划者对往事的回忆和对情感的宣泄。舒芸用手绢捂着嘴，强忍着哭泣向外狂奔。在她身后突然出现一位身材颀长、穿着西式大衣的青年男子，他正准备走向前去，眼睛的余光瞟到安鲁玙紧随舒芸之后，一转身便消失在人群里。

这位神秘的男子叫游俊。路琢如说。"冯鸣结婚，昨晚我马不停蹄从城东赶到城北送去贺仪，瞿铄是璠儿的姨妹，冯鸣是他中学好友冯骥的弟弟，既然回来就不能少礼。"冯鸣见这位游大博士从天而降，喜出望外，邀请他明天一定到场，游俊说在海州时间仓促明天就不打扰了。"不来可以，你不要后悔。""为什么？"游俊问。"我们新式婚礼的主持人是她，来不来悉听尊便。"冯鸣笑过之后，悠闲地抽了一口烟，吐出一串烟圈，同时递给游俊一支烟。游俊客气地摇摇手，爽快地接受了冯鸣的要挟："明早我一准来。"

游俊欣赏完上半场的表演，能不明白舒芸对曾经失之交臂的婚礼的思念？迟来的新式婚礼结束了，她也许不再纠结，可游俊新一轮的自责刚刚开始。

一番泪水之后，舒芸终于明白一个道理，婚礼无论怎么热闹，最终都会被喜庆的乐曲调吹得烟消云散，婚后的生活还得靠新人共同打理。在安鲁玙的陪伴下，她轻轻舒了口气，神态自若地回到瞿铄下半场的传统婚礼中。一场新旧交融的婚礼圆满结束，瞿铄的新生活开始了，安老太太非常高兴。

晚上6时，隆重的婚礼晚宴在耀眼的汽油灯的照耀下正式开始，大厅里觥筹交错。在主宾大圆桌右侧的一张八仙桌上坐着七位宾客，除了慕容太太和紫萱，其余都是安、路两家女眷和小孩，看似老老少少参差不齐，位置却很显赫，主人给足了舒芸和安鲁玛的面子。慕容太太本该与慕容先生一起坐在主宾席上，因为她是冯鸣的姑妈，她刻意与安鲁玛、舒芸挤在一起，大家有些不解。

慕容先生与路琢如年龄相仿，只因他师从路琢如家大房的大侄儿，只能与路本善称兄道弟，两人年龄相差甚远，关系却很密切。慕容太太对这样的辈分很不痛快，但也无可奈何，冯鸣与瞿铄的婚配给她一个翻盘的机会。这种话平时难以说出口，只有在冯鸣的婚宴上不显山不露水地表示出来。

宴席到了上大菜的时候，外面鞭炮齐鸣，最隆重的时刻到了，新郎和新娘起身向双方父母和贵宾敬酒，接着在伴郎和伴娘的陪伴下来到舒芸这一桌。两位新人第一杯酒理所当然敬慕容太太："感谢姑妈的光临。"接着向舒芸、鲁玛敬酒，"感谢姨嫂、姨姐对婚礼的精心策划。"第三杯酒敬小吴妈。这时小吴妈突然明白慕容太太来到这一桌的目的。新人走后，她对安鲁玛耳语："小安先生，冯鸣和瞿铄成亲，萱儿成了安然他们的小姑。"一句话提醒了安鲁玛，她连忙表示："吴妈说得对，辈分不能错，我和嫂子借这杯喜酒敬慕容姑妈一杯。"

"我也参加。"小吴妈随即表示。

"怎么称呼都一样，"慕容太太笑容满面地站起来应声说道，"只要孩子们在两位新人面前称呼顺当就行。"慕容太太的话是在提醒安鲁玛，今后孩子们之间也得改口。

"安然、路诚，还有路瑶，从今往后你们不要再称紫萱为小妹，应该叫小姑。"慕容太太听了心里挺高兴。安然没有反对，可是路诚觉得紫萱叫他二哥是天经地义的事，怎么小妹突然成了小姑？他不肯改口，慕容太太有些难堪。一来二去路诚一不小心把身边一只碟子碰到地上，摔得粉碎。

坐在路诚拐角边的舒芸赶忙弯腰，想迅速捡起摔破的碟子。此时一个人早已弯下腰捡起破碎的瓷片，口中轻轻念叨"岁岁（碎碎）平安，岁岁平安"，在座的人无不感激他的吉言。

"好熟悉的声音啊！"舒芸抬头见到一位帅气、和善、稳重、机敏的青年。难道是俊哥？他怎么从天而降，如同当年他突然离开一样？舒芸挪了挪身子，拍拍空着的座位且惊且喜且真诚地表示："请坐，来自北京的客人！"

"谢谢嫂子！我们终于见面了。"

"什么时候回来的？"舒芸问。

"昨晚。"游俊兴奋地回答道，"与四叔和四婶一起回来的，你们去了瞿铄家，姐夫出诊还没回来，小吴妈招待了我们。"席间人多，游俊没有细说突然回来的原因。

"怪不得今天早晨我妈说昨天是你送他们从上海回来的，还夸了你。"安鲁玙连忙对孩子们说，"安然、路诚，快叫游舅舅，他是你舅舅、舅妈最好的朋友。"

"最好的朋友还有您。"游俊对安鲁玙说。

"游舅舅好！"安然、路诚向从未见过的舅舅问好。

"萱儿叫俊哥。"慕容太太连忙接上话茬。

"不对，和我们一样叫舅舅，不许叫哥哥，哪有这么老的哥哥？"路诚站起来捂住紫萱的嘴。

"童言无忌，不要理会。"舒芸给游俊夹了一块肴肉，放到游俊面前的碟子里，"这是你最喜爱的水晶肴肉。"

"真香。"游俊吃过后开心地说。

"好久没尝到家乡的味道了？"慕容太太为了打破刚才的窘

境，接上一句。

"在北京我已吃过肴肉，还是嫂子在镇江专门为我买的。"

"下次你初夏回来，我和二姐请你吃鲥鱼。"舒芸说。

"吃鲥鱼得等璠哥。"游俊说，"还是我们四人，还在状元楼，还是我来做东。"

"可惜状元楼的陈老板中风了，不知他儿子能否做出当年的味道。"舒芸说时有种时过境迁的沧桑之感，安鲁玙和游俊都听得出她的弦外之音。

三人在亲密地交谈着，小吴妈在一边静静地旁听，并不多言。她曾听婆母老吴妈关照过，安鲁璠、游俊和舒芸三人之间当年在情感上有一段鲜为人知的秘密，要她谨言慎行。

"游先生，你在哪儿工作？"慕容太太继续问。

"在北京。"

"成家了没有？"慕容太太接着问。

席间的风向突然发生变化，慕容太太所问的正是舒芸想听的，她默默地看着眼前那张英俊的面孔，等待着他的回答。

"没有成家，否则定会像今天这样宴请各位亲朋好友。"

"没结婚，女朋友总该有吧？"慕容太太又接上一句，"听说你找了个干部家的千金，女孩长得挺漂亮，照片我们都看到了，真是郎才女貌。为什么不带回来给我们见识见识？"

"我回国不久，人地生疏，哪来的女朋友？"

游俊尚未和舒芸、安鲁玙谈上一句知心话，一湖平静的水面被慕容太太搅得浪花飞溅，他疲于应付。

坐在身边的舒芸没有吭声，游俊有些纳闷，爸妈秋天从北京回来，他的婚姻状况嫂子应该清楚，怎么不替他帮腔？他看着舒芸说："嫂子你说我说得对吗？"

见到游俊回来，舒芸本来很高兴，打算喜宴之后邀他到家里的小书房和安鲁玙一起细谈阔别十四年间的人生历程，顺便打听安鲁瑶的下落，没想到游俊被慕容太太三盘两问，她的脸色越来越难看。游俊这一问促使舒芸把筷子往桌上一搁，说："你坐好，我起身了。"

舒芸黯然离去。

<h1 style="text-align:center">2</h1>

婚宴落下帷幕，宾客各自回家。路琢如和儿子路本善没有回去，而是向冯远介绍国家"公私合营"的政策，这也是路琢如回来参加冯鸣和瞿铄婚礼的主要原因。回到家后，安鲁玙照顾婆婆洗漱，小吴妈哄着路瑶睡觉。路老太太觉得小儿媳上得厅堂下得厨房，于是说："玙儿，嘱咐你一件事，将来千万别让小吴妈的女儿悦儿当第三代的'小小吴妈'，让她上学读书，这样我们才对得起两代'吴妈'对路家的一片真情，这件事交给你我放心。"路老太太亲切地拍拍小儿媳的手。安鲁玙说："妈，您放心，我俩想到一起了，有了您的嘱咐，我信心更足。"

一对新人进入洞房，喧嚣终究归于宁静，唯一不变的是外面飘洒的雪花。舒芸帮助瞿铄的爸妈处理完一切琐事，告别了繁忙的一天，向风雪走去。这时她真的感到孤独，两个不同的男子同时浮现在眼前：一个是她的所思，远在天边无法见面的亲人；一个是刚才还在身边，被她拒于千里之外的曾经好友。外面的路灯早已熄灭，她愣了愣，钻进风雪弥漫的黑夜。

当她迈出艰辛的第一步时，一把大伞为她遮风挡雪。撑伞的人没有吭声，她也没有回眸。永远无法抹去的气息和当年的友谊一起向她袭来，难道身旁的他是一个不该遗忘的人？她找不到答案，慢慢地向前走去，只是身处黑夜不再感到孤独。毕竟他曾经是想保护自己的人；毕竟他后来和安鲁瑶一起走向革命的道路；毕竟现在又与她共同走在风雪之夜泥泞的道路上。

路很滑，从第一次快要滑倒被他稳稳扶住之后她再也没有表示过拒绝。对方默默享受赎罪的过程，同时也在享受这种冰冷的友谊，这就是他曾经记忆中的舒芸，后来的嫂子。雪越下越大，各自却能听到对方再熟悉不过的脚步声。

在路上游俊总想和她解释几句，却总是找不到恰当的话题开头，好像沉默是最好的表达方式。舒芸并不这么认为，她始终等待酒席上他没说完的话。如果说席间是慕容太太胡搅蛮缠他不便明说，现在只有两人，有什么话不可以直言？舒芸的期盼像黑夜的气温跌至冰点以下。

当舒芸的双脚踩到自家门前的石板时，她开始感到踏实、温暖。门很快打开，游俊退到一边。婆母站在门内，温柔地打量着看不清楚的儿媳："我们芸儿回来了。"话里饱含着慈母的关怀。"妈！……"舒芸猛然扑到婆母的身上，伤心地抽泣，"现在的人都怎么啦？为什么不以说假话为耻？难道这是外国人的道德规范？"她在婆母的怀抱里尽情哭诉，"我对他什么都能谅解，唯独诚实是不能退让的底线。""妈知道你心里的痛苦。"安老太太紧紧搂着痛不欲生的儿媳，疼爱地抚摸着她的后背，"你干妈和二姐在大书房里等着呢，我们过去吧。"

"太苦了，难以想象这些年她是怎么熬过来的。"通过婆媳间的谈话，游俊这才体会到舒芸的青春是在思念和孤寂的双重桎梏中慢慢地消失，"我是带着寻找和赎罪的心回来的，她为什么认定我在欺骗？嫂子的理解不可能发生偏差，也许其中有什么误会。"

游俊从国外回来后首先向哥哥游重打听安鲁璠的下落，游重讳莫如深。这次来上海开会之前他从游重那儿打听到四叔路琢如的详细地址，会议期间抽空来到浦东，老人家立马认出他。"孩子成熟了，帅气了，举手投足间显露出学者的谦和与君子的气度。"一阵寒暄过后，四婶说："这次回去你一定要看望舒芸，多和她聊聊。你们这一代人数她最苦，她和公婆带着孩子相依为命。"

"这次回来主要的任务就是看望舒芸、安老校长和师母，还有安鲁玙他们。"说到这儿，游俊挪了挪椅子，贴到路琢如身旁，"您可知道璠哥的消息？是他带我一起走上革命道路。我们几个兄弟到目前为止就剩他下落不明。"

路琢如的脸色变得苍白，想了想，摇摇头，低声说："一点消息都没有，包括盛思贤那儿我也打听过，没有确切的回答。"

盛书记都不清楚，游俊只能问自己："璠哥到底怎么啦？难道发生了比死亡更可怕的事情？但是他不是那种经不起考验的人。"游俊否定了极端的想法，随即，另一种假设在心里浮起，且除此之外无法解释，"若果真如此未必是坏事，将来会有水落石出的一天。无论什么结果我都要等待拨云见日，否则对不起璠哥，对不起嫂子，更对不起我的老校长。"

游俊静静地站在老校长的家门前，重重地起誓："我将寻找璠哥看得比我的生命还重要！"

游俊独自一人走在雪地上，他回过头注视着老校长家大门正前方那块不大的空地上堆积的白雪。借着微微的酒性，游俊果断地扔掉雨伞，把大衣挂在安老校长家的门环上，站在风雪中，构思用圣洁的雪雕琢那洁白的灵魂。雪不停地下，从脖子上往里钻，游俊感到透心地凉。他用周围最干净的雪娴熟地堆砌一个女性半身的轮廓。一会儿冻僵的双手开始发热，他感到轻松灵活。他在冰雪中来回走着，冰冷的污水渗到皮鞋里，袜子慢慢湿透，双脚像踩在冰窖里一样寒冷刺骨，那种滋味很不好受。专心致志的他毫不在意，好像要使出全身的劲，用完满城的雪，堆成山一样的塑像，才能表达心中诚挚的感情。

轮廓很快完成，接下来是精雕，凭他的技巧，哪怕用一根枯树枝也能产生神奇的效果，他不愿用污秽不堪的工具亵渎心中的偶像。回去取来当年的工具，当年的一切是否还在？他有点担心。他往家飞奔，每一脚所激起的污泥浊水无情地打在身上、脸上。为了一尊洁白的雪人，他几乎成了一个泥人。

"俊儿，你回来啦？见到芸儿了？"游俊进入家门，身体虚弱的父亲游梓守候在堂屋微弱的灯光下，木然地等着多年漂泊在外的儿子的归来，老人连咳带喘断断续续地说着。

"爸，我们家祖传的那对黑珍珠呢？"游俊问。

"在南边大橱内北边小抽屉的铁盒里。"游梓指着橱柜说。

游俊很快找到了，父亲的记忆力还不错，对于游俊是个不小的安慰。当年的家伙什儿全都找齐了，游俊站在屋里想了想，打开衣柜，从里面找出一顶抗战时期他们在中山广场演话剧时舒芸用过的假发，捧在手上轻轻闻了闻："爸，我多年没有回来，以前所用的东西怎么都原封不动地放在老地方？"

"是芸儿的功劳，她隔三岔五就来帮我们打扫房间，好像在等你回来。我们家的柴米油盐她大包大揽，又好像不指望你能回来。我们一年四季的衣服都是她洗，她悉心照料我们的饮食起居。夏天晒棉衣，冬季糊窗棂。"父亲又是一阵咳嗽，儿子急忙给父亲捶捶后背。父亲喋喋不休，儿子任其唠叨。

"上次在北京怎么没听你提起过？"

"你妈关照过，有莉娅在，不要啰啰唆唆的。"

"莉娅是外人，管不了我们的家事。"游俊解释道，"我打算带你们去北京，和我住在一起，冬天有暖气，对你身体有益。"

"天天住招待所，排队吃食堂，我不习惯。"

"这倒是个理。"

"20岁时我和芸儿的父亲走南闯北，从广州来到海州。少不离家是废人，老不离家是贵人。现在你们能飞多远算多远，我们俩就在芸儿的陪伴下等死。"游梓并非怨言，接着催促道，"你赶快走吧，走之前洗把脸，否则芸儿能不笑话你邋遢？"他笑着笑着，又咳得喘不过气来。

游俊站起来用灵巧的手塑造她的神情、她的气质、她的心灵。雪雕基本成形了，游俊拿出两粒黑珍珠，在手上掂了掂。母亲曾对他说这是给他媳妇的信物，他认为世界上只有她才配得上这双乌黑的眼仁。是让这双眼睛微笑还是任她沉思？他努力搜索近二十年最美的记忆。在微弱的雪光下，他把黑珍珠镶嵌在雪人微笑的眼眶内，雪人活了，有着像白雪公主一样内在的美丽，游俊满心地欢喜。"这是我攻读的第三个博士学位，我的导师是米开朗琪罗。"严寒的雪夜，他仍忘不了和嫂子调侃，"你不是差一点儿与秀发分离？我送给你一顶乌纱。"游俊给"白雪公主"戴上假发，艺术效果差了。"还是纯雕塑为好。"去掉假发，游俊将一丝丝头发雕刻得栩栩如生，在黑夜的风雪中秀发微微飘逸。"嫂子，外面还飘着雪花，我无法给你撑起一把伞，那会影响你整体的形象。不过这把伞撑在我的心中，时刻为你遮风挡雨，直至璠哥回来。"

　　游俊看了看，觉得雪人还缺点什么。突然他明白："雪人处在十四年前的春天，我和璠哥与她告别时的形象，衣着显得单薄，缺少一点温暖。"游俊从自己的脖子上取下暗红色的羊毛围巾围在雪人的脖子上。世界上最美的雪人诞生了，他眼前突然一亮。难道天明了？他抬头仰望，天晴了，在这诗一般的夜色里不仅有如玉的雪，还有美丽的她。正在思索时，他听到院子里的说话声。"是四婶，她们要回家了。"游俊急忙拾掇好所有的工具，穿上挂在安家门环上的大衣匆匆离去。

　　门打开后，手电光束划破地面的黑暗。"啊，这儿有人蹲着。"舒芸感到惊奇。

　　"嫂子，好像是个雪人。"

　　"雪人？"舒芸更感到奇怪，"天上会落下雪人？"

　　安鲁玙说着向雪人走去："雪人很像你，简直惟妙惟肖，还有一条漂亮的围巾，快来看，多美的形象。"安鲁玙用手电的光照在雪人的身上，看到这条暗红色围巾，心中已猜到几分。

　　舒芸走过来细细品味一番，摇了摇头："怪不得感到寒冷，原来一个人孤独地蹲在雪地里。二姐，如果像我，我有权立即销毁它。"舒芸抬起脚向雪人踢去。

　　"嫂子，寒冷也不在乎一时半会儿，毁于一脚多可惜，待三位长辈欣赏过后毁掉也不迟啊。"门内三位长辈正聊得火热，似乎并不在意门外姑嫂俩在说些什么。安鲁玙的话给舒芸留下退一步的空间，给长辈留下鉴赏的机会。

　　"再好的雕塑也只是一个等不到春暖花开的雪人。"舒芸接着叹了口气，除了惋惜，她还有几分感伤。

　　"嫂子，游俊说错了什么、做错了什么你在长辈面前不好开口，对我可以敞开心扉。他若不对，我去兴师问罪；我们错了，我去赔礼道歉。”

“你去问他，母子之间的话为什么漏洞百出？”在安鲁玛面前，舒芸终于开口了。安鲁玛真想不到嫂子会说出这句话，她放心了，说：“你就认定他母亲的话是对的？我看未必。”在安鲁玛的道德天平上，她认可的是游俊而不是伯母。

“我是为他担心。多大的人了，还天马行空独来独往。”舒芸叹了口气。

“你的担心不无道理，做学问他无可挑剔，处理个人情感问题他特欠缺。”

游俊通过暗访，迷糊的心有了答案。他匆匆回到家，父亲还没有睡着，坐在暖和的被子里，精神好多了。

“你的皮鞋都湿了，走起路来咯吱咯吱地响，明天换一双吧。”

“我没有带多余的皮鞋。”

“有，你离开海州时留下来的，现在还好好的，在老地方放着呢。”

“像新的一样，太好了。”游俊从橱柜里拿出一尘不染的皮鞋，突然想起皮鞋的来历，似乎看到安鲁璠当时愉快的笑容。

“俊儿，你和北京小李的事情进展如何？”

“我们有什么进展？”游俊感到奇怪。

“从北京回来后，你妈跟芸儿说，你在北京和一个高干的女儿谈恋爱，打算明年结婚，婚前你会回来做些准备。芸儿听了很高兴，等着明年喝你们的喜酒。俊儿，我本不同意这门亲事，但芸儿非常支持，我就放心了。你不要再次让她失望。”

“我和李莉娅结婚？”游俊第一次听到这种说法，“我比她大

10 岁，当她的叔叔一点不过分，妈太有想象力了。"

"她说是李莉娅说的，10 月 1 日我们在天安门广场，她俩在招待所谈了很多。回来后她说与芸儿听，当时我在场。"

"噢，以后请妈不要再说这些莫须有的事。"游俊终于明白舒芸为什么拂袖而去，原来她从母亲那儿得到的消息和从他嘴里得到的回答迥然不同，舒芸最讨厌不诚实的人。

"细细回忆，那个北京女孩是真心喜欢你，你妈这次没看走眼。孩子，你已错过早春，不能再失去晚秋。"

"如果是真心的，让她等。"

"等什么？"

"等璠哥回来。"

"啊！"父亲急了，"我等不及。"

3

雪后初霁，天空蔚蓝，各家各户的屋檐下挂着长长的冰凌。母亲蜷缩在灶膛口烧火做早饭，脸被火熏得通红，人依旧感到寒意。

"俊儿，天这么冷，不陪你爸爸多睡一会儿？"

"我要趁早出去一趟，去看望老校长。"

"多年不见，能空着手去？"母亲手中的火钳在灶膛里搅得火星四溅。

"早已准备好了。"

"我早饭也准备好了，马上吃饭，吃饱了就不感到冷。"

灶膛内熊熊的火光映衬着母亲忙碌的身影，游俊感到家的温暖。像小时候一样，他蹲到母亲身前，把手放在灶膛边取暖。

吃过早饭，游俊拎着皮包，穿着十四年前的"新"皮鞋，挎着相机去安家拜访。他不俗的衣着、文雅的形象，成了严冬下的一抹风景。昨晚的"水泥路"变成今晨的"溜冰场"，游俊半走半滑，来到雪人面前。"嫂子你早！"游俊向雪人点头。雪人微笑面对着朔风。有戏了！看到一切如常，游俊感到莫大的安慰。他仔细欣赏黑夜中创作的作品，来回转了几圈，打开相机，选择不同角度拍了几张照片，让瞬间变成永恒。

当游俊轻轻推开安家的大门时，安少愈正在院里打太极。"安校长早！"站在门外的游俊脱去皮帽，像当年一样深深地鞠了一躬，然后轻声细语地说，"今日专程登门拜访老师、师母以及嫂子。"安少愈热情地说："快请进！"他牵着游俊的手向院内走去。游俊能感觉到安少愈掌心的温暖以及眉宇间留下的苍凉。安少愈的话惊动了屋内的人，这么早不知来了什么贵客，安老太太和舒芸同时站在客厅走廊上迎候。舒芸看到是他，马上转身回到房间，砰的一声关上房门，两位老人略感尴尬。

游俊来到多年未回的老院子，里面的一切没有太大的变化，只是严冬的树木凋零了，房内的主人老了，安鲁璠不在了，空气中弥漫着一股淡淡的忧愁和期待。

宾主坐下。游俊首先感谢安少愈、安老太太以及舒芸对他父母一如既往的关照，他枚举了舒芸许多感人之处，语气诚恳，情深意切，完全没有当年少爷的派头。他特别提到昨天的婚礼，称赞编排得不错，融合了东西方文化的精华，开创了海州婚礼的先河。两个花童训练有素，让人耳目一新。安老太太接着他的话直言相劝："游俊，在你们眼中是个小不点儿的冯鸣现在都成亲了，你也该从书斋里走出来，考虑个人的婚姻大事。"游俊淡淡一笑，没有做过多的解释。

游俊直入主题："您老有没有打听到璠哥的消息？"

安少愈默默地摇头。

"老师，不是我安慰您，没有任何消息就是最好的消息。我问过不少人，众口一词，您不觉得蹊跷？成虎突然归来没拜见恩师，您不觉得不寻常？事情越神秘越耐人寻味。"

安少愈认真听着游俊的话。还有一位听得更认真的便是舒芸，她倚着房门，倾听师生的对话，不断地点头。

聊了一会儿，游俊打开皮包，掏出一个大信封和一只小方盒，对二老说："我只身在北京，周末喜欢逛逛琉璃厂，淘得两件小物件，送给老师和师母。两件物件府上都有，但意义略有不同。"游俊打开盒盖，里面是一对翡翠手镯。他站起来递给安老太太说："珠宝我一窍不通，拉了一位地质学家当参谋，跑了一上午，没有他称心的物件。后来与一家珠宝店老板谈得投机，老板从里屋拿出一对手镯，被他看中。老板夸他是行家，我说他是地质学教授。这就是他帮我看中的手镯。"安老太太没想到游俊离家多年还惦记着她，倒也非常感激，收下了他的礼物。

"老师，这本书送给您。"游俊从大信封里抽出一本线装书。

安少愈接过来一看，是《汉书·李广苏建传》的单行本。纸质上乘，印刷精美；是明朝官版，属古籍珍品。他曾经多次为学生讲过这篇名传，书中用对比手法叙述李广及其孙李陵，苏建及其子苏武的不同人生。苏建，在汉武帝时为将军，因抗击匈奴有功被封为平陵侯。其子苏武于武帝时为中郎将出使匈奴，被扣留十九年，牧羊北海，受尽磨难，坚贞不屈。昭帝时汉匈和亲，得以还汉。

安少愈一看书名，豁然开朗："想不到在我迷茫的时候，你给我上了完美的一课。"

"老师，璠哥是当今的苏武而不是李陵，他不是在牧羊而是在'牧狼'，他不但能在原野上奔跑，还有一双隐形的翅膀在大海之上翱翔。"

"何以见得？"安少愈问，声音有些颤抖，这些话他曾经想过，那只是臆测。但从别人嘴里说出来，特别是从留洋归来见多识广又深知安鲁璠性格的游俊口中说来更是意味深长。

"我爱拍照，用照相打个比方，逆光下看不清人与物的真实面目是因为光线刺眼，我们看不清璠哥的处境是因为我们不识庐山的真面目。"游俊向老师、师母还有进入隔壁房间的舒芸说道。安少愈听懂了他的意思，舒芸更是佩服他独到的见解。这是一次富有内涵的师生会面，学生体会到老师在艰难的处境和无法诉说的困境中依然是一位谦卑自牧的君子，一位刚正坚贞的文化学者。

"师母，昨天我语焉不详惹得嫂子扫兴，请代我向她致歉。"游俊似乎有告辞的意思，"我给她也带了一件十四年前的小礼物，请转赠给她。"

"我来叫她。"安老太太忙走过去敲敲房门说，"芸儿，你出来一下，游先生有话跟你说。"

"十四年前的小礼物？"舒芸深吸一口气，对着镜子迅速理了理头发，从房里走出来。

"老师，四叔今天上午要来看望你，所以我提前来了，暂时先告辞，想与嫂子到外面说几句话。"

"芸儿，游俊要告辞，代我送客。多年不见，替鲁璠陪老同学说说话。"安少愈很礼貌地吩咐儿媳，给他们创造一个消除误解的机会。舒芸站在客厅等着送客。

"今天中午我们为你和你四叔、四婶接风，各位伯伯、叔叔都会到场。"安少愈向游俊发出正式邀请。

"我们早点回来。"游俊满口答应。

走到大门外，游俊对舒芸说："嫂子，我想和你合影留念，你帮我俩照一张照片。"

舒芸左顾右盼，游俊指着雪人笑了。

"我没有这个雪人漂亮，你抬举我了。"话虽这么说，她还是接过相机抬起手臂，像当年一样娴熟地调好焦距、快门和光圈。她仔细一看，相机里面出现了他们三人当年的身影。舒芸眨眨眼，还是如此。她抬起头看看相机外的大千世界，只有游俊一人蹲在雪人身旁。

"怎么了？"

"刚才我看花了眼……预备，一、二、三。"快门按下，雪人和游俊被定格在胶卷里。

"十四年前我们仨照的最后一张合影你保存了没有？"舒芸把当年的相机交给游俊，顺便问了一句。

"这正是我想送给你的最珍贵的礼物。"游俊打开公文包取出6张十四年前的照片。

照片的背景春意盎然，三人朝气蓬勃，天上白云朵朵，桥下波光粼粼。照片上，游俊吹着口琴，安鲁璠搂着舒芸。她回想当年的情景，泪流满面。

"你看雪人像不像当年的你？"

"那时我们好年轻也好幼稚。"舒芸拿着新洗出来的老照片感激地点点头，"这次你是有备而来。"

"我等了十四年，也准备了十四年。我还要继续等待，哪怕再等十四年，等待原班人马相聚在同样季节，同一个地点。"

"到那时我们都老了。"舒芸有些伤感。

"只要心不老。像雪人一样，春天魂归自然，冬日又获重生。"

"雪人融化了，眼仁和围巾怎么办？"舒芸问。

"你替我保存。"

舒芸不置可否。

两人来到寒风凛冽、冰天雪地的东城河边，游俊看着她，关切地问："你参加工作了吗？"

舒芸摇摇头。

"为什么？"游俊并不指望她回答，只想提个醒。舒芸没吭声，走了几步她才说："我被辞退了。"

"真的？"

"校长轻而易举地把我这个小教员辞退了。我走了，学校的英文课也停了，两败俱伤。"

这次轮到游俊无话可说。

"问你一个问题，你在北京哪个单位工作？"

"这是我的工作证。待会儿我把信箱留给你。"

"你的结婚证带回来了吗？给我看看弟妹的模样。"

游俊摇摇头。

"为什么？"

"没有花何以有采？没有女朋友，何以谈婚恋？"

"李莉娅是谁？"舒芸犹豫片刻，轻柔地问。

"是我的一位学生，顶头上司的女儿，如你所说，她爸是老红军。"

"她是你的女朋友吧？你早该有个家，不要用资历和学历的光环掩盖你日益增长的年龄。伯母眼光犀利，说她是个不错的女孩。"

"这是我妈的臆想。"

"李莉娅呢？"

"开始她也这么期望，甚至比我妈更迫切。后来我和她长谈了一次。"

"结果如何？"

"我从头至尾讲给你听。"

游俊从国外回来，落实好工作单位后想立即回海州看望父母，了却心里的牵挂。信寄出后不久，很快收到家里的双挂号信。晚上游重打来电话，把父母寄给他的信读给弟弟听。"哥，还是我背给你听吧。"游重笑了。

信有两封，一封寄给游重，一封寄给游俊，目的是双保险。

信中说不日父母将来北京，游俊不必回来。兄弟俩互通消息后决定做好接待工作。全家人在北京团聚，是游重多年的期盼，游俊则表示："没关系，我刚回国，还没有进入工作状态。你忙，一切我来安排，关键时刻你这位大忙人偕嫂子和侄儿出场就可以了。"

为了全家的团聚，小儿子雷厉风行做好一切准备，父母却以各种理由对进京的计划一推再推。眼看到了岁末，谁都明白老人在寒冬腊月去北京探亲不是明智的选择，这一年团聚的希望成了翻过去的老皇历。春节快到了，游俊再次提出回家看望父母，再次遭到无情的拒绝。这时的游俊悟出一个道理：母亲不希望他回海州。又到春天，游俊的父母真的准备进京。还未启程，父亲游梓因感冒而诱发气管炎，即便想去也是心有余而力不足。病得最重的时候，游梓对舒芸说："芸儿，你替我给俊儿写封信，让他回来一趟吧。""好的，我来写。""芸姑娘，别听他的，他老糊涂了。""老糊涂"不再吱声，承受病痛和思念之苦。在病中，幸好有路本善的中药调理和舒芸的悉心照料，游梓的老毛病在夏日的阳光下消失得无影无踪。病魔走了，高温来了，烈日炎炎，老人还是待在家里静养为好。

"游伯，听说秋季的北京天高云淡，景色优美，气候宜人，国庆节毛主席还要在天安门城楼上接见群众，今年秋天你们去北京吧，说不定还能见到毛主席。"9月初的一天，舒芸一边给老人拾掇屋里屋外，一边劝游梓国庆节前出行。"芸姑娘，你听谁说的？知道得这么清楚。"游母赶忙问舒芸。"伯母，北京秋高气爽是听我舅舅说的，其他是报纸上登的。你放心，错不了的。"舒芸并不知道，游母并非关心消息是否准确，而是担心游俊与她暗中有书信往来。

国庆节之前，游俊父母的北上计划在舒芸的一再催促下尘埃落定，本想雁南飞的游俊第三次被挡在燕山脚下。亲朋好友一致认为让舒芸护送两位老人进京是最佳方案，游母却让舒芸止步于镇江。到了镇江火车站，舒芸将大件行李进行托运，又在火车站按计划买了三扎镇江水晶肴肉和五扎蟹黄肉包，这是游俊最喜爱的美食。一切安排妥当，舒芸与两位老人告别："记住，大小行李一共八件，回来时我到镇江接你们。"说完递给游父一张纸条。

舒芸看着呼啸而过向西飞驰的列车，心像一江秋水朝东流去，一切可望而不可即。

"他们去北京之前的一段话你听谁说的？"舒芸问游俊。
"昨晚爸告诉我的，我们爷儿俩聊到深更半夜，全是念叨你的好，要我铭记在心。"

"有什么好惦记的？你继续往下讲。"舒芸对游俊说。

老人所乘火车准点到达北京站的时间是9月25日上午9时。不巧的是，几天前游俊接到所长李若男签阅的会议通知，25日他要参加部里召开的外事工作座谈会，时间为一天。游俊一手拿着父母的电报，一手拿着领导签阅的批件来到所长办公室。李所长一看就觉得闹心，参加上级部门会议的任务非他莫属，会上游俊还有一个五分钟的典型发言，部长亲自点名要他介绍经验。可是父母来了也得有人去火车站接站啊。

"你回办公室，我考虑考虑。"李所长想了想说。

游俊拿着会议通知走了。

"你等等。"还没走出办公室的大门，游俊被叫住了，"你先坐下，我打过电话再定。"

李所长的电话是打给女儿李莉娅的，问她明天能否帮她妈解决一个难题，强调不是私事。女儿说："就看本小姐愿不愿意。"母亲的话更吊人胃口："其实不是我麻烦你这位大小姐，是游老师遇到点困难，你实在忙，我再另想办法。"只听话筒里传来急促的声音："没问题，你问游老师有什么事要学生效力，我尽力安排。""到北京站接游老师的父母，你不认识两位老人，还是不去为好，以免耽误大事。""我当是什么大事呢，小菜一碟！接待是我的第二专业。哪趟车？""回去给你看电报。""好！"女儿把电话挂了。

李莉娅上午8点半来到北京站。国庆节快到了，进京线路特别繁忙，列车一再晚点，她并不着急，心情和秋天的北京一样爽朗、清新，她悠闲地坐在候车室里的条形木椅上，从包里掏出

《钢铁是怎样炼成的》俄文原版小说，这是游老师布置给她的家庭作业，要她每天看四至五页，每次去游老师宿舍上课时，要用俄语复述书中的情节。俄语本来就很难学，小说中的人名太长，语法、修辞也很难学。因工作需要，她走上这条艰辛的学习之路，可是一旦坐到游老师的面前，潜意识提醒她，真正感兴趣的不仅是俄语还有他。

这时李莉娅一边翻来覆去研究"钢铁到底怎样炼成的"，耳朵里还要有选择地接收车站广播传出的列车进站信息。

12 点已过，迟到三个小时的 14 次列车终于在北京站现身。李莉娅听到广播后，把书装进书包，然后打开她专门制作的纸牌向一号出站口走去。纸牌上写着四个字："海州游梓"。这时广播里播出李莉娅发出的一条消息："乘 14 次特快从海州来北京的游梓老先生请注意，一位叫李莉娅的女同志在一号出站口等待你们，她是你儿子派来的一位好朋友。"广播播放两次后老人出现在李莉娅的面前。"好神气、漂亮的北京女孩啊！到底是京城的姑娘。"李莉娅的形象不得不让游母发出赞叹。

"伯父、伯母你们好！我是游俊老师的学生，这是我的工作证。"女孩打开印有国徽图案的红本本。游母反复看了看，她不是不相信这个女孩，而是欣赏她青春美丽的容颜和令人羡慕的小红本。

"伯父伯母，你们就当是到了家一样，有什么要求告诉我，我设法解决。"李莉娅温暖的话打动了老人的心。她接着说："我们先在附近饭店吃点饭，然后去车站取行李，上车后一个小时能到达游老师单位的招待所。二老是想吃米饭还是吃面条？"李莉娅一口京腔，说得抑扬顿挫，如天籁，着实悦耳。游梓土巴巴地说："弄点面条吃吧。""伯母您呢？"女孩又不厌其烦地问了游母一句。从眉宇间她看得出这位伯母是位有主见的长辈，不可忽略她的存在。"好吧，就弄点面条吃。"夫唱妇随。李莉娅莞尔一笑，拎着他们随手携带的旅行包和网兜出了北京站。

三人进了饭店，李莉娅点了三份打卤面和一些北京特色冷碟。也许一天一夜没有合胃口的饭菜下肚，也许第一次品尝到北方风味的面食，也许有令人信赖的女孩贴心的照料，两位老人吃得很香，李莉娅看了很高兴，心想也许这就是缘分。

4

吃过午饭，三人从车站取出行李后，出租车停在面前。李莉娅打开后备厢，将一件件行李放到车内，关门前又数了一遍："伯母，一共八件，不少吧？"游母想了想问："老头子，不少吧？"游梓想了又想，从中山装口袋里掏出一张纸条给李莉娅："都在这儿，上面写得一清二楚。"李莉娅打开一看，多么娟秀的毛笔字啊！像铅印的。"是谁写的？"她不禁随口一问。"是芸儿写的。"老实的游伯也就这么随口一答。李莉娅正想追问一句，看见伯母瞪了伯父一眼，也就若无其事地用手中的单子核对车里的行李。"一件不少。"她若无其事地关上后备厢，拍手说，"可以上车了。"这时从遥远的天边飞来一朵云彩，像清单上的字一样漂亮，墨一样漆黑，堵住她的心口。李莉娅站在出租车旁开了个小差，后面的一辆出租车急速地按了几下喇叭，头伸到外面吼道："这是你想心事的地儿？"

"对不起师傅，我走神了。"李莉娅回过神来，赶忙招呼，

"伯父，您坐副驾驶的位置，前面视野开阔，可以好好欣赏首都的美丽风光，我陪伯母坐在后面聊天。"

这位姑娘不但漂亮而且随和，这是李莉娅给伯母的又一印象。

快到天安门广场，李莉娅对驾驶员说："师傅，请您开慢点，让两位老人好好瞻仰天安门，我加耗时费。""没问题。"看来出租车司机是个好商量的人。车速明显降低，李莉娅绘声绘色地向两位老人介绍天安门城楼、天安门广场以及1949年的开国大典。

百闻不如一见，天安门城楼雄伟壮观，游梓百感交集，热泪盈眶。驾驶员打开车窗玻璃，让老人看得更清，外面传来"雄赳赳，气昂昂，跨过鸭绿江"的歌声。"我的祖先三百年前从扬州逃难至广州，四十多年前为了反对帝制，我从广州回到海州。十多年前两个儿子先后投身革命，所有的一切不就是为了今天我们能走在充满阳光的大道上？"他掏出手绢擦了擦泪水，像羞涩的孩子看着身旁的师傅说，"我失控了，难以自制。"驾驶员一听，是个有文化的老人，安慰他说："没关系，第一次经过天安门广场流泪的人我见得多了。你若来回多走几趟，心会慢慢平静下来。否则走一次哭一次，我这个驾驶员还当得下去？现在的天安门城楼已从我们眼中珍藏到心里。"驾驶员言语诙谐，安慰身边的老人。

师傅觉得这三位并非来自寻常人家，于是说："老人家，您这个未来儿媳真是水上的鸭子呱呱叫。"

李莉娅低头一笑，不置可否。

进入研究所的招待所，李莉娅打开房门，虽然条件一般，倒是干净整洁。所有陈设尽在眼前，两张单人床从南到北一字排开，除此之外，还有一对单人沙发、一张桌子、一把木椅。桌子上印有"喜"字的搪瓷盘里有一个水瓶、几个玻璃水杯和一个茶叶罐。桌旁有一个洗脸架，窗台上有一盆菊花，叶绿花黄，看起来精神抖擞。床单、被子和枕巾都刚刚换过。这些都能让客人感到主人确实尽心了。

"我去冲瓶水，打盆水为你们洗尘。游老师说这是你们家乡的讲究。"

水瓶满满的，她泡了两杯绿茶，放在茶几上，龙井的清香在腾腾的热气中四处飘溢，茶叶在杯中上下浮沉。

两位老人洗了脸，懒懒地坐在沙发上喝着绿茶。"这位姑娘一口一个游老师，看来挺尊敬我们家老二，什么时候抽空和她拉拉呱。"游母开始想入非非。

李莉娅拖出木椅，坐在游母身旁说："伯父伯母，我妈让我补休几天，陪你们参观首都风景名胜，你们有什么要求尽管提。"游母看看旁边的游梓，心想："她妈是谁啊？"李莉娅看出眉目，笑盈盈地说："我妈和游老师是同事，我妈是所长，游老师是研究员。我妈请游老师平时教我俄语，今天你们来了，我得为老师尽半个地主之谊。"游母这才明白事情的来龙去脉："游俊说的李所长就是你妈？她也姓李？"

"不是我妈也姓李，是我跟我妈姓李。"

游母的心沉到谷底，举起茶杯刚喝了一口热茶，烫得她差点吐出来。待她放下玻璃杯，李莉娅继续说："现在不是提倡男女平等吗？我随妈妈姓，这是时尚，我还起了个苏联女孩的洋名叫李莉娅，苏联有位女英雄不是叫古丽娅吗？"听她一解释，游母心情由阴转晴，试探着问："你爸也听你们的？"

"我爸是老革命，想得开。"

"他还上班？"游母拐了个弯，旁敲侧击地问。

"他比我妈大不了几岁，曾经是我妈的老师。最近在东北谈生意，国庆节前回京。"

原来她父母是师生恋。游梓心想，但没有吱声。

"你妈就你一个闺女？"游母问。

"是的。"李莉娅有点脸红，"革命年代条件不允许。"

游母的心情彻底放松，拍着姑娘的手背说："你妈生了你这个漂亮、能干的闺女，真是好福气啊。"

"我妈也这么说，说我是她的骄傲。"

"有你这样的闺女，应该骄傲。"游母由衷地赞叹，"老头子，人家姑娘放下工作陪我们，你是一家之主，有什么打算说给人家听听。"游母心情特好，给老伴充分放权。

"民国十八年（1929）六月一日，我以一个老同盟会员的身份去南京中山陵参加中山先生奉安大典，这次进京我想去西山碧云寺，拜谒中山先生衣冠冢，这是我的一个心愿。我还想10月1日去天安门广场参加国庆大游行，芸儿说在那里能见到伟大领袖毛主席，他们两位都是中华民族的伟人。不过这都是梦想，不能勉强。"

"好，我一定尽力。"李莉娅回答后，心想道："云儿"，他们与"云儿"关系可不一般啊……她随即又问："伯母您呢？"

"男人谈的是国家大事，我老婆子想的是家常小事。不为小事我也不会千里迢迢到北京来找他。可他和我躲猫猫，总是麻烦你跟前跟后。"

伯母是为"云儿"的事来京找游老师算账，怪不得"云儿"没与他们一起来。李莉娅不便多问，心中的阴影更浓。

晚上小儿子游俊回来了，他高大魁梧，已脱去当年满脸的幼稚，显得成熟稳重。游母十四年的怨气汇聚在一起，顾不得他的学生在场，双拳像雨点一样打在儿子的身上："这还是我的儿子吗？你还认识老妈吗？当年为芸儿的事和我赌气，说走就走，一走就是十四年啊！"

接近中年的游俊，想不到在北京见到了母亲。十四年前他离家出走是因为母亲固执地坚持了不该坚持的，自己轻易地放弃了不该放弃的。十四年来，舒芸的身影无时无刻不在他心中徘徊，他希望有一天安鲁璠能在不经意的时候出现。想到这儿，游俊平静地说："妈，有的人为了今天的胜利妻离子散，到现在生死未卜，更谈不上相逢。我们能不知足？"游俊的话一出口，游母停止哭泣，不再敲打自己日思夜想的小儿子。

"真神啊，老师最平常的一句话，起到不平常的效果。"李莉娅给老师帮腔，"伯母，游老师的话和我爸的话如出一辙，当我畏缩不前的时候，他就和我们讲红军长征的故事，批评我们年轻人的'骄娇二气'。"说着一条毛巾递到游母手上。游母看着小姑娘给儿子帮腔，心里非常舒坦，又笑得泪眼婆娑。

"游老师，时间不早了，我们去食堂吃饭吧。中午两位老人只吃了点面条，肚子该饿了。"李莉娅带着商量的口气对游俊说。由此两位老人看得出这姑娘很在乎儿子的想法。

"听莉娅的，去食堂。"

食堂已经给他们安排好了四人一桌，还用屏风与大厅隔开。食堂里吃饭的同事知道是游博士的父母来了，一个个点头打招呼。到了桌上，父亲拿出肴肉和小笼包，游俊一看，乐了："肯定是舒芸给我买的。"说完他跑到餐厅中间说，"各位食客，这是镇江水晶肴肉和蟹黄肉包，请大伙一起过来享用。"

老师口中的"舒云"大概是伯父所说的"云儿"。李莉娅猜测，这个"云儿"与游老师的关系非同一般，但是她为什么不来？李莉娅又陷入沉思。

餐厅里的同事们听到有佳肴分享，原来零星分散吃饭的人群，顷刻间聚合成四桌。李莉娅很快拆去屏风，和另外四桌融为一体。大师傅捧上五盘肴肉，小笼包子在加热，游俊捧来醋碟——可惜是山西老陈醋。他想要是舒芸能来，她无论如何都会带一瓶镇江香醋，那就完美了。

晚上，游重打来电话，说28号全家人来看望父母。在北京和游重通话似乎近在眼前，游老夫妇已经满足了。

夜深人静，两位老人没有睡意，他们头顶着头，各自睡在一字排开的单人床上，说话还算方便。

"老头子，这女孩你还满意？"

"我满意又有什么用？正如当年，他和芸儿两情相悦，还不是被你棒打鸳鸯？时代不同了，现在你能左右孩子？女孩都跟妈姓了，男孩不知变成什么样子。"

"我的儿子我有数，他现在仍是打不还手，怎么能说我的儿子变了呢？"

"是有学问的人对母亲的尊重，否则打起来成何体统！"

"无论如何，只要女孩有想法，我就一直陪她走下去。"

"还没要人家的生辰八字去找瞎子算命，你的主意就这么草草定啦？"游梓带着一股怨气嘲讽游母。

"老封建，都什么时候了？"

"现在知道这是老封建啦，再说他们年龄相差不小啊。"游梓不是不喜欢李莉娅，而是借机替舒芸出气，同时把丑话说在前，防止游母再次出尔反尔。

"我们俩年龄不也相差很大？只要他们俩合适就行。"

“早点睡吧，娶儿媳不在这一时半会儿。”游梓不再说话，随之鼾声如雷。

李莉娅住在隔壁房间，虽然房子隔音效果不好，可他们说的是海州方言，所以听得并不明白，但是“云儿”和“女孩”这两个词她是入耳入心的。

去天安门广场参加国庆大游行就没有如此顺当，经过几番联系，9月28日李莉娅兴奋地告诉两位老人：“10月1日我们可以去天安门广场了，过几天就可以见到毛主席了。10月1日凌晨3点在我们部机关大院集中，夜里没有出租车和公交车，朋友的车要执行公务，我们必须在凌晨1点出发，步行两个多小时到达集中地点，不能迟到，不能掉队，否则进不了天安门广场。”

游梓问：“活动什么时候结束？”

“大概下午3点可以各自回家，每人发一份干粮、水果。”

游母一听有打退堂鼓的意思，当着李莉娅的面话说不出口。她想等两个儿子在场时和他们一起商量能否不去。

晚上游重来看父母，儿媳和孩子都没能来。游俊向游重隆重地介绍了他的学生李莉娅，并特别说明自从爸妈来到北京全靠她精心安排。游重很客气地与李莉娅握手以深表谢意。李莉娅落落大方地对游重说：“领导太客气了，老师给我的帮助那才叫刻骨铭心，现在我都能与苏联老大哥用俄语深度交流了。”

“好！我是从苏联留学回来的，咱们仨算是有‘共同语言’，待会儿我们给两位老人唱一首苏联歌曲，作为汇报演出。”

“听从领导安排。”

“不要老是称我领导，这样显得生分，还是叫我大哥吧。”游重很看重李莉娅的不俗举止。

"小妹以茶当酒敬两位哥哥一杯。"李莉娅随即起身端起搪瓷茶缸。

游重喝了一口茶，对游俊说："去你的房间把口琴取来，我们三人现场来一首。"游俊微笑着上楼，心里直嘀咕：哥今天怎么啦？怎么有如此雅兴？

游俊下楼来，游重接过口琴说："你俩唱歌，我伴奏。"

"大哥，你说唱哪一首？"李莉娅问游重。

"就唱《喀秋莎》，我和你嫂子就是因为这首歌而擦出了爱情的火花。"游重开始调音。

这话说得李莉娅满脸通红，满心喜悦："大哥，我可没有嫂子唱得好。"

"先别谦虚，唱得好不好我来评论。"游重笑嘻嘻地说。

李莉娅的歌声的确动听，就是游俊也暗自佩服。游重说："小妹不仅歌喉好，吐词发音都很标准，歌词理解也很到位。对一位没有在苏联生活过的女孩来说，唱得如此纯真，确实难能可贵。"游俊接着哥哥的话说："的确唱得很动听，我老了，连滥竽充数的资格都不够。"

"可我喜欢老师那浑厚的男中音。"李莉娅的话既合情合理，又拉近了被游俊疏远的距离，"游老师多年在海外深造，多才多艺令人敬佩，如果学音乐，一定是位歌唱家。"

"小妹，你不知道，他还是一位雕塑家。闭上眼能把你的形象和灵魂栩栩如生地塑造出来。"

"我们家老二是个书呆子，没有他哥豁达，游重的到来把这把火点着了。"游母心想，同时不失时机地说出10月1日她不想去天安门广场的意思。

"哪有这种说法？已到北京，能错失良机？爬也要爬到天安门广场，这就叫虔诚。"游梓当着晚辈的面批评游母这是我行我素。

"小妹，你看有什么良策？"游重在考察李莉娅处理突变事件的能力。

"大哥，我有一个办法让伯父、伯母各得其所，但可能要麻烦你们二位陪伯父去天安门广场，我马上打电话给我们部'参游领导小组'的同事，把我们两位女士换成你们两位博士，一旦敲定，就不能再有任何变动，上面抓得很紧。"

"就这么定。"游重说，"快去传达室打电话给你们部的同事。"

1952年10月1日，游家二位博士在北京最美的季节陪着他们的父亲实现了人生最大的愿望，集合数十万人的天安门广场上有他们父子仨，这恐怕是独一无二的组合，游梓感到骄傲，令他终生难忘。

留在招待所的李莉娅洗过衣服后和老太太聊个没完，相互间就差一张窗户纸没捅破。

这么好的孩子当儿媳，得有点福气。游俊的母亲内心不断祈祷。

在招待所的"伯母"和参加国庆大游行的"伯父"一样心情澎湃激动不已，李莉娅彻底把游母给征服了。

故事讲到这儿，舒芸替他轻轻地舒了一口气，她扯着身旁树上一根下垂的枯枝，侧过身问："后来李莉娅找你谈过没有？"

"谈啦，她问我'芸儿'是谁，还问我所说的'舒芸'是不是心中永远散不去的云彩。"

"你应跟她解释清楚，你和舒芸之间早已没有任何个人情感的纠葛，剩下的是同学、朋友和兄妹。不要再次失去天赐良缘，这是我最大的希望。"

"父母回海州后不久，我们的俄语课随即恢复，一天下课后她没有离开，明确表示要与我确定'朋友'关系，否则今晚决不会空着手走出这个房间。"

"你看人家对你是真心的，态度明确而坚定。"

"我看高干子女是任性的，我不喜欢被人要挟。"游俊说，"我坦诚跟她讲了我们三人之间的关系，她说：'你没有充分的理由，我不会随意改变自己的主张。'于是我说：'如若你知道那段不堪回首的往事，会明白在情感上我是个白痴、懦夫。'她要我把那段历史讲给她听。"

"你讲啦？"

"我讲了。"

"又一次出卖了我。"舒芸心想，不过这是游俊刻骨铭心的回忆。

5

青春是一篇难以忘怀的章节，游俊带着愧疚再次将那段不堪回首的往事给李莉娅梳理一遍。

1935年，不满14岁的游俊和比他大2岁的安鲁璠以同样优异的成绩考取金陵大学，游俊成了当年为数不多的"少年大学生"。安鲁璠读的中文系，游俊读的外文系，分别都是他们最憧憬的专业。

这两个男孩离开家乡，往日热闹的景象不复存在。舒芸放学后也不回家，与安鲁玛待在一起，久而久之，两人成了闺密。当安鲁璠、游俊放假回来时，她俩像过节日一样欢乐，总是无休止地缠着他们讲海州以外的故事，讲大学的生活和江南的秀色。问他们朱雀桥还在吗？夕阳下还开着美丽的野草花？是否游过凤凰台？去过白鹭洲？有没有见到莫愁女？有没有拜谒中山陵？一个问题接着一个问题。舒芸问的问题最多，游俊回答得也最详尽。

百闻不如一见，安鲁璠和游俊允诺明年暑假邀请舒芸和安鲁玛去南京，陪她们逛夫子庙、游玄武湖、登紫金山。于是这两个女孩苦苦等待。

然而，青春的美梦被日寇的铁蹄践踏得粉碎。1937年夏，日军攻打上海，安鲁璠和游俊参加学校去上海慰问淞沪会战的将士们的活动，目睹了战争的残酷，感觉到国破家亡的悲哀。回来后发现他们慰问将士的照片已刊登在报纸上。

两个女孩自从在报纸上看到他俩的身影之后，再也没有得到他们的任何消息。从夏到冬，舒芸心中总牵挂。她经常一个人偷偷跑到汽车站，等候从南京回来的汽车。时间久了，看门的老人不忍让她的心一直悬着，直截了当地说："孩子，南京的线路早就断了，即使回来也不会经过我们这儿，明天车站就关门了。"她从失望中走出去，猛回头看到安鲁玛站在她身边，两个女孩相拥而泣。

"还没有到放寒假的时候。"安鲁玛的劝慰并没有使舒芸感到轻松。"南京早已停课了，怎么还不回来？"舒芸说道。

从上海回来后，安鲁璠他们立即投入南京保卫战的宣传工作中。

6

12 月 16 日清晨有人敲安家大门，安鲁玙匆匆赶去。门一打开，是舒芸，她奇怪地问："今天怎么来这么早？"

"我见到璠哥了，所以赶忙过来告诉你。"

"他在哪儿？"安鲁玙着急地问。

"在梦中。"

安鲁玙像泄了气的皮球，但依然和颜悦色地说："说给我听听做的什么梦。"

"不告诉你。"舒芸羞答答地说。

这时母亲喊道："玙儿，好像又有人敲门，快去看看。"安鲁玙一个箭步往外跑，舒芸紧随其后。门打开了，并没有人，安鲁玙怏怏地关上门。

门未关好，又被推开了。安鲁璠和游俊回来了。

"哥！是你俩！"安鲁玙紧紧抱住安鲁璠，舒芸赶忙过来，四个人抱成一团，喜极而泣。安太太从厨房走出来一看，大声说："先生，璠儿、俊儿回来了！"安少愈赶忙走出来，平静的脸上挂着喜悦的泪花。

第二天的早晨，安鲁璠走进父亲的大书房，父子二人促膝长谈。安鲁璠讲述了南京沦陷前后所目睹以及所经历的事件。

"爸，儿子想听听您的意见。"

"你刚回来，现在以休息为主。今天我只想和你说三句话：第一，国难当头，你和游俊跳出书斋走上战场，经历几天的生死磨难胜过十年的寒窗苦读，好好珍惜这笔财富；第二，记住，以前所做的一切仅仅是开始，要再接再厉一往无前，前面会有更大的风浪，要学会驾驭；第三，游俊这孩子不错，人很聪慧又有剑胆琴心，是我的好学生、你的好兄弟。只是有些稚嫩，你要尽力助他成长。"

"父亲的话我牢记在心。"安鲁璠说，"我想到思贤那边去。"

"盛思贤是你想找就能找得到的？昨日我已悄悄拜托你四叔，他答应我了。"安少愈正准备告诉儿子盛思贤的一些消息，女儿安鲁玙突然走来："爸，大伯、二伯和俊哥一起来了。"

安少愈和安鲁璠来到客厅。舒林立即请安少愈和安老太太坐在客厅条几前八仙桌的东西两侧，并神秘地说："这是大哥的意思。"为人谦和的安少愈虽感莫名其妙，但还是听从吩咐。

一天，游俊站在小书房的书桌前欣赏安鲁璠蒙眼盲写陆游的《卜算子·咏梅》，写到最后，安鲁璠摘下眼罩，游俊竖起大拇指赞叹不已。安鲁璠揉揉眼睛看着窗外零星开放的寒梅忧心忡忡地说："游俊，在战火还未燃烧到海州之前，我们要抓紧时间做些有意义的事，为迎接更加残酷的未来做好准备。目前最要紧的有两件，一是增强自我体质和体能，二是唤起广大民众。"

"增强体质、体能方面我有办法，"游俊说，"如何唤起民众我一筹莫展，总不能像老太婆一样挨家挨户去串门游说吧？"

"到时你就知道了。"安鲁璠说，"首先增强体质，迎接残酷的未来，今天就去见二伯和七叔两位师父。"他真的感到时不我待。游俊也随着安鲁璠出门。

一天，两人健身结束后，回来的路上经过朱成虎家，他俩进去叫上朱成虎一起吃饭，三人笑着出去了。出门不久游俊对安鲁璠说:"你俩先走,我很快就到。"游俊进了一家肉铺打了五斤筋条肉送到朱成虎家,对五叔说:"虎哥给你买块肉当中饭菜。"

安鲁璠领着朱成虎回到家,进入一间宽敞的教室里,安鲁玙和舒芸在里面等着,桌上不但有茶水,还有花生、瓜子、芝麻糖之类的茶食。不一会儿,游俊和戚胖子也来了,戚胖子看到桌上的茶食好吃,先尝了两块芝麻糖,嚼得嘎嘣嘎嘣地响,不断称赞茶食有滋有味。他边吃边问:"找我干啥?"

"一个吃货,"舒芸笑着说,"找你演话剧。"

"让我演谁?"戚胖子很感兴趣地问。

"像谁演谁。"游俊说,"两个角色随你挑,一个是日本少佐,另一个是汉奸翻译官。"

"都是坏人。"戚胖子满不在乎,学着翻译官的样子又吃了两块麻糕。

同学之间开心过后坐下来研究正事。安鲁璠说:"今年我们是在日本人的眼皮底下过年,过年不忘国耻,节日期间我们来一场抗日救亡大宣传。地点在中山广场,演抗战话剧和抗日大合唱,这都是群众喜闻乐见的形式。"

"除此之外,璠哥还要进行抗日救亡演讲,同时发放抗日传单。"游俊说。

经过协商,话剧的名称是《不愿做奴隶的人们》,表现日寇的凶残以及中华儿女与敌人顽强斗争的场景,话剧以平型关大捷结束,鼓舞百姓斗志。大合唱的内容也基本确定,有《毕业歌》《大路歌》《义勇军进行曲》以及李叔同的《送别》、东北的民歌《摇篮曲》等十多首当年在年轻学生中广为流传的歌曲,城隍庙的民乐乐队负责伴奏。演出定在正月初五。年前在明德小学的礼堂排练,大教室排练合唱,礼堂用来排练话剧。

腊月二十排练结束，演出的预报贴到主要街道的墙壁上。预报贴出后两天，他们从四叔路琢如那里得到一个不太好的消息：军警可能会出面干涉学生的演出，采取何种手段尚不太清楚。两天后消息得到了证实：军警放出狠话，节日期间如若有人扰乱社会秩序必以汉奸罪从严惩处。很快陆续有合唱团学生的家长向安鲁璠打招呼，说正月初五家中有事，孩子就不参加演出了。有些家长既不来打招呼，也不准备参加初五的演出。游俊气得躺在小书房的躺椅上破口大骂："老子有枪毙了他们。""真给你一把枪恐怕到时你也屙了。"安鲁璠对游俊笑着说。"都火烧眉毛了，亏你还有心情说风凉话。"游俊气不打一处来。"背后发火就能顶事？"安鲁璠接着说，"起来，好好商量对策。"

"有何良策？"游俊懒散地从躺椅上移到座椅上。

"我的想法很简单，上求帮助下安人心。'七兄弟'是一座大山，我们应求得他们的帮助。同学们又希望能得到我们的支持，组织者岂能坐在家里按兵不动？"

安少愈出去后，安鲁璠关照安鲁玙和舒芸在家接待来访客人，他和游俊一起相继出发召集骨干开会。很快骨干成员和民乐队来到安家。几天不见，大家感到特别亲切。可一提到演出就像缺了水的秧苗，一个个都耷拉着脑袋。有人提出："即使我们能演，没人来看，岂不是瞎子点灯？"张昶彧说："这不用愁，只要你们能演，我起码能从庙里组织二三百号人前去观看。"问题又回到了能否演出这个层面。大家你一言我一语议论不休，没有一个结果。

安少愈从外面匆匆回来，走到同学们身边听大家的议论。过了一会儿，张昶彧请安少愈给大伙说几句。安少愈对同学们说："我听了你们的议论，其实你们并不孤单，每一个有良心的中国人会认同你们的爱国情怀，学校是你们坚强的后盾，老师永远与你们同在，我作为一校之长，会采取一切办法为这次义演保驾护航！你们尽管演出。"最后他站起来说，"历史赋予我们重任，我们必将取得胜利！"

听到如此铿锵有力的讲话，大伙激情澎湃。散会前安鲁璠给大家强调了几点："正月初五的演出铁定不变，但是大家对今后的活动要做到严格保密；同时各自注意安全，防止有人制造事端；节前做好思想摇摆不定的同学家长的工作，确保演出人员一个不少。正月初三我们召开演出前的最后一次会议。"

正月初三上午，会议在明德小学礼堂秘密举行，"七兄弟"和学校的各位副校长以及各学科主任全部到场。安少愈做了临战前的动员讲话，分析了演出成功的有利条件，鼓舞全体人员的斗志。会议结束后进行最后一次彩排。

初五上午，寒风凛冽，参加演出的同学已聚集到广场南侧一个较大的院落里。安鲁璠和朱成虎密切关注广场可能出现的突发情况。

荷枪实弹的军警出现在广场中央，这是从未有过的现象，大家心里多少有些发怵，担心军警出面阻止学生的演出或驱散观看演出的群众，若果真如此，那人们的期待将落空。

"璠哥，你看不会有事吧？"朱成虎担心地问。

"不会的，有各界人士和各学校的支持以及'七兄弟'亲临助阵不会出多大的乱子。万一有异常情况我在现场应付，你立即向'七兄弟'报告，他们就在前天开会时告诉你的那个地方。"

这时各学校的同学纷纷来到现场，市民们摩肩接踵，各自怀着期待挤进了热闹的冬日广场。会场气氛基本形成，等待学生们的演出。正在此时，远处锣声响起，人流像潮水一样迅速从舞台周边退去拥向锣声响起的地方。主席台的周围剩下稀稀拉拉的一些学生队伍东张西望，这是安鲁璠始料未及的。他和朱成虎赶忙向着锣声的方向跑去，看到有两组舞狮队在场地的东北方向表演。

"坏了，来者不善，他们是来搅局的。成虎，你去请'七兄弟'到这儿来，我进场子里面一探究竟。"

安鲁璠向朱成虎交代好任务，挤进人群迅速向舞狮的中心走去。场地中央狮子狂舞锣声震天，观看的群众里三层外三层将表演围得水泄不通。敲大锣的是安鲁璠中学时期的同学，看到安鲁璠走过来与他点头致意，手中的锣槌并没停止，安鲁璠耐心等待的同时静静地思考对策。五六分钟的演出告一段落，安鲁璠走到那位同学的面前，对方交出大锣和锣槌："璠哥，你来敲一段。"安鲁璠接过大锣对着四只狮子猛敲一通，四个舞狮者在黑暗中听到没有节奏的锣声后齐刷刷掀开盔甲一般的"狮头"露出人形，这正是安鲁璠所需要的，他把大锣还给同学。舞狮者正在发愣，"七兄弟"走到他们的面前，只听安少愈对着舞绣球的人说："怎么，打擂台来了？"他声音不高，但是很有威严。

"校长，头儿要我们来捧场凑热闹，如果打扰这就走开。"

"既然来了，怎么说走就走？还没拿到红包就走人多不吉利。再舞两出让乡亲们乐乐，红包我们给得起。"说话的是路琢如。如果说安少愈神态威严，路琢如脸色则是冷峻，没有给对方商量的余地，他躬身摸着一个舞狮的小伙子下肢说："去年秋天我把你的断腿给治好了，不舞一出也对不起我的路氏接骨丹。"

"小人真的不敢。"这位舞狮者说。

"路大夫是要你们到台上风风光光地舞一出，给百姓送去新年的喜庆。"安少愈说，"先拿个小红包，舞好了另有奖赏。"安鲁璠的同学把锣面朝下，路琢如从钱袋里倒出一堆"袁大头"，发出诱人的金属撞击的声音。

"谢谢四爷，我们去台上演出。"看着一堆白花花的"袁大头"散落在大锣里，舞绣球的大师傅开心地向围着他们的"七兄弟"不断作揖，"谢谢诸位爷爷的赏赐。"然后对舒林说，"请二爷指教。"舒林接过绣球，安鲁璠的同学乖巧地把锣交给张昶彧："七爷您请。"整个舞狮队的指挥权牢牢掌握在"七兄弟"手中。

锣声又起，敲得有板有眼。人浪随着狮子狂舞又回到广场中央。台上演出很快开始了，城隍庙乐队的乐师们出现在舞台左侧，在张昶彧大锣的指挥下演奏了一出非常火辣的《打闹台》，四只雄狮在舒林绣球的挥舞下忽左忽右尽情狂舞，人们纷纷拥到台下齐声喝彩。这时军警巡逻队扛着"烧火棍"路过台下，一位记者抓拍到难得的镜头，准备发表在第二天的《海州日报》的报眼上。当然，游俊的相机也保存了初五财神日的特别风景。

至此，目睹台上舞狮场景的巡逻队的戒备之心一扫而光，在广场后面来回巡逻两趟后，队伍末尾的副队长走到前面跟队长说："头儿，正月初五在这儿转经你不觉得憋屈？"

"憋屈又怎样？我们就是这个命，还没有让你冲锋陷阵就感到不自在？"队长不以为然。

"真的冲锋陷阵死了算了，在百姓面前耀武扬威实在无趣。不如上大街转转，新年打点秋风也不枉为财神日。"副队长反复怂恿队长。

"你有打秋风的主儿？"队长问。

"不能肯定，十有八九能碰上。"副队长说。

"听你的。"队长下定决心。

离开广场到了新民街十字路口，小队副看到一位衣着光鲜的年轻阔少进入附近一家药店，他对头儿说："这位是路大夫家二公子路本善，小路大夫，请他做东应该没话说。"说着走到药店门外等待路本善出门。等了好长时间，路本善出现了，药店老板点头哈腰送他到店铺门外。立在门外的小队副一巴掌拍在路本善的肩上："二少久违了，我请你到对过酒楼喝杯茶。"路本善掸了掸衣服定神一看，笑道："王队长新年吉祥！实在抱歉，鄙人今天有点小事不能奉陪，但我来做东，你看可行？"小队副盼的就是这句话。巡逻军警与路本善一起横穿马路到了对面的酒楼。路本善对酒店老板说："各位军爷节日期间巡逻辛苦，理当摆酒犒劳，费用记在路氏诊所名下。"交代妥当后，他向两位队长致歉告辞。

当巡逻队的军警们被酒楼的老板领到楼上大吃大喝时，中山广场台上正在上演三幕话剧《不愿做奴隶的人们》。戚胖子把他演的日本少佐穷凶极恶的形象表现得淋漓尽致。人们对侵略者恨之入骨，感到了当亡国奴的恐惧。直至"日本少佐"被平型关伏击的八路军活捉时，台下观众终于舒了一口气，爆发出热烈掌声。

话剧结束，安鲁璠利用演出休息的间隙，手拿张昶彧自制的雪花铁皮喇叭在台上讲述了他和游俊亲眼所见的淞沪战役和南京保卫战的惨烈状况、南京大屠杀的恐怖情景以及他们死里逃生的艰难过程。最后他说："侵略者使我们国破家亡，妻离子散，田园荒芜，尸横遍野，我们不能苟且偷安，必须为民族存亡而斗争。"台下鸦雀无声，男女老少都在全神贯注地聆听他的演讲。演讲结束后台下爆发经久不息的掌声。游俊接过土喇叭，大声呼喊：

"打倒日本帝国主义！"

"打倒汉奸走狗！"

"团结起来，共同抗日！"

安鲁玚、舒芸和许多女同学在人群中散发传单，整个广场成为群情激愤的海洋。

接着是大合唱，城隍庙乐师们的友情助演给学生合唱队的大合唱增添了几分乡情。合唱团一连唱了十首歌曲，最后一首是《义勇军进行曲》，当唱到"起来，起来，起来，我们万众一心，冒着敌人的炮火前进"时，台下各学校的师生和台上的合唱团产生强烈的共鸣，继而变成整个广场的大合唱。乐队指挥——游俊来了个一百八十度大转身，面对台下的百姓挥舞着他的指挥棒，台下的学生和广大群众被他的指挥所感染，声音更加洪亮激昂。歌曲到了尾声，游俊的指挥棒并没有停止，台上台下又继续唱了一遍，游俊再一次转身指挥合唱团的同学用和声的唱法为台下的群众伴唱，同学们的身体随着音乐的节奏左右来回摆动，显示出青春的活力。中山广场的歌声此起彼伏直至游俊的指挥棒停止挥舞，演出结束。

7

正月十五是海州城隍庙的传统灯会。初十，张昶彧和安少愈议论："孩子们费尽千辛万苦，中山广场的演出总算有惊无险，平安度过，但是外面谣言四起，今年的元宵灯会我看就免了吧，不要一而再，再而三地惹恼军警，最终迁怒于安鲁璠和游俊。"安少愈说："你的话有道理，但是延续百年的城隍灯会断在我们手中，上对不起城隍爷，下失信于老百姓。你担心军警不放过两个孩子，我也有所考虑，正月十五请吴镛来海州观灯，十六接他俩去乡下避避风头，如果风声较紧，你和二哥陪他俩下乡走一趟。"安少愈的意思是灯会不但照旧而且要有特色，以"抗战"为主题就是今年的特色。"这样最好。"张昶彧的担心没有了，他表示正月十四上午还是在路琢如家书房集中制作关于宣传抗战的灯谜，正月十五晚上庙里照样热闹一场。安少愈点头答应，张昶彧再没有多说。

根据计划，正月十四上午"七兄弟"和各位妯娌齐聚于路家大院制作灯谜，这时的安家大院只有安鲁璠、游俊、安鲁玙和舒芸四人在避风头。院子很安静，两三只麻雀在树上地下来回嬉闹，发出叽叽喳喳的叫声。两个女孩在闺房里摆弄丝线学着并无多大用处的刺绣，游俊一人在小书房的躺椅上看书，等待安鲁璠回来下棋。

安鲁璠去茅厕许久未回，游俊等着等着就睡着了。大约10点安鲁玙听到有人敲门，门一打开，进来几个荷枪实弹的军警气势汹汹地问："这是安鲁璠的家？"

"你们干什么？"安鲁玙着急地问。

"有点小事请他去司令部走一趟。"几个军警二话不说，推开安鲁玙强行进到院子里到处搜索，在小书房看到一个青年人在躺椅上睡觉，不由分说地把人五花大绑地带走了，两个女孩从未见过这种场面，吓得直发抖。军警带走游俊后，两个女孩正准备去路琢如家报信，正巧安鲁璠从外面回来。他本是上茅厕，遇到陈奶奶门锁打不开急得团团转，他就找了一根铁丝把被卡着的锁簧打开，又替她修好锁，耽搁了一点时间。

"哥，你去哪儿了？军警说是找你，看到俊哥在躺椅上睡觉就不分青红皂白把他给带走了，样子真吓人。"安鲁玙边哭边诉说。

正月初五演出后，海州国民党驻军将海州青年宣传抗日的事报告国民政府的同时密报南京伪政权。日本人感觉到共产党在海州的存在，要求立即秘密逮捕为首的分子，这次军警下手又快又狠，只为向日本人表示忠心。

"七兄弟"听到消息并不诧异，是军警动手报复的时候了。安少愈说："正月十五闹元宵的计划不变，由老六和老七继续张罗，我陪璠儿去司令部换回游俊。"路琢如觉得事情没有那么简单，万一安鲁璠自投罗网游俊也不能出来，麻烦不是更大？不如先打听清楚再想解决的办法。在场所有人都同意他的意见。

舒林找到常在司令部走动的保人，保人说此事并非将人调换过来那么简单。舒林问能否先将游俊保释回去，安鲁璠的事情再议。游梓和安少愈都是海州名人，即使有翅膀也不想飞。保人回复得很干脆："事情通天，没有回旋的余地。"

安少愈觉得此事很对不起游俊，宣传抗日的带头人是安鲁璠，游俊只是协助。其次游俊是在自己家被抓走，军方指名道姓抓的是安鲁璠，游俊在自己家不可能有这种误会发生。所以他提出无论如何首先用安鲁璠换回游俊，余下的事从长计议。

"我还是一句老话，这些兵痞是无恶不作的流氓武装，可以断定就算璠儿进去了俊儿也出不来，必须考虑好后路再说。"路琢如坚持自己的意见。

"我建议文武两手双管齐下，文戏由大哥、三哥出面，要唱得委婉、动情。我和二哥做好武打的准备以防不测。"张昶彧提议。

其他人觉得舒林和张昶彧的确武功不凡，但是与拿枪的敌人硬拼犹如以卵击石，所以并不看好张昶彧的说法。

"此法甚好，我完全赞同。"舒林却力挺张昶彧。

最终"七兄弟"定下刚柔并济的方略，军与民的谈判正式开始。这是一次不对等的面对面的交锋，军警的火药味很浓，气势汹汹，提出先决条件是首犯安鲁璠必须先行自首，然后再谈放人。安少愈问："如果你们不放人怎么办？"军方说："在首犯自首之前一切无可奉告，时间限在两天之内，否则我们立即抄家抓人。"军方的策略以人为钓饵勒索钱财，让"七兄弟"人财两空。

"看来又要搭进去一个，"老六尹亦凡忧心忡忡地说，"能否重新找人疏通关系？"但这时疏通关系好比是担雪填井。舒林再次明确提出个人的想法："我和七弟上阵。"

这时兄弟们的眼神都落在路琢如的脸上，路琢如站起来，神情严峻，他对安少愈说："三哥，我同意二哥和七弟的意见，由你和大哥出面把璠儿送过去，不是把他送进火海，而是带他跳过火坑。"此话一出，大家再无异议，内部意见形成高度一致。

事已至此，第二天下午，游梓和安少愈带着安鲁璠到了明德中学隔壁的国民党驻海州司令部。在司令部接待室大约等了一支烟的工夫来了三位军人，一位是中校团长，另外两位是中尉副官。会见一开始，安少愈就说明根据军方的承诺我们来带游俊回去。"你们的人带来了没有？"团长问安校长。"我就是你们要抓的人，既然我来了，你们应无条件地放回错抓的游俊先生。"安鲁璠回答说。"我们没有抓错人，而是让你漏了网。游俊一定会放，请你们放心。放人之前有一点小手续要办，一是交一笔保释金，二是签一份悔过书，这样游俊方可回家。""保释金是多少？"安少愈问。"有限，有限，你们不是号召抗日吗？政府非常困难，不是几个毛孩子空喊几句口号就能打败日本人的，得有钱。他想抗日，起码给军队捐八千大洋，以表爱国之心。""安鲁瑶需要多少保释金？"游梓进一步问。"他嘛，抗战最积极，当然保释金要多一些，不过保释金数量远远低于他的热情。"团长含糊其词地说。"你能具体说说是多少？"游梓追问一句。"这很难说，要看案情的大小。他是主犯，罪行较重，少说也得两万大洋。"团长回答说。安少愈说："那我们回去凑钱，这不是一笔小数目。""保释游俊限时三天，三天过后即使有钱也不能放人。至于安鲁瑶的事先搁一搁，有钱不等于能放人。"一位姓孟的副官提醒他们，话很婉转，安少愈听懂了他的意思。

安鲁瑶进去了，游俊没出来，书生气十足的尹亦凡有种被人愚弄的感觉，路家大院被阴霾笼罩着。

游俊戴着手铐、脚镣被关在阴暗潮湿的牢房里，与不停穿梭的老鼠为伴。暴力是一记响亮的耳光将倔强的游俊抽得生疼。面对高墙铁窗，清高桀骜的游俊有种被遗弃的孤独感。

第二天下午安鲁瑶进来了，游俊感到十分惋惜又有些惊喜，有安鲁瑶在就有依靠。游俊想过去拥抱他，刚跨出一步就被铁镣拽住了身体，再也不能向前，他悔恨地站在原地目睹安鲁瑶被铐在另一根铁柱上。

"瑶哥，你怎么来啦？"

安鲁瑶开心地一笑："我来陪你。否则你一人在这儿该多寂寞。你父亲正在筹款，三天之内你可以回家。"

"那你呢？"

"只要筹足大洋，我就可以回家。"

"一旦我回去一定保你出去。"游俊做了一个肯定的手势。

"你俩就慢慢地聊吧，除非死了才能离开牢房，老子不但要侍候你俩，还要把听到的话汇报给长官。"狱警感叹道。

初春的黑夜很冷，两人躺在稻草铺成的地铺上，上面的窗户没有玻璃只有铁条，冷风不停地往里灌，冻得人难以入睡。

"你在这儿一天一夜，躺在稻草上想什么呢？"

"想我俩的过去。"

"还想舒芸？她可想你啊！昨天她和我妹妹哭得像泪人。"安鲁璠悄悄地说。

"哥，她是你的人啊，我不能有非分之想。"游俊无奈地叹了口气。

"谁说她是我的人？你们两家祖祖辈辈是生死之交，我希望你把这个友谊系得更紧。"

"那你怎么办？"

"我也非常喜欢她。"安鲁璠用戴着镣铐的手擦了擦嘴唇，发出一阵刺耳的叮当声，他没在意这种桎梏下的束缚，动了动刑具说，"正因为如此，把她交给最信赖的朋友我才安心。"

"怎么说出这种悲观的话？我们都能再次见到芸儿。"

"你误解了我的意思……"

安鲁璠正想继续往下说，只听狱警在门外吼道："深更半夜，不许说话！"

"睡一会儿吧，要保持好体力。"安鲁璠悄悄地对游俊说。

游俊理顺铁镣勉强躺在被蹂躏得乱七八糟的稻草上，不一会儿就睡着了，安鲁璠却始终难以入睡。

第二天下午，游梓和安少愈又来到司令部，这次接待他们的只有孟副官。游梓告诉孟副官一个人的赎金已经筹备得差不多了，余下的两天之内保证筹足。孟副官看了一眼银票说，"把钱筹足，签过悔过书就可回家。"

　　游梓看四周无人，从口袋里掏出一张三百大洋的银票塞给孟副官："一点小意思……"

　　"你留着急用，我岂能乘人之危？"孟副官坚决辞谢，"没有事你们回去抓紧筹钱吧。"

　　"孟副官，我想给儿子交代几句，万一他不肯在悔过书上签字就麻烦了。"

　　孟副官想了想说："只能一人进去，只许劝他签字。"

　　游梓在孟副官的陪同下来到 3 号牢房，这原本是西山寺东侧药王庙的斋舍，抗战之前，每年阴历三月二十九孙思邈诞辰日他和安少愈、张昶彧三人一起陪着路琢如祭拜药王孙思邈，原来很熟悉的地方现在已经面目全非。

　　游梓见到儿子和安鲁璠受到如此的折磨，内心难过，孟副官也感到难堪，他对游梓再次提醒道："凡事得抓紧。"游梓除了交代两个孩子第二天要在悔过书上签字外没有多余的话。

　　"这儿离学校很近，游先生应该很熟。"回去的路上，孟副官与游梓交谈。

　　"来过，"游梓对他说，"那可不是一般的邻里间的串门，是陪四哥祭奠药王。"

　　"医生祭药王好比商人敬财神吧？"孟副官随意问了一句。

　　"不一样。"游梓说，"商人敬财神是为自己谋财的，路大夫祭药王是为百姓消灾。"

　　"人生在世，哪能无病无灾？"

　　"四弟说防病少病，防灾无灾。强身健体病魔不得入身，他提倡小病早治，冬病夏治，无病防治，将来人不是病死而是老死。"游梓替路琢如解释。

　　"病人是医生的衣食父母，哪有求人无病的医生？"孟副官听到不少关于"七兄弟"行善的事，以前不以为然，而游梓的解释震撼了他的灵魂，"真想与你们成为莫逆之交。"

"求之不得，"游梓不胜感激，"恭候光临。"

"择日登门拜访。"

第二天清晨，孟副官带着一队士兵突然来到游家，他抱歉地说："想不到今天以这种形式来到府上，请海涵。"接着责令士兵立即进行搜捕，须仔细搜捕，但不得鲁莽造次。手下的人立即翻箱倒柜，倒也不敢恣意妄为。

"后会有期。"例行公事草草收场，孟副官匆匆而别。

军警不仅搜查了游、安两家，海州"七兄弟"每一户都在搜查之列，就连城隍庙、明德中学、德生堂药店都难幸免。全城戒严，每个出城关口都有重兵把守，被称为"死神收割机"的马克沁机枪的弹带已经上膛，似乎战争一触即发，百姓惶惶不安。

几天的戒严结束后，游梓来到司令部向孟副官打听放人的消息，孟副官说："你们应该知道人暂时回不去了。"

事态逐渐平息，有人分析司令部的戒严以及全城大搜捕只是故作姿态，安、游两位公子恐怕早已成为冤魂。

舒芸每天还是来到安家，除了这儿，她能去哪儿？来了之后没有往日的欢乐，她和安鲁玙一句话没有，只有流泪。安老太太设法给两个孩子做些可口的饭菜，她们一点胃口也没有。春天的东南季风吹动大门的门扇，她们静静地听着，指望像去年冬天一样他们突然出现在眼前。

安鲁璠和游俊一直没有消息，4月，市面上倒是传来一个特大新闻：李宗仁的部队在山东台儿庄与日本人交锋，打了胜仗。两天之后号外传到了海州，安鲁玙和舒芸抢到了两份报纸。

过了半个多月，外面又传来一个消息：李宗仁的部下刘明阳来海州接防，原来的驻军要上前线了。游梓从孟副官那里证实了消息的可靠性，孟副官专程来到游家，有点小事请其相助。游梓表示只要信得过，定会全力以赴。孟副官匆匆走了。

晚上，孟副官穿着长衫戴着墨镜，礼帽的帽檐压得特低，拎着沉重的皮箱又来到游家。在客厅等候的还有安少愈，孟副官略感志忑。游梓解释道："三人为公，有校长做证，你可高枕无忧。"孟副官方才释怀。打开皮箱，并未见里面有琳琅满目的珠宝，而是一箱满满的古籍。

"是家谱。"安少愈脱口而出。

"对！是孟氏家谱，"孟副官心想找对了行家，"它有四百多年历史，族谱一直在我家收藏。几年前，家族之间出现矛盾继而冲突四起，有不肖子孙想烧掉家谱。得到消息后，父亲让我带着它连夜出逃。不料天下大乱，我投笔从戎，族谱跟随我颠沛流离。不久，部队要上前线，我想选择贵府作为它的安身之地。"

"将军放心，我等定全力相助。"游梓说。

孟副官感激不尽，并交代："将来有朝一日或是我来取，如若我不能亲自前来，那就是由我家人来取，无论谁来都会带上一张六人的合家照作为凭证，合家照除了家父家母，其他是本人、家眷以及舍妹、犬子。现在我把同样的照片留一份给二位做比对，背面注上我们晚辈的乳名。"

游梓和安少愈都觉得这样挺好，安全可靠。游梓捧来三只斟满酒的酒杯，三人面对关公神像举杯一饮而尽。

临走前，孟副官看了看漆黑的天际，关上门对二位说："告诉你们一个秘密："二位公子在全城戒严的当天凌晨3点之前安全逃脱了，是两个武功非常了得的人营救了他们。当夜酒后我喝了许多浓茶难以入睡，出来方便时发现有人翻越高墙。我放了他们一条生路，也给自己留下一条后路。"

"他们是谁？"安校长问。

"一人从头到脚是黑衣白裤，另一人没看清楚。次日司令部除了全城大搜捕，还将内部的责任人全部关押起来，所以当时一点风声没有外露，不知你们后来得到了消息没有？"

安校长坦诚地说："准确消息倒是没有，根据情况分析，他们也许逃脱，也许发生意外。"随后，孟副官匆匆告辞，消失在漆黑的夜里。

第二章 从戎

1

时局微妙，转换的时刻游梓收到了苏北游击总司令刘明阳的邀请函，约他在城外九里镇的一座破庙里见面。

游梓来到熟悉的九里镇，简陋的军部与热情的总司令形成对比。刘明阳觉得相见恨晚，游梓感激涕零。这两位老同盟会员聊的时间不短，时至中午，司令设宴招待，地址设在一座祠堂的偏房内。

祠堂的偏房被打扫得整洁明亮。席间三人，四菜一汤，以素为主，桌上摆着一瓶以红薯为原料的本地产廉价瓜干酒。席间刘明阳很无奈，他解释道："战争年代，费用紧张、军需奇缺，与仁兄说句知心话，我虽尽力，但仍感寒碜。桌上唯一的荤菜是王参谋长今晨钓的一条大鱼，身段红烧，头尾炖汤。没有鱼来撑台面简直成了功德林素餐，我可不是狐狸请客，你可不要嫌我小气。"

饭后刘明阳又与游梓推心置腹地聊了一会儿，他希望游梓不要辜负中山先生的遗愿，团结更多的爱国志士，为抗战做出更大贡献，并表示如有困难请直言不讳。

临走前，游梓诚惶诚恐地把安鲁璠和游俊因宣传抗战被抓至今下落不明的事情叙述了一遍。游梓有些紧张，言语听上去有些慌乱。然而刘明阳听得一清二楚，且深为敬佩。听完叙述后，他爽快地表示："宣传抗日，何罪之有？再说你的大公子游重不也是在那边抗日？"这话说得游梓胆战心惊。刘明阳接着躬着身子对游梓推心置腹地说："你家大公子的事我管不了，二公子的事我管到底。让参谋长出面调停此事，不日会给仁兄一个满意的答复。"老实的游梓感到刘明阳的一番话既点了他的老大又放了他的老二，他在唱别样的《捉放曹》。

4月初的一天，好久未现身的舒林突然来到安少愈家。他对安鲁玙和女儿舒芸说："赶快梳妆打扮，跟校长和我一起到下河边码头迎接客人。"

四人一起来到码头，狭窄的码头上已经人山人海。等在那儿的还有游梓、路琢如、朱仁和尹亦凡。游梓在与一个穿着哔叽面料军服的长官聊天，看到舒林和安少愈走过来，游梓对军官模样的人说："这是我的二弟舒林先生，这位是三弟安少愈校长。"然后又对两位兄弟说，"这位是抗战英雄，苏北抗日游击司令部大名鼎鼎的参谋长王将军。参谋长为两个孩子的事奔走于城里城外、军政之间，今日终于如愿以偿。""久仰大名，让参谋长费心。"舒林和安少愈向王参谋长鞠躬致谢。

"他们何时能到达海州？"参谋长客气地问游梓。

"已经到了。"游梓指着从北方划来的一条小船说，"那船就是。"

王参谋一看傻眼了，只有两人？

人们向小船招手致意，顷刻间小船到达码头，军乐队奏起迎宾曲。舒芸和安鲁玙高兴得大声喊道："哥，是你们回来啦！"她们喜极而泣，挤到船头，一人牵着安鲁璠，一人拽住游俊上了岸。接着军政人员在码头举行了简短而隆重的欢迎仪式。部队没有正式进城，两位青年荣归故里，邻里乡亲来到安少愈家表示祝贺，整个安家大院充满着欢乐祥和的气氛。游、安、路三家的太太以及老吴妈忙着招待来宾，一拨客人走了，又一拨客人登门，人流不绝，门庭若市。

下午，安鲁璠和游俊成了舒芸和安鲁玙盘问的对象，游俊躺在他那久违的躺椅上，跷起二郎腿悠闲地摇摇晃晃。舒芸问安鲁璠："璠哥，这么多天你们都去哪儿了？把人急坏了。"安鲁璠说："请俊哥向你俩说说我们这些天的历险记。"

游俊告诉两位女孩："我们到了一处繁花似锦的桃花源，那儿有山有水，景色宜人、物产丰饶，每天除了吃饭睡觉就是捕鱼摸虾，忙得不亦乐乎。这次回来是璠哥划船我观风景，湖里的鱼儿特多，有的跳进我们的小船，有的是我捕捉到的。"安鲁玙和舒芸目睹安鲁璠划着小船和船上活蹦乱跳的大鱼，对游俊的话确信无疑。

"你们倒好，乐不思蜀，可把我们急坏了。"安鲁玙接着说。

今晨，天刚蒙蒙亮，远处一条带篷的船在水中穿云破雾，娴熟地向海州方向驶去。撑船人看起来很兴奋，他的船篙在水中忽上忽下，歌声在水面上忽高忽低，寂寞的水上世界被他的歌声打破，新的一天开启了。

年轻的船夫是吴镛，他的大船后面系着一条小船，小船跟在后面摇摇晃晃。下河水网地区不仅有一望无际的宽阔湖面，还有垛田间纵横交错的狭小河汊。农民在垛田里耕地、播种、施肥，所有的农具农资以及收获的粮食必须用船运输，大船开不进港汊，只有小船来回驳运到大船上。除此之外，大船无法驶进城内小河，只能用小船驶进城里弯曲的水道。所以无论下地还是进城，船民的大船后面往往会有一条小船紧随。

"镛哥，今天你送我们进城还带着小船，是要收集肥料还是采购物资？"游俊坐在船舱中，一边悠闲地吃着花生，一边漫不经心地问道。

"璠哥，这一切是他的吩咐，什么目的我并不清楚。"吴镛又是一篙下水，船在水上漂，张昶彧紧握舵把，让船稳当地向前行驶。

游俊的目光落在安鲁璠的脸上。

"过了吴堡，当水面上的船只逐渐多起来时，我俩和七叔他们分开，划小船回去。"

"谁划船？"安鲁璠的一句话让游俊的心不再平静，他接着问。

"当然是你来划船。"吴镛接着替安鲁璠回答了游俊的提问。

"我哪能摇橹？"游俊急忙拒绝，"这不是赶鸭子上架？"

"我们在吴堡吃了三个月的野鸡野鸭，能不会撑船摇橹？"张昶彧握着船舵反问游俊一句。

"这三个月我是跟着你修饰吴堡土地庙里的佛像，哪有工夫学划船？"游俊看着一本正经的张昶彧，不知他的话是真是假，"璠哥你会划船？"

"我会划，你敢坐？"安鲁璠笑着问游俊。

"只要和你在一起，即使上刀山下火海我也在所不辞，何况坐你的小船？"游俊说，"只是不明白为啥要这么折腾。"

安鲁璠告诉游俊："目前时局不稳，社会环境纷繁复杂，我们脱险的真相不能公开，所以我俩独自划船回去，让欢迎的人们不知端倪，将来即使安鲁玙和舒芸追根究底也能搪塞一番。"

游俊讲述完毕，安鲁璠问两位女孩："这些天海州有何新闻？说给我听听。""除了盼望你们回来，我们两耳不闻窗外事。"舒芸说。"新闻没有，旧闻倒有一条。"安鲁玙说完，从书桌右上角边的一堆报纸中找出一份台儿庄大捷的号外。

安鲁璠接过报纸，拿在手上左翻右看，突然被第三版上的一张照片吸引住了，他看完之后赶忙递给游俊。游俊大而化之地说他对国民党的报纸不屑一顾。安鲁璠说："还是看看吧，看完之后再给她们讲故事。"

游俊接过报纸一页一页翻过，当看到报纸的第三版时拍得躺椅摇晃不定，惊喜地说道："真是不可思议！"从椅子上起身走到安鲁璠的面前，继续说，"你的预见真灵，我服了。"

"在报纸上你发现了什么？"李莉娅问。

"发现了楚秘书特写镜头的照片，她那端庄文静的脸上戴着我们再熟悉不过的金丝边框眼镜，烫着短发，戴着口罩，穿着整洁的白大褂，成了战地红十字救护队员，她温文尔雅地为伤病员包扎伤口。原来她真的还活着。"游俊向李莉娅解释。

"你没看错？世界上长得一模一样的人多了去了，何况还是戴着口罩的照片，即便是真人，一时都难以辨别清楚。"

"可下面文字中的姓名也是一样。"

"啊！那就奇怪了。"李莉娅也感到不可思议，接着问，"当时有没有向有关方面打听过她的消息？"

"向王参谋长打听过，他也不置可否。"

"回国后你没找寻过她？"李莉娅又问。

"回国后我一直没有机会去南京，曾经写过两封信给母校，未见回复。我的母校金陵大学原来是美国教会学校，新中国成立后经过合并、调整、撤销，沧海早已变成桑田。也许她没有回到学校，也许她去了美国，也许她后来战死在疆场。"

"这倒也是。"李莉娅说，"你继续讲吧。"

两位年轻人回来不久，游梓被司令部请去开会，会议的内容是筹备海州各界庆祝台儿庄大捷暨欢迎苏北抗战游击司令部进驻海州的相关事宜。会议在原司令部旧址召开，王参谋长主持，议程有两项：第一项议程，推选庆祝大会筹委会人选。大家一致推举老同盟会员游梓担当筹委会主任，其他六名成员皆为海州工商大佬、知名人士。第二项议程，制定庆祝活动方案。在王参谋长的协助下，方案很快出台。当天上午9点，海州百姓欢迎部队入城，然后在大校场召开欢迎大会。晚上有两场活动，先是欢迎晚宴，接着是欢迎晚会。有人提出晚会请年轻人上演抗战话剧、唱抗战歌曲，为的是少些花销。参谋长提出，如果演抗战话剧，最好将平型关大战改成台儿庄大捷。

游俊听到消息后心潮澎湃，安鲁璠却泼了一盆冷水，说道："台儿庄大战确实值得宣传，我们有办法加以艺术化处理，只是我不想蹚这浑水。""蹚浑水？"游俊很不理解，"过去我们想方设法演出遭到军警打压，今天人家请我们在剧场演出又自命清高。何况我们的自由还是人家给予的。"游俊差点儿说"这么做显得忘恩负义"。

"学生出力，百姓出钱，他们渔利，我们获得的是一片骂声。要演出还是老地方，内容可以调整，形式可以变更。"听了安鲁璠的解释游俊不再坚持，只是问如何回复。安鲁璠说学校正准备期中考试，待考试结束后就为欢迎大会加演一场。

最终晚会决定请剧团演出京剧《抗金兵》。除了各位工商界老板每人捐出五百大洋外，被邀参加晚宴者还另收费用三百大洋，其他被邀观看演出者戏票是二百大洋，以上所有收入作为义款用于抗战。抗战募捐的政策一出台，各界人士怨声载道，款项能赖则赖，结果离司令部的要求还欠两万大洋。安少愈对游梓说："当初保释两人，军方开出的筹码也不过是两万八千大洋。一个巧取一个豪夺，你出任这次活动的主任与我有关，我帮你填一半窟窿。"游梓不接受三弟的帮助，他说："大家都清楚，海州的这笔祖产本来就是计划用于支援国民革命，我放血对得起中山先生在天之灵。幸亏两个孩子没有陪我蹚这趟浑水，否则他们出力不讨好。"

一天晚上，外面下着小雨，安鲁璠静静地在小书房看书，忽然听到外面传来一阵熟悉的敲门声，当他走出书房时，安鲁玙早已到了大门边，只听安鲁玙对来人说："天这么晚了，外面又下着雨，你怎么来了？快进来吧。"来人问道："璠哥在吗？"安鲁玙说："他在小书房，我陪你去。"来人是路本善，安鲁玙领着他进了小书房，这时安少愈闻讯也来到这儿。见面后路本善说："三伯父，家父今晚兴致上来了，想请你和璠哥到我们家下棋品茶。"安少愈向妻子和女儿交代几句，就带着安鲁璠同路本善匆匆出门。

三人来到路家，还未敲门，老吴妈已经打开大门，她轻声细语地对安少愈和安鲁璠说："三爷、大少内书房请。"样子有些神秘。三人刚进外书房，就见路琢如和一位皮肤稍黑、目光炯炯的年轻人从内书房走出来。年轻人向安少愈深深鞠躬，然后紧握着安少愈的手说："校长您好，好久不见，学生特意看您来了。"

"思贤，终于把你盼回来了，鲁璠几乎天天都在念叨你，想见到你。"安少愈见到来者是他曾经一对一教过的学生，喜出望外，他牵着盛思贤的手走进内书房。

这是一次梦一般的邂逅，盛思贤终于见到了安少愈、路琢如两位恩师以及安鲁璠、路本善两位师弟。五人在内书房谈了很久，从战争的持久与残酷讲到中华民族的未来与希望，从共产党的抗战谈到国民党的反共，从八路军的平型关大战谈到新四军的南下方略……盛思贤特别强调："海州正月初五的演出以及后续的一切我们在江南都听到了，部队首长表扬你们的勇敢和智慧，希望你们再接再厉，向民众宣传抗日。"安鲁璠听得热血沸腾，提出要跟盛思贤一起走，尽管他还有许多事没有处理好。盛思贤说这次他从苏南回来另有重任，顺便抽空看望两位恩师和两位师弟。他要安鲁璠在家乡为革命做好两件事：一是加大宣传力度，在海州大地燃起一片抗日的熊熊烈火；二是秘密组织有志青年投身到艰苦的革命斗争中去，将星星之火变成燎原之势。安鲁璠虽然没有达到与盛思贤同行的目的，但在迷茫中他找到了方向，明确了目标。

路本善对盛思贤说："将来我也随璠哥一起参加革命，到部队当名军医。"盛思贤说："刚才你不在时我和老师商量过了，他会告诉你所承担的重任。从今往后你不要过多地参与鲁璠、游俊他们在海州组织的各项活动。"

当夜盛思贤离开这所熟悉且眷念着的院落时，告别培养他的两位恩师以及与他朝夕相处的两位师弟，消失在茫茫的雨夜中。短暂的交流在安鲁璠和路本善两位性格并不相同的青年心中留下了永不熄灭的火种。

2

清晨，安鲁璠照旧与游俊去庙里锻炼身体，结束后背着青龙剑从城隍庙出来向东城河边走去。游俊并不知道前一天晚上所发生的事情，走在两旁长满青草的小道上有些春心荡漾。他对安鲁璠说："璠哥，近来没有大的动作，不如趁这水光潋滟晴方好的暮春，抽空陪她俩到河边踏青赏柳。前段时间我们莫名其妙地失踪，她俩没少为我们担心，总觉得欠她们一笔人情。"安鲁璠听了开心一笑："你说得不错，我们有责任带她们出去领略尚未被践踏的江河景色。不过这儿她们玩腻了，"他指着脚下熟悉的土地说，"走远一点，带她们到水乡去领略万顷碧波千亩荷塘的美景。"游俊听了安鲁璠的设想更加兴奋，他问："什么时候可以成行？""暑假。"安鲁璠想了想说。游俊说："那时正是荷花满塘的季节。现在我们还有什么大事可做？"安鲁璠说："你没注意到入城仪式之后百姓的钱打了水漂，刘明阳的口碑在下滑？有人甚至说海州南门走了狼，北门来了虎，都是一丘之貉。参谋长虽看出端倪，却感到无可奈何。我看刘明阳毕竟比他的前任多了一块遮羞布，有廉耻之心就有可塑之处。我们再掀起一轮更为广泛的宣传活动，对司令有益，对抗战更有利。"

如何用新意去做一件"旧事"？游俊心里真的没底，但有安鲁璠在，他也不愿多想，只抓住所关注的重点说："抗战宣传的大事完成后陪她们去水乡走一趟，恐怕要带上你妹夫，否则四叔有想法。"

"不带他去，他只关心身边的病人以及病人的疾苦，游山玩水的事与他无缘。"安鲁璠接着说，"这次演出，打开城门把海报贴到四邻八乡，欢迎广大的农民兄弟来海州观看我们的演出，扩大抗日的影响。"

"这样宣传的范围确实很广，只是这么多农民进城，像蝗虫一样，中午谁来招待？"游俊感到安鲁璠的想法很好，但做法似乎不妥。

"他们是我们的兄弟姐妹，衣食之源的创造者。"

"璠哥，我错了。"

"午餐问题正是我要和你商量的第二件事。进城的农民兄弟可以带着他们自制的手工艺品和新鲜的鱼虾、蔬菜到中山广场四周摆摊设点，出售他们的农副产品，顺便带着妻带着子进城观看演出。与此同时，鼓励城里的各式商铺、饭店进场营业，饭店可以卖些适应大众消费层次的特色面点小吃。也可请几大寺庙放粥行善，作为解决底层消费群体需求的补充。根据惯例，每年大忙时节之前他们总会进城办些生产、生活资料，我们的做法肯定会得到农民兄弟的欢迎。庙会集中两天，进行城乡贸易，有买有卖，各得其所，我们的演出也安排两场。"安鲁璠将他的设想叙述一遍，游俊感到耳目一新，随即附和道："天哪，你这是在举办一次大型的庙会。"

"是演出加庙会，也是一场大型群众性活动，事前得认真统筹。行动计划出台后提交庆祝大会筹委会审核，争取得到他们的支持和帮助，并且要求部队派出一个小队维持社会秩序。大会期间严明纪律，做到四不准：不准打卦算命，宣传迷信；不准乞讨、卖唱，扰乱秩序；不准聚众斗殴，寻衅挑事；不准参与赌博，违法乱纪。人力的投入的确很大，但收获肯定不小，这只是我的初步设想，你看行不行？"

"该想的你都想到了，要不要在举办之前向'七兄弟'通报我们的计划？"游俊的热情再次被安鲁璠点燃。

"那就由你起草一份书面计划，请各位伯伯、叔叔提出意见。"

很快，4月16日演出的海报从城里贴到乡下。海报上说得很详细，不仅有演出的时间、地点和内容，还邀请农民兄弟带着农副产品摆摊设点，不收一文佣金。农民们感到这次城里人真的把乡下人当作亲戚看待，因此得拿出最好的手工艺品和最新鲜的农产品走亲访友。

然而，海州算命打卦的把头"小诸葛"看到演出海报后怎么也高兴不起来。他恶狠狠地想：你们明里打日本，暗地里拿我们开刀。公告头一条就是"不准打卦算命，宣传迷信"。我们不打卦算命，全家老小的饭碗往哪儿搁？来而不往非礼也，你们给我难堪，我会回敬你们不安。从此，内心污秽不堪的"小诸葛"暗地里和"七兄弟"较上了劲。

方案确定之后大家忙于筹备。舒芸和安鲁玛两位女孩不仅要参加演出，会后还得去粥厂帮厨，演出之前两人说着悄悄话。

安鲁玛说："妹妹，我俩在同一个粥厂帮厨，无论何时我们都永远在一起。"

舒芸轻轻叹了口气说："我们怎能永远在一起？过两年四叔家要娶你过去，就剩下我一人了。"

"让你先出阁，把你的花轿迎到我家后我再去路家。到那时我叫你嫂子。"

安鲁玛的话说得舒芸满脸通红，心怦怦直跳。舒芸羞答答地说："我无所谓，不知璠哥心里是怎么想的。"

"我哥的心思我清楚，他很喜欢你。"安鲁玙接着说，"从乡下避难回来我问过他，在外面这么长时间他最惦挂的是谁，他说是你。我问他为什么，他说你最让他放心不下。我知道他的话发自肺腑，假如我出去，最惦记的也是你。妹妹，你所思念的人正是最思念你的人。"安鲁玙接着又说，"我妈也喜欢你，把你当亲闺女一样看待，你一天不来她六神无主，我都有点嫉妒了。"

"姐，你们一家人真好，愿苍天让我们永远在一起。"

4月16日天不亮，四乡八镇的农民就往城里赶，进城做买卖、看大戏还有午餐招待，这是从未有过的新鲜事。每条通往城里的大路上尽是一眼望不到边的人流。

一个男人挑着笟筐，前面装着"今天的希望"，后面坐着"未来的梦想"。一旁的女人穿着过节的新衣，乌发涂得油光水滑，发髻上插一朵鲜花，问自己的男人："我打扮得标致吗？"男人两眼眯成一条缝，笑着说："着实漂亮，可惜不是天天如此。"女人指着坐在笟筐里的儿子回道："我天天如此，你能养活这个家，养活笟筐里的孩子？这是进城看大戏。"后面一个年轻人推着独轮车，车子上坐着的老人应该是他的爷爷和奶奶。人流中小车吱吱呀呀的声音似美妙的音符，这是老人记忆中最欢快的歌……四面八方的人们迎着朝阳向前。

来自里下河的农民展示出集体的力量，几户人家合乘一条船，船上不仅带人载物，还承载着一份善心。吴堡的吴镛和他的邻居为三大寺庙送来里下河的特色糕团和粽子。粥厂成为爱心的中转站。原本空旷的中山广场显得狭窄拥塞，挤得水泄不通。商贸活动的地点设在中山广场的东、西、北三边，每边都有宽敞的进出通道。整个活动受到城乡各界的欢迎，大小商家积极参加，有买有卖，购销两旺。

演出的内容与上次相比有了很大的变化，除了表现平型关大捷和台儿庄大战外，还用话剧和歌曲的形式宣传国共合作，揭示敌占区人民的苦难；形式与上次也有不同，游俊通过父亲的关系借来欢迎大会用的高音喇叭，广场的每个角落都能听得清清楚楚。由于演出时间较长，活动方发动各学校带来板凳，大多数人都能坐着观看。

演出很快开始。年轻人特别喜欢那些闻所未闻的《送别》《毕业歌》以及东北的古老民谣《摇篮曲》。演出结束后，农民兄弟感慨万千，不花一文钱看到城里学生的表演真过瘾。有人提议请学生们去乡下演出，安鲁璠答应了他们的要求。

接近午饭时刻，粥厂开始服务大众，三家连成一片，成了一座名副其实的露天功德林素食馆。大锅里熬着赤豆稀饭，笼里有连夜赶制的馒头、花卷、发糕以及里下河农民送来的粽子和糕团，每张饭桌上放着一盘素鸡、素鸭以及咸菜、萝卜干。餐桌是由两张桌子拼成的，满八人立即开饭，吃好后前客让后客。在两家粥厂之间老人和小孩排成一条长队，每个小孩和老人在年轻人的陪同下报上乡镇名称，在本乡镇的簿册上按下右手大拇指的指纹，都可领到一张"尊老爱幼"就餐券，到广场指定地点就餐，每客两荤两素，米饭不限。这种办法简单易行，同时避免重复领取。无论老少，每人按指纹时首先看看大拇指上有没有印泥留下的油迹。这项任务由舒芸和安鲁玙完成，安鲁玙负责检查大拇指并看着他们按下指纹，舒芸负责发放就餐券。

看病的过程简单但很漫长。以路琢如为首的几家私人诊所的大夫们为病人义诊，路氏诊所还免费抓药。不过有一个规矩：半天只看三十个病人。路琢如说病人看多了精力不集中，脉号不准。他总认为病人坐到他面前就是将生命交给了他，不得敷衍了事。他还有一个习惯，中午必须小憩片刻，这时由小儿子路本善预诊，下午精力充沛就回来再次复核。从早晨到午饭后路本善一直没有休息，午饭过后，舒芸跟安鲁玛说："姐，我们换善哥下来吃点饭。"安鲁玛连连点头。路本善笑了笑说："你们不是医生，哪能帮我的忙？给我拿两个菜包来就行了。"舒芸立即说："姐，你陪善哥，我去取包子。"

舒芸走了，路本善继续给病人预诊，安鲁玛当他的助手。安鲁玛按照病情轻重和年龄大小将患者重新排队，病情越重年龄越大越靠前，三十个患者安排妥当后还有人已经排不上号，路本善劝他们明日早点来，几位病人不想离开。安鲁玛说："他们进一趟城不易，等四叔回来我与四叔商量，争取让他们满意而回。"路本善看了看安鲁玛，并未提出不同意见。

舒芸回来了，将两只肉包和两只菜包放在路本善面前。路本善预诊好一个病人，安鲁玛把碗推到他面前低声说："包子快凉了，吃好再给人看病。"接着她又给路本善递过一杯水。路本善吃了两个菜包，继续看病。

"姐夫，还有两个包子，不吃吗？"

"不吃了。"路本善说。

"小伙子，你趁热吃了吧，是两只肉包。"舒芸转身把碗递给一旁陪爷爷看病的小伙子。

"牛娃，你吃了吧？"爷爷劝说道。

"爷爷，肉包子我就不吃了，带回去给奶奶尝尝。"小伙子有些腼腆。

"家里还有什么人？"安鲁玛问。

"有我妈，还有两个弟弟和两个妹妹。"小伙子说，"我爸是篾匠，在西广场那边卖篾席、篾筐、篾片。"

"你是个孝子，奖你二十个肉包带回去，这两个你趁热吃了吧。"安鲁玛说。她觉得这个孩子不错，安鲁璠曾交代她，有好的青年把姓名、地址留下，到时他去拜访，上午她已记下三五个青年，这又是一个后备对象。

"还是我去买。"舒芸又去了一趟包子店。

舒芸回来后，小伙子接过包子，看着盛包子的篾片，笑着说："这篾片是我编的，没想到又回到我的手上。"

"你怎么认得？"舒芸问。

"我家的篾片比人家的多一根篾条，又密又紧。我编时又比爸爸多一道加固工序，一眼就能看出来。"

"你真好，"安鲁玛问，"姓什么？"

"我姓苏。"小伙子回答道。

"我也姓'舒'，是舒服的舒。"舒芸对他爷爷说，"让他读两年'书'，将来会有用。"

不一会儿路琢如来了，正准备给病人把脉，安鲁玛走到跟前说："四叔，下午还有三十五人，都看了吧，他们进城一趟不容易。""听玛儿的。"路琢如满口答应。舒芸随即给路琢如递过一条湿润的毛巾。他擦擦脸说："和你俩聊了几句我的瞌睡全醒了，现在开始给病人把脉。"

第二天，进城看大戏的、做买卖的、逛庙会的、看医生的比前一天多了许多，一切显得热闹而有序。演出结束后，舒芸和安鲁玛继续做她们的善事。

下午，游俊扯着安鲁璠说："我们到处逛逛。"

3

在省城读书时，安鲁瑶和游俊怀念的不仅是陪伴他们成长的紫藤花巷，还有滋润海州繁华的两条水街，它们一面临水，一面沿街。离开故乡，在他们梦里浮动的依然是流淌不息的凤城河，耳边听到的是河中潺潺的流水声。

"瑶哥，我俩找个地方坐下休息一会儿吧。"来到东水街，游俊想在此与安鲁瑶小酌，话说得并不腻味，想得到他的允诺。

"好吧！"安鲁瑶爽快的应答出乎游俊的意料。在牢狱里安鲁瑶想说的话被狱警打断，一直找不到适当的机会，今天机缘巧合，于是两人一拍即合。

他俩走到一家古色古香的酒店门前，门旁蹲着一个衣衫褴褛的半大男孩，两眼贼亮，显得机灵，很是可爱。游俊掏出几枚铜板，吩咐道："'鬼灵精'，去紫藤花巷跟安校长家二小姐说一声，我和瑶哥不回去吃饭，拿到回条再给你铜板。"

"好——嘞！""鬼灵精"收下铜板，长啸一声，拍拍屁股扬长而去。

小孩打发走了，两人进入一间临水的包房。游俊让安鲁瑶紧挨窗口坐西朝东，窗下就是凤城河，涓涓水声依稀可辨："瑶哥，来点啥？"

"越简单越好。"安鲁瑶说，"闲聊为主，别的次之。"

老板听说两位公子来了，抛下手中的琐事，亲自过来招呼，问他们要点什么。游俊点了两个冷盘、两样小炒、一份鲫鱼汤和一小瓶洋河。两位阔少出手寒酸，老板并不在意，他热情地说："二位稍等，我亲自掌勺。"老板走了，伙计送来一碟花生米、一碟茴香豆。

"水光潋滟晴方好，山色空蒙雨亦奇……"水面上传来女子朗诵古诗的声音。

"'商女不知亡国恨，隔江犹唱《后庭花》。'历史总是重复过去，想不到书本上的故事被我们撞到了。"安鲁璠发出感叹。

游俊打开酒瓶，叹了口气："大厦将倾，你我借酒浇愁。"

"寡酒不能浇愁，却能伤肝，还是等菜来了再喝。"安鲁璠担心话未出口人先醉，今晚算是白来一趟，他对游俊说，"我想与你聊聊我们的未来……"话刚开头便有人敲门，进来的是"鬼灵精"。他笑嘻嘻地走到游俊的面前，没说一句话，调皮地伸出不太干净的右手和红润的舌尖。

"回条呢？"游俊问。

"给了赏钱告诉你，到时恐怕要加倍。"

"去把她们请进来，我给你三倍的铜板。"游俊猜到是怎么回事，疼爱地摸了摸孩子蓬乱的头发。

"好嘞！""鬼灵精"笑着走了。

游俊掏出十二枚铜板堆在桌角，等待它们新主人的到来。这时门打开了，进来的不是别人，正是安鲁玙和舒芸，"鬼灵精"尾随其后。

"二位姐姐比收条更管用。""鬼灵精"两手垂膝，毕恭毕敬地站在桌前，盯着堆得挺高的钱柱，"两位大哥还有吩咐？"

"去叫伙计来。"游俊拍了拍"鬼灵精"的屁股，灯光下泛起一片尘土。

"鬼灵精"闪电般用破帽卷走桌角上的一堆铜板，给四位一一鞠躬,挥动沉甸甸的破帽,留下一句话:"有事请吩咐。"

"有酒有肴,好阔气啊。""鬼灵精"走了,安鲁玙开口了,"家里有饭不吃,跑到这儿来行乐。芸妹请坐。"

游俊看到她俩到来真的喜出望外,回忆起三年前的一段佳话。

这家饭店是货真价实的百年老店,叫状元楼却是近两三年的.事。状元楼原名得月楼,三年前,安鲁瑶、游俊二人双双考取金陵大学,亲朋好友纷纷祝贺,首先请客的是路琢如,地址选在得月楼。席间老板过来敬酒时对路琢如说:"四爷,今天两位贤侄双双高中,本人为之高兴,想沾点喜气,将得月楼改名为'状元楼'。"说着有人送来文房四宝,放在一张备用的空桌上。大家一致请安少愈题字,安少愈说:"这事还是六弟题字,七弟张昶彧制匾为好。"从此这座酒楼更名为"状元楼",生意越发兴旺,今天他们是故地重游。

多了两个人少了一些话题,安鲁瑶的计划被她俩的到来碾得粉碎。

"哥,我们的到来不影响你俩的交谈?"安鲁玙问安鲁瑶。

"俊哥特意犒劳二位,都是自家'兄妹',不要拘谨。"

"有什么好吃的犒劳我们?"舒芸舒心地开口了。

她的问话被亲自送菜进来的陈老板听到了,陈老板赶忙抢先答道:"二位状元郎请两位小姐到我店品尝新上市的鲥鱼,我亲自下厨,鲥鱼已到,厨工正在清洗,高汤早就备好,我这就去烹饪。"陈老板看了一眼旁边跑堂的伙计,责怪道,"呆木头,两位女公子的碗筷怎么还没上桌?跟你们说过多少次,贵宾到来必须用乌木筷。"老板看二位状元郎没有反对上鲥鱼,心情特爽,开心地"教训"了伙计几句。"我这就去取。"伙计机灵地走了。老板取下肩上的毛巾，在他的屁股后面空抽了两下，埋怨道："没出息的东西。"

"陈叔别怪他，是我俩来迟了。"安鲁玙向陈老板表示歉意。

游家在海州不算首富，也是高门大户，安家无疑被视为书香门第的殷实之家，即便如此，他们也极少品尝味鲜价贵的鲥鱼。安鲁玙听到陈老板的解释，看到安鲁璠若无其事地坐在一旁，很不理解。"这种奢侈开销我哥怎能同意？"她正琢磨着，伙计把两位小姐的碗碟以及米酒送过来了，四人在状元楼开始了前所未有的"小酌"。游俊不断给舒芸斟酒、夹菜，并且关照安鲁璠："照顾好你妹妹，不是我偏心，是鞭长莫及。"安鲁璠一边点头答应，一边关照妹妹安鲁玙。

鲥鱼隆重上桌，美味从远处飘来。这种鱼是从大海洄游到它的故乡长江下游产子来的，经过海水的孕育、江涛的洗涤，既保留了海鱼的肥美，又融入了江鱼的鲜嫩。为了繁衍后代，它们为故乡做出了最后的牺牲，奉献给家乡父老一道美味。烹饪者觉得海味与江鲜的融合还不够充分，于是用锋利的厨刀细心地将鱼的腹部划出一道道刀口，刀口内夹着一片片鲜红的火腿，加上鲜笋、竹荪、冬菇，用老母鸡汤文火慢慢烹制，最终鱼味的鲜美、火腿的腊香和菌菇的淡雅在鸡汤的滋润下构成山珍海味的跨界组合，味道美不可言，鲥鱼附加值成倍增长。当然，不是海州每位厨师的手艺都能达到此等登峰造极的境界，号称"海州厨王"的陈大厨用料精细过程考究，把菜品做到完美，因此，状元楼的鲥鱼价格不菲。陈老板以骄傲的神情亲自用小车把鲥鱼推上餐桌，谦恭地说："各位请用，多提不足之处。"

"我们家从没有这样铺张过，这是家教所不允许的，即使俊哥想这样做，我哥也不该听之任之。"安鲁玙一边品尝难得的美味，一边咀嚼着心中的谜团。还有，令她不解的是，"鬼灵精"只说他俩不回来吃晚饭，并没有要我们来品尝美味，我们是不请自到，可他俩怎么点了那么多的菜？还有昂贵的鲥鱼。难道是"鬼灵精"说错了话？这孩子多么机灵，怎能出错？如果孩子没说错话，可能是大人做错事，安鲁玛简直无法猜透其中奥妙。

一顿豪宴结束了，回家的路上，安鲁璠又做出一个令安鲁玛不解的决定。快到紫藤花巷巷口时，安鲁璠对游俊说："麻烦你把舒芸送回家。"对于安鲁璠的安排，游俊欣然接受。安鲁玛不高兴了，她对舒芸说："我也陪你回去。""太好了，都到我家坐坐，璠哥一起去吧！"舒芸用乞求的口气对安鲁璠发出诚挚的邀请。

"时间不早了，大家又忙了几天，等精力恢复我们再去你家。"安鲁璠推托道。

"那好吧，"舒芸有点失望，"璠哥、玛姐明天见。"

"我哥今天是怎么啦？净做些出其不意的事。"安鲁玛心里想着，路上一言不发。

"妈，我们在状元楼喝了点烧酒，完全是临时的决定，妹妹她俩吃了点酒酿。"安鲁璠一进门就对母亲说了。

"快去洗个澡喝点茶醒醒酒。"安太太关爱地说。

安鲁璠回到自己的房间，安鲁玛搀着母亲到了后院。

"妈，爸睡了没有？"

"还在书房里呢。"

"我去你们房间。"今天所见所闻让安鲁玛产生了强烈的危机感，她觉得有必要跟母亲说明，防止以后后悔莫及。

"今天怎么喝酒啦？庙会结束了，是哥俩对你们的款待？"到了房间后，安太太问。

"正如我哥所说，喝酒没有原因。"安鲁玙没有提及鲥鱼的事，担心爸爸知道要批评哥哥。不过有一件事她不得不告诉母亲："妈，近来我哥对芸妹的态度有些微妙的变化。"

"你怎么知道？"安太太有些疑惑，又觉得女儿的感觉不可能出错。

安鲁玙把今晚的所见所闻告诉母亲，将临别时安鲁璠让游俊独自送舒芸回家的事叙述得一字不漏。听了女儿的话，安太太觉得有些蹊跷，劝说女儿不要多想，哥哥这么做定有他的道理。

"妈，你现在还喜欢舒芸？"安鲁玙以为母亲也改变了态度。

"这还用问？"安太太说，"梦里我都想她。在这兵荒马乱的年代，什么好事都被耽搁，否则你哥已到了结婚的年龄，你也该出嫁了。"

"妈，我和善哥说了，哥不结婚我就不出嫁。"

安太太觉得女儿想得很深，也难得她有如此孝心，老人家也曾经想过，一旦女儿成婚，离家的不是一个，而是两个。这事她曾跟安少愈提过，安少愈知道舒芸是夫人理想中的儿媳，但是舒芸高中还没毕业，要是在和平年代，高中毕业还有继续上学的可能，身为海州最高学府的一校之长的他不该过早提及此事，于是总是安慰太太，等等再说。安太太不好多说，但今天女儿分析得不错，这事应该跟丈夫提醒一声，以免到时措手不及。

当安鲁玙和安太太在窃窃私语时，安鲁璠和安少愈正在大书房里谈心。母女俩所谈的是家庭小事，父子所议论的则是国家大事。

"爸，你看一个好端端的国家已乱成一锅粥，可海州依然安全，美酒佳肴不断。今天我们破天荒品尝到了状元楼的江鲜之首鲥鱼，不过纯属偶然。"安鲁璠将前后经过解释给安少愈听。

"你想和游俊交流思想，结果被陈老板敲了竹杠。"安少愈真的笑了，"能告诉我你想跟他说些什么吗？"

"我离开家放心不下的不仅是你们，还有舒芸，我想将她托付给游俊。"

"为什么有这种想法？"安少愈暗地里打了一个激灵。婚姻的缘分是命中注定的，如何可以随意托付给别人？他觉得儿子的做法过于新潮，但并未横加指责。

"直觉告诉我游俊目前没有外出的打算，战乱年代总有人去前线，总有人留在后方。我知道他不但喜欢芸妹，而且能给她幸福。再说游重已经去了前线，他留在后方照顾父母理所当然。如同路唯善与盛思贤上了前线，妹夫路本善留在后方一样。"安鲁瑶巧妙地打了个比方，替游俊开脱。

"思贤对你妹夫不但另有安排，而且非常重要，"安少愈轻描淡写地解释一句后，明确地跟儿子表示，"如果你先成家后立业，我们帮你照顾芸儿，不是更顺理成章？难道你没看上芸儿？"安少愈罕见地连续问了两个问题。

"爸爸想抱孙子啦？"

"这倒未必。"安少愈说，"我不放心的是芸儿，她的心思我清楚，也许接受不了你的安排。"接着又加上一句，"包括你母亲和你妹妹在内。"

"将来我会跟妹妹说清楚。"安鲁瑶说，"上了前线，一切难以捉摸，我不能害她一辈子。战士不惧生死，好比僧人不恋红尘，当然我会保护好自己，请父亲放心。"

安鲁瑶的想法不无道理，他的决定是理智的，看来已经无法挽回，安少愈沉默了。

"为了国家，儿子不孝。"安鲁瑶向安少愈表示忏悔，"父母的养育之恩我永远铭记。"

"大爱无疆，理应如此。"安少愈表示，"无论如何，我都会把芸儿当亲闺女看待。愿你早日成行，盼你平安凯旋。"

安鲁璠感激慈父宽大的胸怀，看着他略显苍老的身影在摇曳的灯光下闪烁不定，心里充满内疚。突然外面响起一声春雷，大风掀开窗户，吹得煤油灯的火焰飘忽不定，屋内气氛云谲波诡。安鲁璠起身关上窗户说："爸，今天吐露真情是为了得到您的指教，在没有与游俊沟通前我的想法暂不外露。"

"我明白，你放心。"安少愈满口答应，他知道投身革命已是儿子不二的选择，于是幽默地说，"黑夜里，打开窗户也未必能说亮话。我为你严守秘密。"

酷热的夏天即将来临，大自然先给人一点安慰，凉爽的梅雨洒向海州。久雨的天空像铅一样沉重，让人心烦意乱，大家只能宅在家中看书、写字、下棋、闲聊。星期天趁两位女孩不上学，游俊拎来一篮梅子送给老师。舒芸洗了两盘，分别送到大小两个书房。还没有进入小书房，游俊已感到她气息的临近，放下书快速迎上去，在接到盘子时他的手轻柔地掠过她的手背。舒芸感觉像过电一样直击心窝，面颊红得像六月的石榴，烫得似火中的烙铁。她把被游俊接触过的两只手背在衣服两侧偷偷擦了几下，转过身子，双手捂着面颊匆匆离去。真是"落花无意，流水有情"。游俊看着她的背影发呆。

"梅子好吃？"安鲁璠对着发愣的游俊问道。

"很鲜，但很酸。"游俊怏怏地说。

"否则哪来的'望梅止渴'？"安鲁璠说。

"我是望着外面的梅雨发愁。"游俊知道安鲁璠猜到他的心思，红着脸勉强问他，"你想说什么？"

"去年冬天楚秘书送我们上战场，今年春天我们目睹红颜上阵。"安鲁璠转了个大弯，扯到另一个话题上。

"我们上战场她怎么办？"游俊指着并未远去的背影问。

"好办。"安鲁璠说，"告诉我，你是否真心喜欢她？"

"喜欢又能怎么样？"

"如果喜欢，就得全心全意护着她。"安鲁璠坦诚地说。

"你呢？"

"我是她的监护人。"安鲁璠说，"看你是否真心待她。"

"你为什么成为旁观者？"游俊相信安鲁璠绝不虚情假意。

"你先回答我的问话。"

"我保证。"游俊举起左手真诚地向安鲁璠发誓，"否则你把我扔到东城河里。"

"这样吧，我们俩明确分工，一个卫国，一个为她。我上前线卫国，你在海州为她。"安鲁璠说，"我相信你能做到。"

"你想离开她？"

"只因她有你守着。"

游俊心中分不清喜与悲、情与爱，剪不断，理更乱。

两个男孩在国家生死存亡的关头，思考如何处理好国与家、情与义、民族的兴亡与个人的未来，两个女孩则在考虑眼前的犹疑与心中的惆怅。

学期快要结束了，安鲁玙的中学生涯也接近尾声。放学后安鲁玙和舒芸窃窃私语：

"姐，快毕业了，还忙什么？"

"忙分手，忙回忆，忙哭泣。看似很忙，却没有一件正经事。"

"毕业后你想干什么？兵荒马乱的，不如早点结婚。"

"还是一句老话，你的花轿不进安家的门我决不出嫁。"

"想想婚姻大事，似乎遥不可及。"舒芸惆怅地叹息道。

"未来遥不可及，当下迫在眉睫。还有一个多月我将高中毕业，离开美丽的学校、慈爱的老师以及朝夕相处的同学，一人在家寂寞难耐。我不稀罕'三日入厨下，洗手作羹汤'的乏味生活。"

"我一人上学也是踽踽独行。"舒芸满眼泪水，满目苍凉。

"真想陪你复读一年。"

"凭你的成绩，可当我们的'老师'，谈什么复读？"舒芸只是有感而发。

"妹妹，你的话使我想起一件事。听我爸说，初中二年级一位语文女教员快要生养，正愁没有合适人选顶替，我毛遂自荐，当名代课教师，你看可行？"

"绰绰有余。"舒芸喜出望外，"每天'小安先生'与我一起上学，同学见到你会说：'小安先生早。'"

"先别高兴得太早，担心我爸的门槛太高，不接受我的想法。"

"那怎么办？"舒芸在为安鲁玙着想，并不完全为了自己。

"找我哥，他若肯出面，事情准成。"安鲁玙下定决心。

舒芸和安鲁玙来到小书房，她瞄了安鲁玙一眼，对安鲁璠说："我姐快毕业了，为了我上学不孤单，她想在学校谋一临时代课教师职位，你说还行？"

安鲁璠看着自幼孤独、飘忽如云的舒芸，寻思眼前的她特别需要体贴温存，自己又将心底所爱托付给游俊，可怜她尚被蒙在鼓中。安鲁璠既不舍又内疚，想给舒芸更多的关爱。思索片刻，他问安鲁玙："学校教师职位还有空缺？""有。"安鲁玙把刚才说的一番话复述一遍。

"游俊，芸妹孤寂，她心心念念的是鲁玙，你说能行？"安鲁璠给游俊一个暗示。

"两位小姐的要求如探囊取物。"游俊毫不犹豫，是因为他爸游梓是学校董事长，安少愈是校长。

"有了俊哥的承诺，就不用犯愁，不过鲁玙的想法要调整。"安鲁璠说，"当一名老师陪伴芸妹走完高中最后一年，想法很好。一年以后呢？你何去？她何从？"

"妹妹想当一名医生，而且是妇产科医生，了却与生俱来的眷念。"安鲁玙说，"我想继承父亲的衣钵，以教师为终身职业。"

"很好！安家有了传承人。"安鲁璠肯定了妹妹的想法，"不过教师要有为人师表的美德、满腹经纶的学识、诲人不倦的精神。做到了这三条，才配当一名教师。俊哥的英语水平美国人都很佩服，他依然手不释卷，为的是将来在明德中学谋一外语教师的职位。"安鲁璠趁机把消息传递给两位女孩。

"啊！俊哥想当教员？璠哥你也来吧。"舒芸高兴地说。

"璠哥另有打算。"游俊说。

一盆冷水临空而降，浅浅的哀愁掠过舒芸的眉心。

4

晚上安鲁璠独自来到大书房，向安少愈说明妹妹应聘代课教员的想法及起因。安少愈明白这是儿子替舒芸想的权宜之计，不过对学校而言，多了一条引进教员的思路。教员任重清贫，有才的未必愿意入门，想来的不一定能够胜任，女儿是个好材料。不过他对安鲁璠说："到学校任教未尝不可，但要层层过关严格筛选，既要有举贤不避亲的胆色，更要有举亲必是贤的慧眼。此事要向校董事会专门汇报，才能决定是否可行。"

安鲁璠懂得父亲的意思，离开大书房，给妹妹制订了一套无情的学习计划。妹妹有坚实的国文基础，再加上两个月的恶补，准能应对父亲严格的要求，只可惜暑期去里下河赏荷的计划落空了。于是安鲁玛开始闭门读书，向语文教员的资格冲刺。

听说安鲁玛夜以继日地苦读，路太太有些心疼，让先生和儿子去安家看望。路琢如与安少愈交谈，路本善去了安鲁玛的房间，不一会儿返回大书房。

"见到鲁玛啦？"路琢如问。

"见到了。"

"怎么就回来了呢？"

"她只给我这么点时间。"

"对你说了些什么？"

"她说正在为自己准备一份厚重的嫁妆，没时间陪我长谈。"

"善儿回去也得好好准备。"路琢如高兴地说。

"四弟，别听她的，为了应聘，这丫头有点走火入魔，不过学业确有长进，尽管如此，与善儿比起来还是差距甚远。我担心她将来上得了厅堂下不了厨房。"安少愈向路琢如道出心里的隐忧。

经过三试（面试、笔试、试讲）之后，安鲁玛如愿以偿，同时被录取的还有两位应届毕业的同学。安校长请三位资深教师辅导他们教学实践。老六尹亦凡成了安鲁玛的辅导老师。

第一堂课安鲁玙在惴惴不安中度过，下课时获得学生亲切的掌声，舒芸也为她高兴。

转眼又到了1939年的毕业季，一天游家来了一位常客，是秦老贵的老婆，"小诸葛"的妹妹。她与游母窃窃私语，颇为贴己，游母不断点头。晚上游母与丈夫游梓提到二儿子游俊的婚事。游梓说此事要与三弟安少愈商量一下。"你什么事都忍让，校长给了老三，老师给了他的女儿，现在又想娶芸儿为媳，真是人心不足。"游母想起秦老贵老婆的"点拨"，怒火满膛。"明天我与二弟沟通。"为了平息夫人的怨气，游梓答应她的要求。

"二弟，有点事想与你商量……"游梓的言语吞吞吐吐。

"大哥，你说吧。"

游梓说出夫人的意思。

舒林对大哥说："芸儿是到谈婚论嫁的时候了，得听听三弟的想法。"他明白女儿的心思，在大哥面前说得委婉。游梓懂得二弟的意思，再无下言。丈夫没有带回佳音，游母主动登门问计于秦老贵的老婆。这在"小诸葛"预料之中。

"里屋说话。"游母倒出一通"苦水"后，秦老贵的老婆请她进入一间私密性极佳的内室畅谈一通。走出内室已近正午，刺眼的阳光照得游嫂头晕目眩，难辨东西。

晚上，游母将从秦老贵的老婆处得来的锦囊妙计传授给游梓。游梓沉默不语，次日他再次来到城隍庙，与舒林说出游家方案："璠儿非池中之物，不会在海州久留，目前你我两家秘密订婚，一旦璠儿远走高飞我们就补办订婚宴。"

"秘密订婚伤害的是芸儿，暂不牵涉三弟与大哥的情谊。只是大嫂朝秦暮楚，私下订婚无凭无据，若有反复芸儿会受到二次打击，对不起早去的亡妻以及眼前的女儿。"忠厚的舒林提出

"不情之请"。

"婚书还是要有的。"游梓满口答应。

阳春三月，一纸秘密婚书，舒林将女儿不声不响地许配给游俊，舒林老泪纵横，游梓内心羞愧。喜事没给兄弟俩带来喜庆。

四月初四，舒林着一身素衣站立在亡妻王若蕙的遗像前向舒芸交代："芸儿，今天是你妈的冥寿，晚上早点回来。"

"爸，我一定早点回来。"舒芸放下书包，泪眼婆娑，对着母亲的遗像磕下三个响头。这一日舒林没有去城隍庙，而是在家陪妻子"过生日"。他给妻子做了四个菜，供在遗像前，都是当年她最喜欢的；给妻子斟了一杯酒，自己也倒了一杯，与妻对酌。

"若蕙，我先干为敬。"舒林举起酒杯一饮而尽，酒入愁肠泪满衣裳，他与妻子聊起家常，"若蕙啊，当年我陪大哥来到海州，有人认为'七兄弟'是龙虎相争。自从我俩联姻，龙虎亲如一家，友谊坚如磐石，你功不可没。芸儿出生你却离世，我的幸福戛然而止。如今大嫂想让芸儿成为二儿媳，我不得已答应了。没与你商量，你还满意？俊儿你是见过的，现在成了男子汉，和你大哥一样是个大学生，他学的是洋文。平心而论，游俊与鲁璠不分伯仲，鲁璠宽厚沉稳，游俊豁达聪慧。俊儿喜欢芸儿，芸儿喜欢璠儿。璠儿与芸儿实在般配。三嫂温柔敦厚，是一位贤妻良母。可璠儿立志走出家门闯天涯，芸儿无缘做安家儿媳。若蕙，女儿的婚事让我陷入困境，是对是错难以捉摸，只盼他们白头到永远。"舒林醉了，痛哭流涕。

五月初四，节日氛围已经很浓，家家户户粽叶飘香。早晨舒芸和安鲁玙一起上学。安太太对她说："记得去年端午节你姐忙毕业，今年轮到你了。三叔、四叔根据你的意愿安排你去洋人医院学妇产，请俊儿帮你补习英文。明天端午节学校放假，让三叔陪你爸来几盅，你趁机敬游俊一杯。"

"好的。"舒芸欣然答应了嘱咐。

端午节那天下午，学校早早放学。安鲁玙不见舒芸过来心生疑窦，走到高三（2）班——她曾经的教室去找舒芸。教室门半掩着，室内一片昏暗。舒芸趴在课桌上自个儿抽泣。物是人非，完全不是当年的景象，安鲁玙不觉伤感，走到舒芸面前，轻柔地推推她："妹妹，早晨还风平浪静，现在为何陡生悲伤？"

"爸要我出嫁。"舒芸抽噎不止，眉山目水间露出幽怨。

"班上的女生都知道。"舒芸说，"怪不得三婶要我向他学英文。"

"我妈一点都不知情，纯属巧合。"安鲁玙委婉地解释。

舒芸听了安鲁玙的解释心情好了许多。两人回到家，安少愈和安鲁璠都不在，安家大院弥漫着诡谲的气氛，从来没有愁容的安太太满脸阴云，劝舒芸不要心慌，等待他们回来。

"三婶，我爸做的事他能说不清楚？"舒芸说，"回去问问就什么都能弄明白。"

"这也好。"安鲁玙琢磨之后说，心想等舒芸回去了，她拷问哥哥，于是说，"我送你回去。"

安鲁玙送舒芸未回，安鲁璠已到家，安太太详述了外面的传言。他感到震惊，游俊也一脸茫然。

"你看怎么办？"游俊问安鲁璠。

"本是一件好事，做法不太明智，"安鲁璠说，"向芸儿表明我们的态度，让她得到安慰。"

"我回去一趟，马上回来。"游俊说完离开安家。

不到十分钟游俊回到安家小书房，关上门对安鲁璠说："谣言不假。"他从衣服口袋里掏出一张婚约递给安鲁璠。

"怎么到手的？"

"契约在保险柜里，密码在我爸心里，隐形的钥匙在我手里。盗亦有道，以前我只开不盗。今天第一次成了梁上君子。"

"你看咋办？"安鲁璠看过婚约之后问游俊。

"一张卖身契兜不住情感，只能给我带来耻辱，给她蒙上阴影，给你增加烦恼。把婚约还给她谁都解脱。"

舒芸回到家问舒林是否知道这件事。舒林所担心的终于发生了。他坦诚地向女儿承认，说明将她许配给俊儿的理由以及保密的原因。舒林声泪俱下，觉得对不起女儿，舒芸愧疚难当不忍让父亲难过。"我只盼终生守候在你身边。"舒芸抱住父亲，唯恐他突然离去，"爸，这件事不能怪你。俊哥是个好人，只是我……"刚说到这儿，安鲁璠和游俊就来了。

舒芸见到安鲁璠喜不自禁，不再悲伤，舒林则退到里屋。

"芸妹，俊哥送你一件礼物。"

"刚放出消息，就向我表示，未免操之过急。"她站在桌边等待。

游俊掏出一张花笺纸打开后双手递给芸儿，像使者递交国书，特别庄重地说："芸妹，婚书还给你。"舒芸以同样的神情接过花笺纸说："我也有同样的一份。"

"芸妹，俊哥尊重你的选择，把婚书退还给你，但他仍然是你最亲密的朋友和老师。"

"以前俊哥送给我的黑珍珠请璠哥替我还给他。"舒芸又说。当初四人在状元楼吃过鲥鱼后游俊曾送给舒芸一对黑珍珠，她没有收下，安鲁璠替她代为保存。

"不着急，黑珍珠是你和俊哥之间友谊的象征，千万不要辜负俊哥对你的一片好意。"安鲁璠没有同意退回黑珍珠。

"听说你要远行？"舒芸想从安鲁璠的口中印证父亲将她嫁给俊哥的理由，话刚出口便泪雨滂沱。

"暂时不走了，"安鲁璠拍拍她的肩，亲切地安慰道，"即使将来我走了，还有俊哥和二姐陪伴你。"

"我与你一起参加革命。"舒芸看着安鲁璠，做出了谁都想不到的决定。

"你走了你父亲怎么办？还有谁陪伴鲁玙？"

舒芸无言以对。

"到现在谁都没有吃饭，我们一起陪二伯父去状元楼。"安鲁璠说。

"我去接玙妹，你们先走一步。"游俊爽快地忙前忙后。

还没开席，五人齐聚于状元楼的"晚间新闻"传遍海州的大街小巷，传播者是"鬼灵精"。"小诸葛"得到消息不得不承认他的三板斧砍不倒"七兄弟"的参天大树。"我还有四板斧。""小诸葛"恶狠狠地将烟头扔在地上踏得粉碎……

5

安鲁璠走了，走向何方，去干何事，何时能回来，游俊并不清楚。离家之前他俩做了一次长谈，安鲁璠叮嘱游俊梳理好心情竭尽全力照顾好舒芸，早日求得她的芳心。最后安鲁璠特别强调："爱情和革命一样，也许不会一帆风顺，你要经得起考验，顶得住狂风恶浪，迎接风和日丽时刻的到来。将来你们走向婚姻的殿堂我是理所当然的证婚人，实现'我卫国，你为她'的共同约定。"游俊感谢安鲁璠的通盘筹划,倾尽温柔照顾舒芸的学习与生活。

进入毕业冲刺阶段的舒芸英文口语水平有了很大的进步。

舒芸毕业后的一个星期五,路琢如亲自把她交给医院院长。院长用英文与路琢如交流,舒芸成了翻译。最后院长问路琢如:"你是有名的中医世家出身,为何让她学西医?"

舒芸照旧将路琢如的回答翻译成英文:Learn from other's strong points to offset one's weaknesses(取长补短)。"

院长表示可以,舒芸进入美国教会办的福音医院毫无悬念。

一天晚上英语学习结束后,游俊对舒芸、安鲁玙说:"礼拜天上午带二位去一个有趣的地方,欣赏一场从未见过的'游戏'。请好好打扮。""不打扮会丢你的脸?"安鲁玙笑着说,"如此麻烦,我不去了。"

"姐,就听他的吧,俊哥也是为我们好。"自从解除秘密婚约后,舒芸总觉得欠俊哥一笔人情,他虽然比不上安鲁璠,但人还是挺可爱的,于是赶忙替他解围。

星期六下午,两人去理发店盘了头发。第二天早晨两人穿上新衣服,特别可爱,跟着游俊出去了。实则他们去教堂参加婚礼。教堂里灯光璀璨,男士们身着西服文雅地与女士们挽着手走进教堂。

"噢!好漂亮的两位东方美人,哪位是你未来的新娘?"牧师问游俊。

"还是把新娘照顾好吧。"游俊难以回答。

"大多是我们医院的大夫,孙阳翰大哥也来了。"舒芸兴奋地对安鲁玙说。

仪式开始,伴郎、伴娘随着进场音乐进入婚姻殿堂,花童将戒指交给牧师。随着神圣的《婚礼进行曲》响起，娇美的新娘一手拿着捧花，一手挽着父亲走在鲜红的地毯上。新娘的父亲将女儿的幸福托付给她的心上人，所有人的目光注视着新婚夫妇，脸上洋溢着幸福的微笑。

"你们也向往这一天？"仪式结束后，牧师问两位女孩。

"我不拘泥于某一种形式。"舒芸回答得很婉转，言下之意对西方的婚礼并不排斥。

"我不想标新立异。"安鲁玙的回答符合她现在与未来的家庭背景。

"为什么带我们到这儿？"舒芸问游俊。

"学外语要有语言环境，海州除了福音医院就数这儿，希望你常来这儿体验语言氛围。"

舒芸很感激游俊的贴心安排，可惜安鲁璠不在，舒芸心里有点失落。

第二年春天，新四军首长第三次进入海州与刘明阳进行艰苦的谈判，每次谈判之前，安鲁璠都会向盛思贤提供有价值的情报信息供领导参考。最终新四军说服了刘明阳，实现党中央提出的"新四军东进抗日"的目标，取得了战略转移的伟大胜利。

新四军在苏北建立敌后抗日根据地，不久之后，安鲁璠集结海州周边地区的数十名青年分批次秘密参加新四军，其中就有一名叫"牛娃"的新战士。

一个深夜，又一批秘密集结的青年准备出发。

这时，在海州向东的道路上，出现两个行色匆匆的身影直抵新四军驻地。他们是张昶彧和路本善，有重要情况向盛思贤报告。半夜叔侄二人见到了还未休息的盛思贤，向他说明来意。

"我立即派人与他联系，你们在这儿休息，天亮后再回海州。"盛思贤立即做出决定。

凌晨3点在姜埝东乡一个旧祠堂，安鲁璠接到骑兵通信员和特务连战士带来的盛处长的命令：他与岳阳鹏必须在清晨6点前赶至海州，接受四号首长（路琢如）的紧急任务，所有工作暂时移交给朱成虎，入伍青年随特务连战士返回部队。姜埝距离海州五十多里，走完全程至少需要三个小时，时间很紧，刻不容缓。

"我们急行军。"安鲁璠下达命令。

"抄小路可节省半小时。"岳阳鹏提议。

清晨，安鲁璠和岳阳鹏走进路家与四叔相见。"我和岳阳鹏前来报到，请四号首长指示。"安鲁璠向路琢如报到。

"回来就好，先去洗漱，然后吃早饭。"三人走出书房门。路琢如疼爱地抚摸岳阳鹏的头："参加革命，变得有出息了。"

吃过早饭，安少愈和安鲁玛也来了，路琢如让安鲁玛讲了最近发生的情况。

事情要从几天前说起，当时游母提出要给舒芸算命，开始谁都没有介意，舒芸更是不当一回事，心想：我又没同意嫁给他们家，凭什么给我算命？安鲁玛说："别管她，伯母一天一个想法，让人心烦。"舒芸依旧去医院上班，晚上游俊给她上课，一切都很正常。过了两天游俊来到安家大院，告诉安鲁玛，他母亲已经给舒芸算过命。

"你妈为何这样做？"安鲁玛很奇怪。

"是秦老婆子教唆的。"

"结果怎么样？"安鲁玛着急地问。

"不怎么样。"游俊说话有些吞吞吐吐。

"不怎么样是怎么样？"安鲁玛感到大事不好，说话的口气变得严肃起来。

游俊一声不吭，这时舒芸进来了。

"姐，你不信我信。"舒芸接着说，"去年庙会公告的头版头条是反对封建迷信。今天我们不是照样被封建迷信打倒？是谈虎色变还是叶公好龙就不多说，我曾犯同样的错误，心里不喜欢的东西还是收下了，不但欺骗了别人，也愚弄了自己，是物归原主的时候了。姐，以前俊哥把秘密婚约还给我，今天我把黑珍珠还给他，你给我把黑珍珠取来。"

在舒芸心里，这对黑珍珠成了试金石，游俊将亲手交出的黑珍珠收回，一切将无法挽回。令人失望的是，游俊居然从安鲁玛的手中收回黑珍珠，但他同时表示："舒芸，游某非你不娶。"

"小妹，你听到了吗？"安鲁玛说，"相信俊哥一次。"

"我才不相信呢。"舒芸倔强地说。

"姐，明天见。"舒芸带着悲伤和委屈回到自己的家。

第二天放学后，安鲁玛来到舒芸家问："二伯，我妹呢？"舒林说："去医院上班了。"安鲁玛问："情绪怎么样？"舒林说："还好，等会儿我让她去你家。"安鲁玛没见到舒芸心中有点不踏实，吃过晚饭又去舒家，还是没见人影。安鲁玛着急了，向福音医院奔去。医院早已下班，凡是亮灯的房间她都找过，没见到舒芸的身影。回到舒家还是不见舒芸，打开她的书桌抽屉，里面有一封信。

"信是写给你的。"安鲁玛把信递给哥哥。

璠哥：

　　当光明来临时，也许你已看到这封短信。

　　事情的经过姐会告诉你，有人借我的苦难做起卑鄙的文章，为达到可耻的目的。这是一个显而易见的阴谋，我不信、不悲、不惧、不屑。与生俱来的灾难使我更加怀念母亲，感恩父亲，是他们的血肉铸成我的人生，爱自己就是爱他们。不仅如此，你们的体贴使我捕捉到人间的大爱，这是他人很难感受的又一种温情。

我已经得到太多阳光所赋予的温暖，同样会感受到阴影所带来的黑暗，这是人生不可或缺的另一面。我不在乎飞短流长的恶意、月色凄凉的黑夜，倒是担心我们之间有人中了离间计，伤了兄妹情，这才是大事。哥要不遗余力地与恶魔搏斗，保护来之不易的友谊。

你不在的时候俊哥给予我别样的关照，请代我向他问好！

向所有真心爱我的人和我爱的人问好，特别是我姐。她是少有的贤德、可爱的女性，是家教熏陶的结果，令我难忘，向她致敬！

不要怨我唐突，我毫无遮掩的面貌望你能够喜欢。

再见！璠哥。

你的妹妹 舒芸

"哥，我去杀了他。"岳阳鹏听安鲁璠读完信，义愤填膺，站起来对他的引路人表示。

"你去杀谁？"安鲁璠问。

"'小诸葛'。"

"我命令你好好在这儿待着，不许乱动。"

"是！"一个漂亮的军礼，很是像模像样。

"鲁玙，你们去过玄妙寺？"安鲁璠问妹妹。

"这是不可能的。"

"各位长辈,我知道她去哪儿了。"安鲁璠接着对妹妹说,"鲁玙,你和我一起去。快!"

前一天上午舒芸没去医院上班,在家回忆十六年的人生历程。最终得出结论:"伯母是对的,她直言不讳地说出心中的隐忧,其他人难道就没有想法?璠哥为什么宁可舍命上前线也不愿与我相伴终身,把我推给俊哥?老实的俊哥接下烫手的山芋,最终被伯母制止。千不该万不该,只是伯母不应在我的旧伤疤上再捅一刀,致我的名誉扫地,真是何其狠毒!"

她一口气写下心中所想,信中表明出家的根源。写完信,读了两遍。感到像在读一纸宣言,言辞犀利刻薄,看似悲戚实属荒唐。她将一页页纸撕成碎片,投进装水的墨盂。

舒芸重新拣起昨天下午安鲁玙与游俊的对话,结果理出一条线索:秦老婆子的哥哥是"小诸葛","小诸葛"是海州的算命先生,曾经安鲁璠与算命先生们结下梁子,"小诸葛"因此一而再,再而三地算计,不达目的绝不罢休。"我差点忘了这层因果关系。实施报复的是'小诸葛',中了奸计的是伯母,因尊母而盲从的是俊哥,受到伤害的则是我。"舒芸找到根源,似乎看到希望,兴奋之后,转念一想:还有什么脸面请璠哥接纳我?残酷的事实只教会我给自己留点尊严。考虑再三,只有玄妙寺的玄空师太才能容得下我。去玄妙寺的主张没变,信的内容变了,就是安鲁璠读的那封信,言辞恳切,催人泪下。

晚上玄空师太陪她度过了难忘的一夜。夜很静,月光很美,寮房很暗。

舒芸再问,师太入禅,灯芯成灰。

对着静谧的月光和婆娑的树影,舒芸想起母亲,她一生没有听到母亲唱着儿歌哄她入睡,心中唱起了古老的《摇篮曲》。

"月儿明，风儿轻，树叶遮窗棂……"唱着哭着走进梦乡。

醒来不见师太，她到佛堂做功课去了。

"我曾认为自己是冰雪伶俐，受人宠爱的千金小姐，其实是形影相吊、孤身自怜的可怜虫。是我辜负了他人还是他人遗弃了我？"舒芸找不到答案，从小包里拿出一面小镜端详着自己的苍白的面容和蓬蒿一样的乱发，又拿出一把梳子，准备梳头。师太走进来了，给她拿来一件玄色袈裟，她想藏起圆镜和梳篦。"好好梳吧，这是最后一次。"师太看似通情达理，其实是最后通牒。

"这就是我的未来？"舒芸哭了，"为什么不在窗明几净的家中陪伴我爸？和爸在一起真好，谁能带我回家？"

时间已经不早了，师太不能再等，仪式正式开始。

"师太请稍等，我哥、我姐来了。"男孩着急地说道。

"施主，佛法重地，你怎么进来的？"师太问。

"大门紧闭，我从后门溜进来的。"男孩伶牙俐齿，"我哥我姐他们被关在佛门之外。"但他自始至终没有说出谁是他的哥哥姐姐。

"快去开门！"师太吩咐手下的人，将剪刀放在地上对男孩说，"请施主退后一步。"

男孩一闪不见了，只见两位青年从天王殿匆匆走来。

舒芸回过头，看到两位亲人出现在面前，泪眼婆娑地扑向安鲁璠，害怕再次失去他。

舒芸和安鲁玙来到寮房重新梳妆打扮，安鲁璠在院中等待。师太问他："施主，在你之前从后门进庙要我打开前门的那位小施主去哪儿了？""小施主？"安鲁璠一脸茫然。"不是那位小施主抢先到来，她的青丝早已落地，真是千钧一发。""难道是他？"安鲁璠心想。

舒芸在安鲁璠和安鲁玙的陪同下悄然地走了，就像她悄悄地来一样。海州城里没有出现一句"飞短流长"。

6

中午张昶彧和路本善匆匆赶回来，张昶彧来到外书房向安少愈和路琢如传达盛思贤对事情处理的意见。两位老师完全采纳学生的建议，紧接着安少愈和舒林就商量两个孩子的婚姻大事。

翌日，启事见诸报端：

明德中学校长安少愈长子安鲁璠娶海州工商名流舒林爱女舒芸为妻，将择良辰结为连理。

同时登出贺词的还有"七兄弟"其他诸兄弟。报纸这一版出现罕见的套红，特别喜庆。

"这是唱的哪出戏？""小诸葛"彻底感到不解与失望，"舒芸不是嫁给游家？怎么跑到安家？"

岳阳鹏奉命回到部队，"小诸葛"幸免一死。

婚后半月，安鲁璠重新走上抗日前线，舒芸送他东征，刚出城东门，只见游俊在东城河的迎春桥上等待。"游俊为我送行，回去时别给他脸色。"安鲁璠叮嘱舒芸。

"你不是说现在我们心中唯一的仇恨是日本侵略者和汉奸吗？"舒芸紧紧握住安鲁璠的手。

安鲁璠搂着舒芸，向等候在桥上的游俊走去。

"带着行囊为我送行？"安鲁璠与游俊打招呼。

"我上前线。"

"什么？"安鲁璠始料不及，"你要上前线？"

"你曾说过我们俩'一个卫国，一个为她'。现在你已娶她，我去报国。这是你我共同的承诺。"游俊想卸下安鲁璠的行李。

"我还说过你若违约就把你扔到城河喂鱼，你忘了？"

"与其把我喂鱼，不如让我和日本人拼了。"

"舒芸，你看咋办？"安鲁璠征求妻子的意见。

"这次伯母同意啦？"舒芸意味深长地问。

"此事她无法阻拦。"游俊认真地回答。

"这才是我的好兄弟，我们一起走吧。"安鲁璠兴奋地说。

"一起走？"游俊茫然，"谁照顾我嫂子？"

"她又不是小孩，让舒芸照顾三家的老人。"

"我们仨在迎春桥上照几张照片留念。"与安鲁璠同行，游俊有意想不到的惊喜，他掏出相机和支架。

拍完照片，游俊带着愧疚毕恭毕敬地走到舒芸面前："嫂子，过去我没有经受住爱情的考验，今后我一定在战火中锤炼自己。另外，你的英文学习我拜托了孙阳翰，他会教好你这位学生。我向你发誓，我会保护好璠哥，让你们团圆。"

"我们握手道个别吧。"安鲁璠提议，"告别是为了重逢。"

为了明天的重逢，三人的手紧紧相握。

故事讲完了，天也亮了，李莉娅哭了。她突然扑向游俊，搂住他的脖子一个劲地说："你非她不娶，我非你不嫁。哪怕等到地老天荒，我也不后悔。"

"人家不是不离不弃吗？"舒芸舒了一口气，"我提醒你，世界上再没有第二个安鲁璠替你收拾残局，也不会有第二个李莉娅对你如此痴情。天上的星星数不尽，属于你的只有那一颗，要懂得珍惜。"

"我一生犯了两个大错，抛弃了最心爱的人，弄丢了生死与共的兄弟。"游俊仍在忏悔。

"平心而论，璠哥的失联与你无关。"舒芸悲痛地说，"不要自责了，谁都没有过错，是我们错过了彼此。你将秘密婚约交还给我，我和璠哥深深感谢你义薄云天的兄弟情谊。更让我刻骨铭心的是，你曾一如既往地教我英文，勾起我求知的欲望，从此英文成了我生命中不离不弃的伴侣。当婚约悄然地来到我的掌心时，我感觉到你对我的真爱，但我更爱璠哥。伯母给我算了一命，将剪不断的三角恋爱彻底打破了，我和璠哥喜结良缘顺理成章，我能不感谢伯母的决断？你能不去追求自己的爱情？"

舒芸原谅了游俊、游母以及过去的一切，化解了游俊心中久久的煎熬，让他轻装上阵追逐属于自己的未来。

"所以十几年来你用纯洁的心对待我的父母。"游俊被舒芸的真诚所打动，并用地道的英文对她说。

"是的。"舒芸用纯正的美式英语回答，"你也应调整心态。"接下来他俩全部用英文对话，直到再次分别。

"即便如此，给璠哥铺平回家的路我义不容辞。"游俊退一步说。

舒芸被游俊的话彻底打动了。在她心里，身边的游俊在成长中成熟，初心不改，终成大器。

"回来一趟不容易，我们沟通了一上午，下午在家陪陪伯父伯母。"回家的路上，舒芸提醒他。

"下午我要去一个从未去过的地方，见一个非常熟悉的人，打听一些我想得到的消息。"游俊说。

这天上午，海州市委研究人事问题，会议本打算上午结束，结果拖到下午2点半。他们走下楼梯时，组织部的李秘书对朱成虎说："部长，外面来了位老乡，找你解决困难。"

"有没有说什么困难？"朱成虎有些纳闷。

"说他家的牛不见了，请你帮忙寻找。"

"大爷找我有事？"朱成虎走进办公室，关上房门大声地问。

"我家的牛不见了，想请你帮助寻找。"

"什么时候回来的？有没有见到她？"朱成虎没有回答来访者的问题。

"还要你关照？牛已不见了，能不把她放在心上？"

"她近来还好吧？"

"比你想象的要糟！远在天边的人见不着是一种无奈，近在眼前的人不见面是一种悲哀。"

"她会谅解我，倒是担心她不原谅你。跟你发火了没有？"

"她跟我发火是一种友谊，你与她疏远不感到羞耻？"

"你怎么不到我家里？这儿说话多不方便。"

"去你家怕控制不住自己。在这里不敢乱来。何况在这儿得不到，去你家同样一无所获。"

"不愧为哲学家，考虑周密。"朱成虎说，"今晚有没有人请你？没有我来填空。"

"中午老校长请，晚上路主席请，你安排什么时候请？"

"春节。"

"春节我请老校长全家去北京，带他们登长城，远眺塞北的雪。"

117

"啊！"朱成虎有些失望，"不过登高可以望远。"

"登高能望多远？见山不是山，见水不是水。"

朱成虎觉得这位老乡进政府大院的目的明确，举止优雅，是个特工的料子，于是说："见山还是山，见水还是水。"

"老人"咧嘴一笑。

朱成虎又说："你这一身服饰保存得真好，演技炉火纯青，口技亦真亦幻。待我们老了大家聚在一起，可以重演当年的场景。"

"还等到那时？眼下每天都在上演。""老人"又是一阵咳喘。

"演什么？"

"牛郎织女。"

朱成虎哑口无言。

"不打扰了，看来找牛不是一朝一夕的事。""老人"站起来曲背弓腰地往外走。朱成虎扶着这位老乡走出市委大院。谁都看不出"老人"的扮演者是年轻的学者游俊。

春节本是一个团圆的节日，可是这一年的春节客人各奔东西。就在路琢如回上海的前一天，游俊回了北京，舒芸送游俊去车站，在路上她问："下次什么时候回来？"游俊说："听候召唤。"舒芸淡淡一笑："希望下次回来时能见到弟妹，很想和她沟通。"

"去北京见她。"游俊说，"明年秋天，我邀请你和你父亲以及老师和师母去北京游览名胜古迹，老师一直提倡'读万卷书，行万里路'，他确实读了万卷书，我也行了万里路。"

"我既没读万卷书，也没行万里路。"舒芸说。

游俊点点头，想了想说："这次回家来去匆匆，请你帮我向四叔打听一个人。"

"谁？"

"'鬼灵精'。"

"一定。"舒芸明白他的目的，答应了他的要求。

这次舒芸送走游俊的心情比十四年前更糟，她无法把自己心底真正的秘密说给人听，还要求别人对她说真话，现实太残酷，出路在何方？有谁想到十年以后游俊终于打开了舒芸心中的秘密。

腊月二十四，安鲁玙和舒芸二人为游家掸尘，安鲁玙看到游俊的房间新增三张旧照片有点惊诧。她问舒芸照片从哪儿来的，舒芸讲了当年发生在迎春桥上的故事。

"有没有给你几张？"安鲁玙问。

"给了我两套同样的照片，是瞿铄婚后第二天他作为一份特别的礼物送给我的。"

"游俊是个有心人。"安鲁玙说，"这是他送给我们的一个特别的信号，回去你也把它堂堂正正挂起来不会错，一份挂在客厅，一份留在你房间，这里大有文章。"

1953年2月14日，是新中国成立后的第四个除夕。绵延已久的战争烽火已经淡出了人们的视野，饱受战争煎熬的人们终于可以过上平安而宁静的除夕。

第三章　期待

1

转眼间春天来了，紫藤吐出新绿，花架下的宣传栏张贴了两张红彤彤的布告，紫藤选区经过群众推荐民主协商，提议路本善为市人代会候选人，游梓为市政协委员人选。巷中居民们纷纷庆贺古老的紫藤花巷走出两位名人。

布告张贴没几天，路本善从治淮工地回来了，一下车他风尘仆仆地直奔游家，游梓病了好久。路本善对游梓一番望闻问切，他的听诊器在游梓的胸前背后以及身体两侧反复移动，好像在与游梓的心肝五脏进行密切的交流。放下听筒，他说了一句："大伯，去我们医院做一次胸透，拍一张片子，进行一次痰检。"一位人民代表的候选人独自扶着政协委员去了医院。

"姐夫，大伯病情如何？"出门后舒芸着急地问。

"不容乐观。你也得注意自我保护，防止交叉感染，伯父一旦确诊，立即隔离治疗。"

120

透视和化验的结果证实了路本善的诊断，游梓进入结核病晚期，住进传染病房。这棵老树能不能像春天的紫藤一样抽出新芽？路本善摇摇头，要求舒芸不要离开医院，立即进行全面体检。

晚上路本善对安鲁玛说："游伯病得这么重，嫂子与他接触如此频繁居然平安无事，真是奇迹。她和舒伯伯一样，不但意志坚强经得起磨难，还抗得住病毒的入侵。"

安鲁玛说："一木支撑三家，太为难她了。我想请假一学期，助嫂子一臂之力，得征求你的意见。"

"作为市一中的骨干教师，你要坚守岗位，这是大局。嫂子也必须彻底与病人隔离，我来陪伴大伯父走完人生的最后一程。"

"有这么严重？"安鲁玛怯怯地问。

"肺结核晚期。"

"你也得注意保护自己。"

"一位好的医生应该懂得如何与病魔斗争。"

游梓确诊之后游俊收到舒芸的来信，白天忙于工作，晚饭后一边阅读舒芸的来信，一边等待李莉娅的到来。

游俊正在看信，李莉娅敲门，他把未看完的信放在桌上，笑容满面地开门去了。

"都喜上眉梢了，有什么好消息与我分享？"

游俊指了指放在桌上的信，她老远就敏锐地看到那娟秀的毛笔字，用肩膀拱拱游俊说："怪不得，原来一个人关上门在宿舍里偷看情书。"

"你可以无理由地查看我的任何往来信件，包括现在放在桌子上的这封信。"

李莉娅很想看舒芸那一手令人神往的毛笔字，从头至尾一字一句看得非常仔细。开始的称呼是"游俊你好！"，简洁而平淡，中规中矩。但那些字跳跃到她的眼里好像一个个小精灵，显出万种柔情。看着看着，被信的文采和故事情节所折服，她也乐了："都说我爸是老革命，你爸比黄埔军校的资格还老二十年，相比之下，我们家老头子连小弟弟都不如。无怪乎老人家去年要游碧云寺，一般的人知道这段历史的少之又少。我们两家门当户对，都是真正的革命家庭。"

"我父亲追随的是中山先生的资产阶级旧民主主义革命，你爸爸参加的是中国共产党领导的新民主主义革命，还是大有区别的。"游俊看似玩笑，目的是拉远他俩的距离，"真正门当户对的是我和舒芸，两位老人是志同道合、生死相伴的同志，舒老伯是我父亲的救命恩人。半个世纪前，他从魔鬼手中救下我父亲，否则我父亲到不了海州，世界上更不会有你的御用俄文老师。"

听游俊说完，李莉娅翻开第二页，不一会儿脸色苍白，游俊看到她的表情莫名其妙，舒芸的来信绝不会让她感到不安和恐惧。

信的第二页讲述的都是游俊父亲的病情以及目前的治疗方案。里面的措辞并非危言耸听，但也直言不讳，从字里行间看得出游梓病得不轻。

"我劝你立即回去一趟，带伯父来北京治疗，我负责联系医院。"李莉娅关切地看着游俊。

"手头的工作让我实在走不开，这一点李所长最清楚。"

"我母亲把革命同志当长工使唤。"李莉娅不满地埋怨。

"哪能无缘无故责怪她？这是我应尽的职责。"

"那么我替你去海州看望伯父，你们两兄弟再不回去会成为人们眼中的不孝之子。我去海州正好拜见舒芸，然后到无锡寻找我外婆的故乡，回头去海州接游伯进京看病。"李莉娅的行动方案好像酝酿已久。

困难之际，李莉娅挺身而出，游俊挺感动，又深知她的方案并不可行："传染病人是不能使用公共交通工具的，二姐夫的这一关你无法通过。等过了传染期再考虑接我父亲来北京治病。"

李莉娅离开后，游俊对着信封上的字反复琢磨，准备给嫂子回信。提起笔，除了感激，他无话可说。自己能比二姐夫更专业？比嫂子更贴心？一个双博士学位的学者此时因不能照顾患病的老父亲而深感不安。

"待我忙完手头工作请一个月的事假，回去侍候病重的父亲。"他下定决心做个孝子。临睡前他想再看看嫂子的来信，信瓤儿却不见了，正手忙脚乱时传达室老王头要他下楼接电话。这么晚还有电话，估计凶多吉少。游俊沿着楼梯的扶手迅速滑到一楼，来到传达室。

"喂！你是舒芸？"

对方停了一下，回答道："我是……"

游俊半天也说不出话。

"你怎么不说话？"对方焦急地说。

"我是游俊，你是谁？"

"我是莉娅，你怎么啦？想她啦？"

"我以为是舒芸打来的电话，着实吓我一跳。"游俊的话轻松了许多，他问李莉娅，"有什么事？"

"难道不准百姓点灯？"李莉娅毫不客气地进行反击。

"我俩都想歪了。"游俊对自己的态度表示歉意，对她的误解给予原谅，"我以为是嫂子打来电话，传递父亲不幸的消息，着实吓得不轻。”

“对不起，我吓着你了。”李莉娅向他道歉，“告诉你，嫂子的来信夹在俄语教科书里被我带回家了。”

“没关系，留在你身边慢慢审阅。”游俊恢复了平静，亲切地问，“就为这事？”

“只为这事我会深更半夜打扰王师傅？告诉你，嫂子的信还有第三页，我们都没看。信中说游伯伯住院后病情稳定，二姐夫为他积极治疗，望你不要牵挂。还说祝你和我幸福快乐。我给你报个平安。”

“啊，一场虚惊。”游俊松了一口气，像坐在失去动力的飞机上突然平安着地一样兴奋，他问，“还有什么？”

“你想要什么？”舒适地躺在床上的李莉娅反问一句。

“祝你晚安！”游俊真诚地说。

“呸！”搁下电话的李莉娅幸福地啐了游俊一口，很快进入甜蜜的梦乡。

游俊没有睡意，想着：重病缠身的父亲能不思念千里之外的儿子？哥哥不可能回家，我该怎么办？当年璠哥有一个模式，一个卫国，一个为家。我回去尽孝，让哥哥一心报效国家。可是我手头的工作谁来接替？若要回家看望父亲，必须处理好手头的工作，否则不能随便离岗。游俊的思路又回到原点。

当游俊左右为难时，路本善一直在医院陪着游梓，让他的精神得到安慰，直至他平稳入睡，天天如此，没有例外。

一天晚上，游梓和路本善聊起家常：“我的一生多亏各位弟兄帮助，无以回报也就罢了，十五年前我夫人做的那件恩将仇报的事让我无地自容，可是芸儿不计前嫌，一如既往地帮助我们，我既感温暖，更觉耻辱。一个行将就木的人，想在有生之年对芸儿表示一点心意。本善，我想得到你的帮助。"

游梓从床上爬起来，路本善一把摁住他说："您老说吧，只要我能做到。"

"你千万别推辞。"游梓从外衣口袋里掏出一张纸，"我想将所有的家产，除去留给我夫人的开销，其余全部赠予芸儿，赎回我一生的罪孽。七弟是大家心中的君子，你帮我请他做个中间人。这是我的馈赠书。"

"唯有此事我不能帮助，舒芸知道你这么做会生气的，我劝您不必费心，多多保重身体。何况她的养子是我的儿子，她的公公是我的岳父，我为此事请来七叔很不合适。再说您身后有大婶，有游重、游俊，还有您的孙儿。作为一名医生，我所能做的只有认真为您治疗，让您早日恢复健康。"

游梓既感到路本善的话合情合理，又觉得自己身旁缺少一个帮手。小小的愿望都难以实现，即将走完人生全程马拉松的这位老人内心非常疲惫。路本善看出游梓内心的痛苦，决定请其他几个叔伯来看望仁厚的大伯。

第二天上午，大家戴着白口罩来到游梓的病房。

大家入座后，游梓谈到转让遗产的事，安少愈、舒林和尹亦凡尚未开口，张昶或说话了："大哥，芸儿对你关心理所当然，如果你将财产转让给她，她会生气。"

"大哥千万不要做出力不讨好的事，听了你的话，三哥很为难，"朱仁指着安少愈说，"你不能陷他于不仁不义。"

"那我怎么办？"

"当初你捐资办学为社会培养了众多的优秀人才，五十年后人民政府没有忘记你，推选你为政协委员，现在你是最幸福的人，至于往事，不必多想。"舒芸的舅舅尹亦凡也在劝他。

"你们说得都有道理，但我心里的疙瘩总不能带进棺材。"

"芸儿和我们一样，只盼你早日康复。"安少愈替舒芸表达心愿。

弟兄们走了，游梓向安少愈招手，安少愈留了下来。

"三弟，孟副官的家谱我只有交给你了。"

"大哥，千万别这么想，你的身体会慢慢好起来的，你的嘱咐我也会记在心上，总有一天我们会见到孟副官或他的亲人。"安少愈看着眼前这位为明德中学尽心竭力一辈子的好兄长，为他不久将油尽灯枯而泪流满面，他情不自禁地握住游梓干瘪而冰凉的手，久久不肯放开，好像要竭尽全力将他从死神面前拽回来。路本善站在一旁，默默看着自己岳父和伯父的亲密交谈，不忍心加以制止。

晚上，路本善来到岳父家。安少愈知道大哥的大限快到了，但还是问了一句："近况如何？"

"就这几天的事。嫂子，你给北京发份电报。"路本善终于为游梓发出第一张病危通知书。

当晚舒芸和安鲁玙去电报局发了两份加急电报，路本善又到朱成虎家，汇报游梓的病情，然后回到医院，像儿子一样守护着老人。

第二天晚上，游重从北京赶到海州人民医院，与父亲见最后一面。"爸爸，我回来了。"游重望着形容枯槁、面目黢黑的父亲，悲痛万分。多年来父子二人聚少离多，可父亲从来没有一句怨言。游梓躺在病榻上，脸上露出幸福与满足的微笑。

"你回来我高兴。我想和你说几件事，你听着。"游梓伸出手臂，招呼儿子靠近一些。

"爸，你说吧。"游重跪在床前，握住父亲的手。

"安鲁璠到底在哪儿，这是首要问题。你实话实说，我帮你保密。"一个即将离开人世的人对什么都会严守机密。游重看看四周，贴着父亲的耳朵说："他很好，目前在一个比较远的地方，但我们的心连在一起。"

游梓点点头，脸上绽放出满意的笑容："舒芸来了你赶快告诉她，她等得太久了。"

游重点点头。

"俊儿和他的学生相处得怎么样了？我想见见她。"

"待你身体好了我让她回来见你，保证没问题。"

"俊儿什么时候回来？"

"很快。"游重回答得也很快。

"还有，除了你母亲将来的生活费，我想将剩余的全部家产交给芸儿，你同意否？"游梓继续问。

"我们万分支持，包括你的大儿媳和两个孙子。"

"他们都好？"

"都挺好。"

"俊儿也应该同意。"游梓自信地说。

"他更求之不得，我会把你的想法告诉他。"

天亮了，谈话仍在继续，外面有人敲门。

"是本善来了，快去开门。"游梓的声音特别洪亮。

一番检查后，游重轻轻碰了碰路本善的衣角出去了，路本善理了理游梓的被子，和他低语了两句，便跟了出去。

"看来父亲的情况很好，他和我聊了整个下半夜，思路清晰，思维流畅，我看目前并无大碍。"

"不要抱有幻想，这是回光返照。老人大限在即，他在等一个人，如能等到，一切圆满。"

"他在等谁？"

"等莉娅。"路大夫坦诚地说。

"恐怕有难度。"

"不到最后不言放弃，我每天都在给他点燃希望，首先把你盼回来了。"

"你不仅是一位好医生，还是位临终关怀的高级心理师。"游重握着路本善的手。

"和父亲道个别吧，去南京的汽车马上就到。"路本善推了他一把。

一会儿舒芸和安鲁玙来了，他们把安然也带来了，让他见见游重伯父，也和游梓爷爷道个别。游重临走时拍拍安然稚嫩的肩膀说："好好学习，希望寄托在你们的身上。"说完对父亲深情一瞥，和父亲告别。

大家送游重上车，朱成虎趴在窗口对他说："首长，按照你的吩咐我就不送你了，师傅姓罗，是位又红又专的驾驶员，在路上你放心休息片刻。"

汽车缓缓离开了医院大门，一位孝子在父亲即将离开人世的时候走了，走得那么仓促、那么不舍，也没有来得及与母亲见上一面。

"舅妈，我看到游重伯伯哭了。"安然说，"他为什么走得那么匆忙？"舒芸搂着安然说："到时你会明白的。"

2

汽车开出市区，驾驶员小罗对游重说："首长，路况不好，到南京机场需要四个小时，您放心休息一会儿，我确保您的安全。"

时间过去很久，汽车突然急刹车，稳稳停在路中央。游重从睡梦中惊醒，隐隐约约听到有人在说话："你怎么开车的？""同志，你怎么突然跑到马路中央？"小罗委屈地回答。"是吗？"女孩看了看，让到路边，歉意地一笑便走了。小罗加大油门向候机厅方向开去。

"停车！把那位女孩叫来。"游重对小罗说。

"是！首长。"

小罗将车停在路边，用军人的步伐跑到那位姑娘面前，给她行了个军礼："同志，我们首长请您。"

"你们首长请我？"女孩感到奇怪地说，"我不认识你们的首长啊。"

"你去了就知道了。"

"去就去！"在人生地不熟的地方，女孩真有点摸不着底，看看朗朗乾坤，用豪言壮语为自己打气。

女孩走到军用吉普车前听到一个熟悉且亲切的声音："上车吧。"

"哥，是你！"女孩惊诧不已。

"他乡遇小妹，太好了！"游重想到路本善的话而惊诧不已。

"哥，你从哪儿来？到哪里去？"

"我从海州来，到北京去。你呢？"

"我从北京来，到海州去。刚下飞机找不着北，差点被汽车撞到。想不到在南京遇见你，真是太巧了。事情办完了？"

"还没开始。"

"还没开始你就回北京了？"女孩眼泪都快掉下来了。

"你不是来了吗？父亲盼着你的到来。是游俊请你来的？"

"不请自来，他担心我在嫂子面前丢丑，能对我委以重任？"

"舒芸和你一样善解人意。我们在机场吃顿午饭，然后小罗同志送你回海州，你是我们兄弟俩的'特命全权大使'。"

"保证不辱使命。"女孩成了"特命全权大使"，心中无限自豪。

游重向小罗介绍道："她是我弟弟的女朋友，叫李莉娅。"

李莉娅走在海州人民医院传染科的走廊内，不远处走出一位漂亮的女性，李莉娅一见就喊道："嫂子，我回来啦！"

"莉娅，真的是你，快来看看游伯。"舒芸接过李莉娅手中的包，"旅行包真沉，你一路辛苦了。"

"还好，是小罗师傅送我到的海州。"

"你遇到游重啦？"

"是的。"

"真巧，否则你今天赶不回海州，将落下终身遗憾。"

"游伯怎么样？"

舒芸摇摇头："今晚恐怕是游伯的最后一天，老人在等着你。"

"真的？"

"刚才还念叨着你呢，你是游家子孙后代唯一的代表。先等着，我去给你拿口罩。"

"嫂子，不要吧。戴上口罩，游伯看不清我。"

"那好吧。"舒芸也摘下口罩。

舒芸推开病房门，走到病床里侧，指着李莉娅，对着大伯的耳朵说："游伯，你看谁来啦？"游梓尽力睁开眼睛，看着李莉娅说不出话，眼里的泪水却是有声的。

"我是莉娅，是游俊要我代表他回来的，他出国去了，很快会回来看你。"李莉娅对着游伯另一侧的耳朵说。

游梓的胳膊在被窝里动了动，舒芸立即把他的手从被窝里抽出来。在舒芸的帮助下，老人举起右胳膊，吃力地竖起两个指头。

"嫂子，这是什么意思？"

"这代表游俊，他排行老二。"

"对，是游俊要我来的。"

游梓看着身边两位女孩，她们在他临终一刻守候在他的左右。一位是人家的儿媳，一位是尚未过门的儿媳；一位是朝朝暮暮照顾着他度过余生的最亲密兄弟的女儿，一位是赶来替小儿子送他最后一程的姑娘。老人笑了，笑容定格在他的脸上。

"嫂子，你带莉娅回去，这儿我来善后。"路本善从后面走到床前催促她们快点离开。长期卧床的老人临终时面目有点恐怖。

"七兄弟"的其余六兄弟聚集在游家客厅，正在议论两个严肃而难解的问题。游梓可以说是儿孙满堂，但是没有一个在身边为他送终。"大哥马上回来，谁来当孝子？"舒林提出一个选择性的问题。

这时舒芸带着李莉娅回来了，舒芸向各位长辈介绍："这是游俊的女朋友莉娅。"李莉娅落落大方地向各位长辈鞠躬致敬。

"啊！真是及时雨啊，有没有见到大伯？"舒林问女儿。

"见着了，大伯是看着莉娅带着微笑走的。"

"可惜还差一点点。"后面有位长辈嘀咕一句。

"嫂子，他们在说什么？"

舒芸坦诚地说出大家的忧虑："你要是过门的儿媳就好了。"

"我就是把自己当作过门的儿媳来海州的，一切按照当地的风俗习惯听从安排。"李莉娅落落大方地说，"是游重大哥在南京机场要我握紧他的接力棒，否则回北京我交不了差。"

"真是天无绝人之路，解决了一个大难题。"张昶彧说。

游梓是海州市第一位在任内去世的政协委员，葬礼办得极为隆重。

李莉娅的海州之行除了毛遂自荐充当游俊的"女朋友"外，还有一项重要的任务，就是会见舒芸，她想和舒芸进行一次推心置腹的交流。李莉娅与游俊前前后后相处两年多的时间，深刻地认识到，舒芸是一位值得尊敬的女性，她像月光一样皎洁，像春天一样柔美。在游俊宿舍办公桌玻璃台板上，她虽然经常和舒芸"见面"，但看到的是十五年前舒芸青春靓丽的形象，从来没有看到过舒芸的近照，一切只凭游俊的介绍和她的想象。

到了海州，舒芸的热情化解了她对环境的生疏，一见面，舒芸就对李莉娅说："妹妹，这次游俊没能回来，你又是第一次来海州，我们都是你的亲人，有什么需要或者我们考虑不周的地方你尽管说出来。只能让你有回家的感觉，不能让你受到一点委屈，否则不仅对不起你，也对不起游俊。"舒芸的一番话温暖了李莉娅踌躇的心，看来游俊在舒芸心中占有很重的地位。

第一个晚上，李莉娅对舒芸说："今天早晨还在北京，下午就到了海州，晚上和嫂子同睡在一张宽大的床上，舒服极了，让人有一种下班后回家的感觉。""可不是吗？北京是你的娘家，海州是你的婆家，你不是从娘家来到婆家吗？无论男女，到了一定的年龄，必须有一个自己的家。游俊很聪明，学习很刻苦，为人很本分。在国外学习了那么多年，可就生活上还是没有多大的长进，必须要有人来帮扶。我看他非常乐意接受你的帮助，你也绝对有能力成为他的贤内助。"两人很投缘，情似涓涓细流。这正是李莉娅所需要的，也是舒芸所期待的。李莉娅感觉到舒芸的纯真，她质朴地对舒芸表述道："可是他老是惦记着当初的那句承诺，走不出魔咒的怪圈。"

舒芸读懂了李莉娅的心，她劝解道："妹妹你是知道的，'非你不娶'那句话有当时的背景在支撑，他是为了宽我的心，说出与他母亲相违背的话。其实他心里很清楚，有他母亲在，那只是欺骗三岁小孩的鬼话。后来璠哥娶了我，整个情况全变了，不仅'非你不娶'成了空中楼阁，而且当时璠哥说的'我们俩一个卫国，一个为她'的承诺也变得子虚乌有。璠哥一开始的如意算盘是把我当作亲妹妹，替我找个好夫君，然后他无忧无虑地上前线。"舒芸指着床前的相框说，"这些照片是友谊的见证，剪不断的情丝。"

"后来你一直待在家里，没离故土寸步？"

"是啊。"舒芸有点沧桑凄凉的感觉。

"你曾后悔过去的那一幕？"

"只有记忆，没有怨恨。"舒芸对着李莉娅淡淡一笑，"去年我送游俊回北京时就说过，那是一场青春的游戏。"

"结果是十几年如一日你对他父母无微不至的关爱，补偿心中对青春深深的眷恋。"

"算是吧，更多的是怜悯，两位空巢老人身边无儿无女，值得同情。去年见到他依然一人独来独往，我更加后悔当时肆无忌惮的冲动。"

"可他依然留恋那段刻骨铭心的记忆。"

"下次你俩一起回来，我们三人面对面把话说清楚。"

"要是璠哥回来，我们四人在迎春桥上照一张合影，该多完美。"李莉娅听了舒芸的话，能不想到嫂子最亲密的人？"嫂子，我问一句不该问的话，你知道璠哥现在在哪儿吗？"

"在云深不知处的远方。"

李莉娅很满意这样的回答，又追问一句："想他吗？"

"每时每刻都在想。"舒芸又说，"妹妹你问吧，对你所提的问题我都会用心回答，没有忌讳。"

"什么信念在支撑着你？"李莉娅问舒芸。

"人间没有永恒的黑夜，世界没有无休止的冬天，一切都有反转的可能，问题在于谁耗得过谁。"

"那我再问一个问题，"李莉娅又说，"你是一位难得的才女，为什么不参加工作？"

"为了母亲，我在洋人医院学过妇产，后来半途而废；新中国成立后我做过英文教师，也无果而终。这就是命，我一方面认命，一方面与之抗衡。"这是舒芸对李莉娅的又一种合情合理的解释，为什么不再参加工作，只有她心里清楚，也是众人捉摸不透的一个谜。

"妹妹，时间不早了，一天走了两千多公里的路很辛苦，你早点休息吧。明天还有好多事要做，有好多话要说。"

追悼会结束后的当天晚上，舒芸在房间里忙着打扫卫生，李莉娅微微眯着眼睛，四脚朝天地平躺在床上一动不动，舒服极了。

"那你多待几天。"舒芸走到橱柜跟前，"你起来，给你看件宝贝。"

舒芸从柜里面拿出一个精致的红木礼盒走到床前，把沉甸甸的小礼盒送到李莉娅的手中。她打开礼盒，里面出现两颗圆溜溜的黑色珠子。这大概就是游俊所说的黑珍珠，李莉娅心中一凛，终于见到它了。她听单位的老前辈们说过，黑珍珠是十分贵重的珠宝品种，象征着最艰辛的岁月，被称为母贝最伤痛的泪水的结晶，历经磨难而成正果，所以不但稀有，而且名贵。游俊曾对她说母亲准备把这对传家宝送给小儿媳。他曾偷偷送给舒芸，被她拒绝了，怎么又回到舒芸手中了？神秘的拼图越发显得扑朔迷离。东西贵贱她不在意，这好比是法老的权杖，是身份的象征。"我应该得到它。"李莉娅这么想着，但无论如何都难以启齿。

"你还知道游俊堆雪人的事情？"舒芸见李莉娅对着黑珍珠出神，知道她在想什么。

"上次游俊从海州回到北京，他跟我提起过这件事，那时我正看着他在精心雕刻一尊雕像。"

舒芸告诉她，雪人的眼仁就是由它点缀而成的，还有游俊一条披在雪人的脖子上的羊毛围巾。游俊去北京之前，二姐不同意把这对黑珍珠从雪人的眼眶里抠出来，说这样做太残忍，游俊会伤心，等到冰雪融化后再取出来也不迟。舒芸接着说："这次你回来，二姐把它交还给我，让我转交给你。后来一想，黑珍珠必须由老人家亲手交给你才有现实的认同价值，所以我想明天让伯母亲手将黑珍珠传给你，他的羊毛围巾我现在就交给你。"

"伯母会听你的？"

"老人家本来就喜欢你，这次你回来更喜欢你了，这几天我试探过她两次，问题应该不大。"

"嫂子，你真好。"李莉娅被舒芸的诚心所打动，睡意荡然无存，"以前我一直以为我和他的婚姻关键在你身上，现在我才明白伯母是阳光，他是春风，你是雨露，三者缺一不可。"

"那你就是春华，有了春华必有秋实。放心睡吧，明天我们俩一起见伯母，请我妈妈做你的坚强后盾。"

莉娅当晚一夜都没睡好，那对黑珍珠总在她眼前滚来转去，就是不能到手。她伤心地哭了，哭醒了舒芸。

第二天上午三人一起来到游家，因为有大事要办，安太太要舒芸关好大门。游母一个人坐在堂屋看着游梓的遗像发呆，即使客人来了她也没有太多的情感流露。舒芸看到这样的情形，赶忙走上前去："伯母，我妈和莉娅看你来了。"

"老嫂子，你一个人在家太寂寞，到我们家住一段时间吧，我陪你说说话。"安老太太诚挚地邀请老嫂子。

"我还是陪陪他吧，他一个人在家太孤单。"游母自说自话，并不考虑别人的感受。

安老太太接着提醒游母："大哥的后事办得很圆满，莉娅姑娘要回北京了，临走前你得把那对黑珍珠亲手送给莉娅，这样她回去对父母才有所交代。"这时舒芸趁机将装黑珍珠的宝盒放在游梓的遗像前。但是在决断的关键时刻，游母依然摇摆不定。

3

　　就在大家进退维谷的时候，门外传来咚咚咚的敲门声，打破了可怕的寂静。

　　"我去开门。"舒芸说。

　　"昶彧，他还有什么搁不下的事找你？"游母问。

　　"你不是喜欢莉娅吗？他要我提醒你别忘记亲手把黑珍珠送给人家，今天就交给莉娅吧。"张昶彧将黑珍珠拿在手中准备交给游母。

　　"一定要今天给？"

　　"姑娘为大哥披麻戴孝，你不认这个儿媳能说得过去吗？大哥担心你瞻前顾后，所以再三托梦给我。老嫂子，赶快把黑珍珠送给莉娅吧，免得大哥在九泉之下不安。"张昶彧反复劝说，其他人无不动容，可游母依旧无动于衷。

　　游母犹豫片刻后站起来，从他手中接过黑珍珠交给李莉娅说："姑娘，这是我们祖上的传家宝，我曾对俊儿说过，要亲手交给未来的二儿媳，那时尚不明白我的二儿媳是谁，现在传到你的手上，这是命中注定的。孩子，你收下吧。"

　　李莉娅接过黑珍珠，并看着舒芸，觉得她太了不起，当年游俊和她分手，她心中还惦记着游俊的幸福。她没有把黑珍珠据为己有，仍然千方百计想由伯母亲手把黑珍珠交给自己。游母曾粗暴蛮横地干涉了她与游俊的婚恋，她却一直用心替游家两兄弟照顾两位老人。这需要有多么宽广的胸怀和仁爱的品德！她既像夏日的芙蓉，又像冬天的寒梅，永远给人美好的感受。李莉娅从游母手中接过游家的传家宝，忍不住哭了。几年来的梦想见到曙光，马拉松式的长跑进入百米冲刺阶段，她热切期盼游俊带着她以最短的时间冲向终点，开启新的征程。

当舒芸亲眼见证李莉娅从游母手中接过原本属于她的黑珍珠时，她的心微微颤抖。

张昶彧完成了舒芸的委托，并不觉得轻松。他觉得：如果说十五年前游俊听从母亲的摆布放弃了并不愿意放弃的婚姻，是因为他还年轻稚嫩，现在人近中年，又从国外学成归来，怎么还停留在当年父母之命、媒妁之言的层面上？新中国成立了，连他们都懂得婚姻自主，游俊怎么就不明白呢？一定要舒芸花这么大气力经过大嫂的手将黑珍珠交给李莉娅？归根结底，也许游俊当年的情结还在，总觉得对不住舒芸，挂念着安鲁璠，逼得舒芸不得不打开另一道缺口。有了这个情结，李莉娅虽然得到黑珍珠，但她能得到真正的幸福吗？再说，黑珍珠尽管非常名贵，并不意味着吉祥，甚至是一种灾难。假如是他，避之唯恐不及。他挑着两只空空的箩筐，觉得肩上的担子更重，心更沉。

在回家的路上，舒芸和李莉娅故意落在后面说着悄悄话。

"嫂子，我知道七叔的这段话出于你刚刚的授意。从今往后我看到黑珍珠就会想起你，这对黑眼仁让我看到你的无私和美丽。"

"你似乎在做告别演讲。"舒芸笑了。

"是的，我准备明天回北京，游俊也许近日就会回国，我要他回来追悼伯父，看望伯母，感谢你们。我还要把伯母亲手交给我的黑珍珠给他看，告诉他这是你的一番苦心。我特别要感谢然儿，他像一位可爱的小天使，温暖着我的心。临别前是你送给我一双明亮的'眼睛'，我和游俊共同送你一个让人'期待'的礼物。游俊回来后你帮我好好照顾他，下次到北京我当面感谢你。"想到分别她有些不舍，牵着舒芸的手不想松开。

舒芸被李莉娅的真情打动了，她知道李莉娅并非在乎这对黑珍珠，而是心仪游俊这个人："我看你就多待两天，等他回来多好啊。回去我陪你到邮电局挂个长途电话，向领导续几天假，在他回来之前我再陪你说说知心话。"

"那我就在海州多陪陪你，我打电话给我妈，让他回国后立即回来。嫂子，我仨能同在一座城市生活多好啊。"这时李莉娅的心一头牵着游俊，一头系着舒芸。

"想他了吧，心飞远了吧！"

李莉娅的脸有些微红。

三人从游家回来，安少愈兴冲冲地站在大门外等候。舒芸匆忙走向前去："爸，有事？"

"游俊发来电报，说他昨天从国外回来，今天乘火车离开北京，明天中午前到达镇江，估计下午到家。这是电报。"

"嫂子，被你说中了，下午我们一起到邮电局给我们司领导挂长途电话续假。"听到这个好消息后，李莉娅喜出望外。

游俊在父亲头七的前一天下午赶回来了。他跪在父亲的遗像前，想到去年风雪之夜父亲等待他归来，早晨父亲吃着他亲手剥开的烤红薯，说这是一生中最好吃的甜薯。他心知父亲既担心芸儿受到委屈，又期盼自己和李莉娅早日成亲，既想儿孙绕膝，又怕耽误他们的事业与未来，父亲心中有着大家，唯独没有自己。想到已成过去的一切，游俊心中一阵酸楚，失声痛哭，瘫软在地上。舒芸和李莉娅吓坏了，走上前想把他扶起，游俊近一米八的个头，她俩无论如何都拉不起他。

"起来吧，还有好多事要做，首先你要去看看母亲。"舒芸拍拍他宽阔的后背。

　　游俊止住了哭泣。

　　舒芸递给他一条湿润的热毛巾："擦擦脸，不但要懂得悼念逝者，还要学会安抚生者。先去看望你妈，然后陪莉娅说说悄悄话，不知道人家多么惦念你。"

　　游俊乖乖地听从吩咐，李莉娅真没想到舒芸对游俊有这么不可撼动的魅力。她的每一句话的确让人无可挑剔。

　　游俊去看母亲按理李莉娅应该陪同，可他没有这层想法。舒芸注意到这一点，她带李莉娅来到游俊的房间，把刚从院子里收回来的被褥铺好。李莉娅拍拍被褥感叹道："好一张温馨的床啊，嫂子真会疼人。"舒芸趁机对李莉娅说："游俊从小就有书生气，生活中是一个依赖性很强的公子哥儿，乍看是他的不足，其实是他毫无修饰的表现。将来你要为他担待不少，比如不给他把被褥铺好，他很可能弄不清哪个是铺的，哪个是盖的。"

　　"他就是这样的人。"

　　舒芸之所以跟李莉娅说这段话，还与当天下午接站有关。下午舒芸和李莉娅去车站接游俊，李莉娅见到游俊背着再简单不过的行囊走出车站的身影，兴奋得跳起来并向他挥手，嘴里不停地喊着："游俊。"这时舒芸退到后面不显眼的地方，看着游俊的表情。可是他很快寻找到舒芸，目光落在她的身上。舒芸立即用手指着李莉娅的背影，游俊这才掉过头，用真诚的微笑弥补一时的疏忽，走到李莉娅的身边，用手抚摸着她的头。在舒芸眼中，这像一位老师抚摸着可爱的学生，缺少爱情的甜蜜，给舒芸心中留下一道昏暗的灰影。

　　最后舒芸告诉李莉娅："你与他相处久了会发现他的内心是

纯真的，他不媚不俗，不欺负朋友。他看似单纯，可目光犀利，内心强大；他不善家务，但治学严谨，做事缜密。有时他会悄然承担因朋友犯错而带来的恶果，有时会毅然决然为知己挡住飞来的子弹。你俩结合在一起真让人羡慕。"李莉娅不断点头，舒芸达到了目的便说，"送你去伯母的房间陪伴游俊，我去厨房帮忙。"

晚上大家很迟才分手，李莉娅要和舒芸一起回去，安鲁玙说："你和游俊再待会儿，我陪嫂子回家。"

热闹一天的游家突然清静下来，李莉娅面对游俊突然感到有点生疏，看着他两眼发呆。游母回到自己的房间前对游俊说："你俩回房间歇息吧，早点送莉娅去芸儿家，姑娘这几天够累的了。"游母的话与其说是关心，不如说是提醒。

回到房间后，游俊问："听说舒芸让妈把黑珍珠送给你啦？"

"嗯，"李莉娅笑靥如花，"你高兴吗？"

"这个高兴迟来了十五年，我们应该感谢嫂子啊！"

"怎么感谢？"李莉娅紧紧搂住游俊的腰，"明天你拥抱她，就像我这样抱着你。"

"除此之外，就没有别的办法？"

"我们送她一尊美丽的'期待'。"李莉娅所说的"期待"是一尊汉白玉雕像作品的名称，是游俊用岁月的钢刀雕刻而成的记忆，当然里面也包含李莉娅的情感寄托。

"走！我们现在过去，一起将'期待'送给她。"

"我累了，今天哪儿都不想去，就躺在这张床上。"李莉娅舒舒服服地平躺在松软的床上，胸脯一起一伏，很是撩人。

"那我睡哪儿？"游俊看着床上躺着的迷人的李莉娅，有点束手无策。

"你就睡在我身边。"李莉娅认真地用手在床上画了一道痕，"君子坐怀不乱，何况这儿还有楚河汉界。"

游俊一下抬高了嗓音："那总得选个日子，好好操办一下，向世界宣告我游俊有老婆啦！"

"时间不早了，你送我走吧，不要让嫂子等得太久。"李莉娅不舍地松开紧抱着的游俊。

茫茫夜色里，李莉娅牵着游俊的手，走在紫藤花巷的石板路上，这和去年冬天他一人孤单地在雪地上来回奔跑的心情无法相比。那时安鲁璠似乎人间蒸发了，找不到一点蛛丝马迹，让他分析、猜测、怀想；舒芸摆着一副冷美人的面孔，对他不理不睬。如今他不但获得李莉娅的爱情，还得到舒芸真诚的祝福。可父亲走了，没有给他留下只言片语，这是无法弥补的心痛。他与舒芸没有走到一起让人遗憾，然而历经重重挫折后，两人不再狂放不羁，而是变得沉稳、成熟，相互关爱，亲如兄妹。现在才体验到缺失也是一种美。然而舒芸和安鲁璠何时团圆？游俊思绪万千，紧紧拽住李莉娅的手，深深叹了一口气。

"想伯父啦？"李莉娅体贴地摇着他的手柔声地问。

"还有璠哥。"

"我也是，虽与璠哥从未谋面，但心心相通。"李莉娅说。

今晚是游俊和李莉娅第一次携手来到安家，安太太准备好了祝福，舒芸笑着领他们穿过客厅走进后面的堂屋。安太太从厨房里端来一只托盘，里面有两只小瓷碗——一人一碗桂花冰糖红枣莲子羹，祝他们甜甜蜜蜜，早生贵子。托盘中间还有一对开过光的羊脂玉佛像挂件，这是送给李莉娅和游俊的，让菩萨保佑他俩永远平安吉祥，李莉娅和游俊真的很开心，安太太心里很高兴。安少愈看着一对新人，想到十五年前的风风雨雨，给游俊理了理脖子上的挂件丝带，露出满意的笑容。

逝者已矣，生者还得好好活下去。三人第一次相逢在海州，这种难得的相聚能不让他们享受亲密无间、快乐无忧的时光？往日的梦想在一个并不圆满的深夜变成现实，一切让人难忘。舒芸是发生这一转变的第一推动力。

游俊回来的第二天是父亲的头七，张昶彧有条不紊地张罗着烂熟于心的计划。中饭过后，他约游俊下午3点到城隍庙转转："你指点我修复泥塑，我请你喝龙井香茶。"

游俊估计张昶彧有话要说，独自一人来到庙里。他正忙着修补佛像泥胎，使劲伸直满是泥巴的手指，转过头对游俊说："壶里有茶，桌上有杯，你自便，我马上就好。"

"师父，你为什么不带个徒弟？这样好歹有个帮手，技艺也能得到传承。"游俊连倒了两杯茶给张昶彧。

"今天真有点口干。"七叔用胳膊肘擦擦额头上的汗说，"现在还谈传承？我是泥菩萨过河——自身难保。这碗饭已经没人想吃了，当初我传给你就心满意足。现在你有什么打算？"

"有空去北京的一些大庙名刹转转，体会到传承是个大问题。有一天这一代人不在了，技艺就失传了。"

"不谈这件事，"张昶彧两手不停地摆弄着泥巴，"我问你个人的大事。你父亲曾经要我关照你，婚姻大事不要和稀泥，更不能优柔寡断。我等待的是一杯喜酒，而不是几盅清茶。"

"想听听七叔的意见。"

"你父亲要你尽快有个家，生个儿子，不，女孩也行。"张昶彧将游俊递过来的第三杯茶一饮而尽，"舒芸早已谅解你的过去。莉娅也很懂事，是个活泼开朗的孩子。舒芸在她面前帮你做了铺垫，替你说了不少好话。你要解放思想，这样才能找到幸福。"

"昨晚商量过了，我俩想明年国庆结婚，临走前我想和母亲商量一下。"

"都新社会了，还商量什么？"张昶彧能琢磨不出游母的心思？心想这下麻烦可大了。

游俊没有听七叔的提醒，还是和母亲谈起婚事的具体打算，母亲回应儿子四个字："守孝三年。"

他失去父亲的悲伤还未消失，又迎来婚姻的至暗时刻。

4

游俊带着不可言说的苦闷离开了海州，看着无忧无虑的李莉娅，心里更加不安。到了镇江，游俊提议再买些肴肉和蟹黄肉包带给李莉娅的爸妈以及她的同事们。李莉娅知道游俊是一个洒脱的人，喜欢背着简单行囊行走天下，他提这一建议完全是替她考虑。

两人在地处镇江繁华地段的宴春饭店门前下车。这时早市刚过饭点未到，店里既清静又干净，坐下来用餐是一个不错的选择。他们在饭店一楼大厅找个僻静的靠窗口的位置坐下，很快服务员泡了一壶茶送来，在每人面前摆了一套餐具。他们点了各式点心之后，很快一股惹人垂涎的幽香随着跑堂伙计的手从头顶空降到桌面，直钻李莉娅的嗅觉器官："这是什么香味？闻得我口水都流出来了。"

"你尝尝这个就明白了。"游俊用筷子拨开"金字塔"顶上嫩黄的姜丝，夹了一块樱桃色的肴肉，送到李莉娅的碟中。

肴肉色泽诱人，就着姜丝蘸着醋，吃起来肥而不腻，细嫩油滑，满嘴芬芳。李莉娅说不出是一种什么香味，反正草原肥美的羊肉、北京的全聚德烤鸭都不可与之相比。她一个能说会道的外向女孩竟找不到一个合适的词语来形容肴肉的美味，只说："比上次伯父带去的味道香多了，比海州肴肉也略高一筹。""那当然，这是宴春，镇江第一块金字招牌，又是今天的新鲜货。"游俊说，"路过镇江，不来宴春，等于白来。"

肴肉的美味诱惑她夹了第二块，游俊要她细嚼慢咽，就像欣赏一首古诗词，慢慢品尝个中滋味。

李莉娅夹着一根鳝丝，举起筷子在眼前观赏。鳝丝与肴肉完全不同，它没有任何扑鼻的香味，还被炸得乌黑。她把很不起眼的鳝丝送到口中，上下牙齿轻轻一碰，顿感香松酥脆，调动青春旺盛的味蕾，咸咸的、脆脆的、酥酥的、香香的，别有一番风味，真是妙不可言。

"肴肉和鳝丝，哪个更美味？"游俊问。

"犹如北大和清华。"李莉娅巧妙地回答。

"好一位才女，这个比喻到了绝顶。"游俊觉得她品尝到的不仅是美食，还有"文化"。

现在游俊好像换了一个人，这比美味更加诱人，李莉娅的心都醉了。

"才子佳人共进美食，令人赏心悦目啊！"

游俊和李莉娅被一句地道的江淮官话吸引，同时转头注目。只见大堂拐角处，一位面目清癯、留着灰色山羊胡须的老者手捧道琴立在那儿。

"你这疯疯癫癫的老头，快点离开这里。"女服务员对老者呵斥道。老者离开了，站在不远处静静观察着。

"老先生能否与晚辈共饮一杯清茶？"

"愿听相公的吩咐。"老者理了理胡须，不卑不亢地微微一笑说，"唯恐惊扰佳丽。"

游俊淡淡一笑："她是我内人。"

"太太吉祥。"老者礼貌地和北京姑娘打招呼。

"谢谢老先生。"机灵的李莉娅立即起身，大大方方地给素昧平生的老者道了个万福，"您老福如东海，寿比南山。"

游俊招招手，不远处的那位女服务员飞速过来，笑眯眯地看着游俊。

"请给老先生来一套餐具，另加一些点心。"游俊吩咐道。

"请问您老贵姓？"游俊询问这位老者，并自报家门，"敝姓游，她姓李。"

服务员送来一套餐具，恭敬地放在老者面前。

"鄙人也姓李，名怀瑾。"老者拿起筷子，伸到鳝丝面前。李莉娅以为他急不可待地要品尝鳝丝，老人只是用筷头轻轻敲打装鳝丝的盘沿，出人意料地说："祖上曾是明朝时的状元，康熙末年的举人供奉，不才是清朝末年最后一榜秀才、如今的流浪者。麻布袋草布袋，一代不如一代。"老者遇到知音，谈兴颇浓。

"这么说您是清光绪二十九年的秀才，赶上了最后一班船。"

"可没有乘上最后一班车进京赶考，从此一蹶不振。无儿无女，仅我一人。"

"还有其他亲眷吗？"

"有一个孪生胞妹，儿时被人拐去，从此下落不明。"

"您唱的是哪种道琴？"游俊指着老人的琴筒问。

"老渔翁，一钓竿，靠山崖，傍水湾，扁舟来往无牵绊。"老者没有回答，低声唱道。

"这是板桥道琴。"游俊站起来，从老者手中接过琴筒，有板有眼地敲了两声，接着唱了第二段，"沙鸥点点轻波远，荻港潇潇白昼寒，高歌一曲斜阳晚。一霎时波摇金影，蓦抬头月上东山。"

"相公了不得，博古通今。活了一辈子，终于遇到一位我所敬佩的人。阁下在京城供职？"京城曾是老人年轻时梦想的天堂。

"他留洋回国不久，现在北京一家单位任职。"李莉娅开始对老者产生敬意，替游俊回答。

"小时跟我师父学过一些杂艺，后来束之高阁。今天听您老一开口，想起过去，想到故人，想念故乡，打乱您的雅兴了。"游俊用筷子敲打肴肉盘子边缘，又唱了一段道琴。

老者慈祥地看了他俩一眼，把一块肴肉放入口中咀嚼得有滋有味，修剪得漂亮的山羊胡须在微微地抖动着。

"您再来一块。"游俊劝说老者，心里想道，看来老者年轻时像他的那撮胡须，有点倔强，所以一辈子吃了不少苦头。

不一会儿，三个外皮渗满黄色蟹油、形状柔软饱满的蟹黄肉包送到桌上。

"我视它们如盲人与日月星辰，天天相逢而不可享用。"老人蘸了点醋慢慢品尝着，吃得很斯文，很有品位。

品尝过蟹黄包，鱼汤面上桌了。面条像经过梳理一样，整齐地浮在散发着浓郁香味的奶油色鱼汤上。"李老您请用。"游俊很客气地招呼老者。

此时服务员提来十盘蟹黄包和盘扎肴肉："你们点的都到齐了，还需要些什么？"游俊招招手让服务员到他的身边，低声说："我给李老暂付三个月早茶费用，每天一碟肴肉、一只蟹黄肉包、一碗鱼汤面，待会儿我来结账。"

"还有鳝丝。"李莉娅以为游俊疏忽了，急忙补充一句。

"鳝丝免了吧。"服务员说，"他从来不吃。"

"李爹，这是游先生送给您每天的早茶资费清单，从此以后您是我们店里尊贵的常客。"店里的老板专门过来向以前并不太受欢迎的老者表示歉意。

"每天？"老者重复一遍，言语之中对他俩表示深深的感谢。

"李老有空时去海州会会我的七叔，那儿有一群文化人，将与您谈得更加投缘，这张纸条您收好。"游俊递给老者一张写有张昶彧住址的纸片说，"后会有期。"

"慢！"老者突然对游俊说，"相公，我们借一步说话。"他拉着游俊走到远处窗前神秘地说了几句悄悄话，只见游俊不住地点头。后来老人从怀里掏出一个布包，打开后递给游俊一件东西，请他收藏好。

"李老，这就不必了，我带了照相机，将它拍下来就行了，东西你尽管留着，我一定倾心帮助，但愿能有满意的结果。"

"真是一位君子。"老者赞叹不已。

游俊和李莉娅离开宴春，在路上，李莉娅说："你怎么什么都懂？什么人都难不倒你。"

"因为我有好多老师，学了好多知识。"

南京下关火车站。

火车要乘轮渡到江北的浦口车站。大江南北两边的直线距离不过三千米左右，渡江却需两个多小时。游俊看着列车在轮船上颠簸，心想，真不知道守孝这三年时间李莉娅如何度过。游俊坐在火车上看着滔滔的江水发呆。

"在想什么呢？"游俊的神情被李莉娅捕捉到了。

　　游俊并未回答。"是不是病了？"她摸摸游俊的额头，"体温挺正常。是思念伯父，还是想念伯母？"

　　"还有比这更头疼的事。"游俊说话吞吞吐吐。

　　"游俊，有什么事你讲给我听，我帮你出出主意。"

　　这间卧铺里现在只有他们俩，说话挺方便。待会儿人多了，有些悄悄话只能到了北京再说。游俊考虑许久，终于对李莉娅说："关于婚姻大事征求过我妈的意见，她要我守孝三年。"

　　"你的意见呢？"李莉娅心平气和地问。她心想，按理守孝是中国人的孝道，守孝三年也未尝不可。但是老人家有没有想到游俊已是单身中大龄男生，结婚太迟今后会带来一系列问题。听到令人难以接受的消息后，李莉娅却显得很冷静。

　　"我无所谓，一切由你做主。"游俊知道自己又一次走到情感深渊的边缘。

　　"由我做主？"

　　"你怎么说我都会听你的。"游俊故作镇静。

　　李莉娅看他可怜兮兮的样子，心想这倒是句大实话。再想到舒芸的嘱托，本想吓唬他的心情飞到九霄云外。

　　她从口袋里摸了好一会儿，终于掏出半颗花生："这是嫂子给我的，只剩下半颗。我们做一个听天由命的游戏，你猜这半颗花生在哪只手上。猜对了，一切听你妈的安排，猜不对我也不跟你胡搅蛮缠，你走你的阳关道，我走我的独木桥。怎么样？"

　　"刚才我就说了，一切由你做主。"

　　李莉娅的两只手放到列车茶几底下不停地动弹，游俊的心也在七上八下。工作时光阴似箭，现在却度"秒"如年。过了一会儿，李莉娅紧握的双拳放到台面上："花生在哪只手上？想清楚了再猜，一'拳'定音，不得反悔。"李莉娅向游俊交代游戏规则。

游俊用他有力的大手抚摸着那两只纤细又捉摸不定的拳头。

"不许摸我的拳头，否则算你作弊。"再这么摸下去，李莉娅定会举手投降。

游俊真的把手缩了回去，李莉娅觉得他既可怜又可爱，和他做这种游戏仅此一次，下不为例。

"快！想好了没有？我数到5你必须做出决断，否则视为弃权。预备：1——2——3——"当莉娅喊到4时，游俊温暖的右手抚在她的左拳上。"我就猜这只拳头。"李莉娅感觉到他那温暖的掌心在她拳头上微微颤抖。

"真的？"

"真的。"

"不后悔？"

"听天由命。"游俊没有半点犹豫，他做了最坏的打算。

李莉娅松开了她的左拳，只见那半颗花生静静地躺在她的掌心上。

"你赢了，我祝贺你，我保证说话算数，尊重你的选择。"过了好一会儿，李莉娅又松开右手，"这是我的诚意，也就是说在我面前你永远是赢家。"她的右手掌心里赫然也躺着半颗看似相同的花生。

游俊紧握着李莉娅的拳头，激动得不知所措。她把另一只手盖在他的大手上："游俊，那天你从你妈的房间出来，脸色苍白，我就知道有不好的事情，和你做这场游戏，是想告诉你，我是一颗红心两手准备。我看得出你也是真心的，而你是两颗红心一手准备。两颗红心是对的，一手准备就尤其显得不足。"

李莉娅看着坐在对面床边上的游俊又加上一句："在学习和

工作上，你是我的良师益友；在生活上，我是你的妻子和助手，我俩谁也离不开谁。"游俊想站起来拥抱属于自己的爱情，刚起身，列车突然急刹车，他差点摔倒。列车播音员很快用普通话说："现在是临时停车，现在是临时停车。"

"我们的爱情也遭遇临时停车。"游俊苦笑着说。

"如果不是临时停车就要撞车……"李莉娅的话刚说完，一列下行的列车从北向南呼啸而过，"恐怕是首长专列，否则我们特快列车能让谁？你母亲就是我们的首长。在尊敬长辈的同时我们还要学会避让。"

话还没说完，列车就已缓慢启动，不一会儿听到列车轰隆轰隆快速行走的节奏。列车向前开动，李莉娅看着心中的恋人，突然感到一丝缺憾：在海州这些天怎么没有抽空去见见拆散游俊和舒芸婚姻的那个魔鬼"小诸葛"？可爱的李莉娅把眼前的游俊和心中的"嫂子"当成悲剧小说中一对充满悲惨命运的男女主角，一心想为他们伸张正义。

第四章 追寻

1

因为出国访问、回家奔丧，游俊手头的工作受了些影响，他努力将失去的时间补回来。虽然答应了李怀瑾老先生的请求，可一时半会儿没有时间专注于他的"锁事"。手上忙着工作心里惦念着老人，每天总是别人吃过饭他才想起去食堂。

一天中午，餐厅只剩下他一人在默默地用餐，还未吃完天花板上的日光灯不客气地"下班了"。一位女工拿着一副链条锁板着脸走到他的餐桌前。"您锁吧，吃好我从后门出去。"游俊带着微笑，与这位女工打招呼。女工板着脸准备去锁门，到了那儿门没锁上，反而被推得更大。一位面带愧色、手里拿着饭盒的年轻女同志硬挤了进来，准备来看冷脸吃剩饭。

"莫道我来迟，更有晚行客。"游俊乐了，"小顾快来，今天有糖醋排骨，我去给你打菜，你去盛汤。"游俊为此时此刻来了一陪餐的同事而庆幸。本要发火的女工看到游俊的热情，只好将怒气压住，对小顾说："我替你把饭菜热一下。"小顾快吃完饭时，对游俊说："游老师，你知道我们领导叫什么名字？""这事还用考我？"游俊转念一想下面肯定有有趣的八卦，他硬是把汤咽到肚里做了认真的回答，"我们的领导叫李若男。"

"'男'的同音字有哪些？"

"有南京的南，木旁的楠，喃喃自语的喃，难题的难。"游俊脾气好，没架子，无论哪个层面的人都有问必答。

"还有框中一个'女'字。"小顾在空中画了一个圈，神秘地说。

"那个'囡'读阴平声，而'男'读阳平声。"游俊边讲边用指头在饭桌上写着，"两个字的读音有那么一点点的差别。这是吴侬语系里一个比较冷僻的字眼，你能认得，挺不简单。"

"你才不简单，立马跟我讲了好多相关的知识。"小顾说完准备起身帮游俊去洗碗。

"你别走。"游俊拉住她的衣袖，"怎么对这个字感兴趣？"

"我们所长过去叫茹囡。"小顾说。

"噢，原来如此，'日出江花红胜火，春来江水绿如蓝。'她是苏南人？"游俊自言自语后对小顾说。小顾佩服得五体投地："你怎么知道她是苏南人？"

"我瞎猜的。"游俊说。但他在心中惊喜地念叨："茹囡"是"如蓝"的谐音，但不知"茹囡"怎么变成"若男"的。

"她爸姓李？"游俊问了个关键的问题，从心里并不希望答案是肯定的。

"有趣就在这儿，她爸不姓李而姓孟，是山东淄州人，叫孟林。她原名叫孟茹囡。"

"姓名不过是个符号，革命战士嘛，为了工作需要更名改姓自有她的道理。"游俊的话说得冠冕堂皇,可是心想孟姓改成李姓倒有点蹊跷,随即又问,"她妈也不姓李吧?"

"对,她妈不姓李姓倪,叫倪玉。"小顾说,"更奇怪的是,他爸爸的籍贯是山东,妈妈的祖籍是江苏,说法略有不同。"

"你怎么知道得这么详细?"游俊问。

"我上午在整理有关选举的档案时看到的。"小顾解释道,"都是曾经张榜公布的资料,只不过大家没有认真地看,更别说细细推敲了,今天我看出点问题百思不解,所以向您请教。"

"你看得很认真,所以忘记了吃饭。"

"是的。"

她的信息太有价值了,世界上哪有这么凑巧的事?在镇江偶遇李老,在食堂听了八卦。游俊的兴趣来了,本打算暂且搁一搁的事立即被破格提上办事日程。

中午游俊放弃休息,拿出洗好的照片开始悉心研究。在一张白纸的中心部位画了金锁片的示意图,左边写着李怀瑾,右边写着李怀瑜,看兄妹二人能不能走到一起。他心想:李怀瑾的物证该有的都有了,人证该问的都问了。李怀瑜呢?假设倪玉就是李怀瑜倒也有点像,玉和瑜江南人有点分不清,但是我哪能当作一个研究课题贸然向李所长求证?首个条件是年龄应该相同,其他的慢慢再说。

晚上下课后,游俊问李莉娅:"你外婆今年高寿?""我真不知道,问这干吗?查户口?"李莉娅感到奇怪,神情有些突兀。就这么随便一问触动了游俊敏感的神经:莉娅姑且如此,哪能向李所长透露一点蛛丝马迹?

"随便问问。你外婆生你妈,你妈生你都很年轻,我看你生我们的宝贝大概是多大年岁?"

"这由不得我，要看你的表现。"李莉娅羞得满脸通红，接着说，"明晚我告诉你所要的档案资料。"

李莉娅走后，游俊不禁自问："事情的进展顺利得让人不可思议，是苍天的好心眷顾还是有意捉弄？第一扇大门能否成功打开，明晚能见分晓，再往下走还得靠莉娅的帮助。一定不能让她知道内情。她是个打破砂锅问到底的人，不要事情没做成，反而弄得风雨满城。"

第二天李莉娅按时来上课了，任务完成得不错。一进门她就告诉游俊，她外婆大概生于 1892 年。

"出生年月怎能用'大概'来表述？中国人很讲究生辰八字，外国人也有出生证明，这是一个人的根。"游俊提出疑问，不过对于她模糊的回答，内心挺满意的。

"这还是我苦苦算出来的，据说我外婆是个弃婴。"李莉娅觉得出力不讨好，有点小小的埋怨。

"你外婆不是弃婴，这点我可以肯定。"

"为什么？"听到游俊的断言，李莉娅不禁一惊。

"一般的弃婴即使没有准确的出生时辰，也能大概推算出生的年月日。婴儿从出生到被人收养，这个过程很短暂，否则婴儿会饿死或冻死。你妈是什么时候出生的？"游俊接着又问。

"1914 年农历十月初五隅中时刻出生。"

"说得挺专业。你妈属虎，快接近中午时刻出生。"游俊称赞道。

下课后，游俊送李莉娅回家。

"到我家坐坐？"到楼下时李莉娅发出邀请。

"现在不是时候，改日再说。"游俊婉拒了她的诚意。

"什么叫不是时候？是条件不成熟还是夜已深沉？"李莉娅心

想。游俊突然给了她一个吻，这是她始料不及的。"再见！"游俊果断地消失在黑夜中，再慢半拍他将走不出这座大院。

"今天游俊怎么啦？像有喜事一样高兴。"李莉娅站在门前默默想着，两颊在夜风中微微发烫。

再往下事情的进展不像李莉娅学外语那么可控，似乎很快浮出水面的金锁片又沉入海底。游俊使出各种招数没有任何效果，差一点与李莉娅摊牌，这是绝不允许的。一番冥思苦想后下一步棋有了，不是高棋而是险棋。为了替素昧平生的李老实现半个多世纪的夙愿，他准备赌一次："如果坠入万丈深渊，请嫂子出面圆场，她肯定会鼎力相助。"对最坏的结局有了最佳的安排，游俊开始破釜沉舟。

又过了一星期，游俊对李莉娅说："我们快领结婚证了，星期天我陪你上街买一件首饰作为纪念。"

"哪有年轻的女孩穿金戴银？"

"不是要你戴在身上，而是装在心中。我想买一枚钻戒作为我们的结婚定情物。"

"还有这么一说？"

"先不要告诉你爸妈，事成之后再说，以免他们持不同意见。"

拿现钱买钻戒要比为李老找到亲妹妹简单多了。游俊带着李莉娅到北京最大的金店选择了一枚0.8克拉的白金钻戒，戴在她那白嫩的手指上才体现出钻石的华丽。

"你怎么有这么多的钱？"李莉娅笑靥如花。

"我在国外勤工俭学挣来的。"游俊撒了个弥天大谎。他在国外勤工俭学所得到的外币除了买他所喜欢的专业书籍，剩下的钱回国后全部交了党费。凭他现在的工资十年不吃不喝也买不起这枚钻戒。钱是上星期向游重借的，游重问他借钱干什么，他说为了实现一个老人几十年的愿望。游重不再追问，让他明晚来取钱。游俊不仅感谢哥哥对他的慷慨，更感激对他的信任。

"游俊，这颗闪亮的钻戒照亮了你那颗忠诚的心，无论天荒地老，我都永远珍藏在心。"李莉娅戴着钻戒激动得流泪，"明天要给我妈看看你送给我的礼物，她看到黑珍珠后曾说也要送一份传家宝给我们。"

"你妈有吗？她现在会给你吗？"游俊迫不及待地问。

"会的，我妈应该有，更舍得给，明天给你一个满意的答复。"

"明天你妈出差。"游俊提醒李莉娅。

"我今晚就问，要她在出差前给我。"

"我用重饵能否钓到一条大鱼？"游俊的心像天河中的一颗星星，守望着明天灿烂的朝阳和她妈闪亮的礼物。第二天李莉娅早早来了，给游俊带了两块热气腾腾的济南火烧。

"快吃，近来我们楼下来了一个山东老师傅，专做这种特色火烧，让你爱不释手，不舍得入口。"

"还有什么令人兴奋的好事？"游俊问。

"快趁热吃吧，不过要慢品尝，吃快了嘴里会起泡。"

游俊没有品尝到火烧饼酥脆的滋味，但没有放弃希望。

"开始上课，今天讲法语语法，有点枯燥，要耐点心学。"这堂课是她有史以来效果最差的一次，她快乐的心情怎么也压抑不住，游俊只得耐心讲，反复讲。

"走，我送你回去。"下课后游俊对李莉娅说。

"今天有点累，想坐一会儿。"李莉娅撒娇道。

游俊心想有戏了："我再给你倒杯茶。"

"茶留给你自己喝吧，我没吃火烧饼，口不干。"李莉娅抬起左手，转动着手上的钻戒，欣赏它发出炫目的光芒。

"肚子饿啦？我到楼下给你买点面包。"

"不用了，你讲了两小时的课，没有什么感谢的，给你看件你从未见过的宝贝。"李莉娅从口袋里掏出一个精致的小包。

李莉娅打开小包，里面出现一枚闪亮的军功章。游俊真的从未见过用鲜血换来的荣誉，他肃然起敬，把军功章摆在手心上，反复端详。

"是你爸的还是你妈的？"

"是我爸的，我妈也有，送给你应该挑最高等级的。"

"我会永远珍藏。莉娅，我妈送给你的是两颗黑色的珍珠，你爸妈送给我的是一枚红色的军功章，形态不一样，意味都深长。"游俊心想：我得到这枚军功章即便负债一辈子也值了，只是重饵没有钓到我急需的大鱼。

"游俊，你还满意？"

"受之有愧，是长辈给我们提出了奋斗目标。现在透支这份荣誉，今后为他增光添彩。"

"无论天涯海角，我都陪着你走，不离不弃。"李莉娅因游俊的高兴而快乐。

"你们家的宝贝你都看到了？"

"算是吧，开始我妈支我出去给她倒杯水，回来时像变魔术一样，好几枚军功章摆放在桌上，闪闪发光。我猜这大概就是我们家的全部家当。"

"支出去？"游俊眼前一亮，他随即不经意地问道，"只有军功章？"

"只有军功章。"李莉娅笑笑，"没有别的。"

"你妈对钻戒还满意？"

"非常满意，她说这是游俊的一笔巨大的开销，也是他对你爱慕之情的物化，好好地守住他的那颗心。"

"巨大开销？地地道道的巨大的债务。"游俊心想，但他依旧潇洒地说："你妈说得对，这只能代表我的一部分实力。"

三天之后李若男出差回来了，晚饭后问女儿："游俊对纪念品还满意吗？"李莉娅把游俊的话像录音机一样重放了一遍，"游俊还说这是你们对他的鞭策，给了他一个明确的奋斗目标。"李莉娅补充道。

"看来小游同志不是一位拜金主义者。小莉，你要向他学习。"雷鸣话锋一转，"有些事我们还得继续考察，有些事我们还得为他分担。你心中有数，不要随便说出去。"

"我庆幸嫁给了一位学者，而不是领导干部。"李莉娅高兴地对爸爸说。

"你是孙悟空，没有跳出如来佛的掌心，你知道游俊是什么级别？"

"什么级别？副研究员，凭本领吃饭。"李莉娅不以为然。

"他的行政级别是副厅，"雷鸣一乐，"你不是从侯门到侯门，而是从'南门'到'北门'，是从李若男家的'南门'到公侯伯子男的'北门'。游俊没对你说过吧？"雷鸣与女儿开了一个小小的玩笑。

"从没炫耀过。"

"他的这种品格值得你学习。"雷鸣说。

"别把我压在五指山下就谢天谢地谢佛祖。"李莉娅也跟父亲开了个玩笑。

"你认为在登泰山、上华山、攀喜马拉雅山，感到累、难、险。战争年代我们闯火海、上刀山，难不难？长征年代战士们过草地、爬雪山，苦不苦？新中国成立后修筑康藏公路打通雀儿山，累不累？一个伟大时代的出现需要有伟大价值观的指导，伟大的价值观的出现需要大家共同地遵守，永远地维护。"

"等哪一天游俊来我们家，你给我们上一堂党课，游俊给我们上一堂经济学课，让两种思想火花碰撞在一起，照亮我们的未来。"李莉娅认同父亲的说法，更相信游俊的思想。

2

一天晚上外面下着雨，天气阴冷，道路湿滑，游俊送走李莉娅回来时已经很晚了。他脱下雨衣擦干手，打开抽屉拿出金锁片的照片，坐在椅子上不断梳理李老、李莉娅和小顾所提供的每一点信息。

过去游俊和安鲁璠在吴堡住过不短的时间，里下河的原住民孩子身上都挂一个大葫芦，掉到水里也是浮的，因此才叫葫（浮）芦。所以游俊排除了李怀瑜溺水的说法。

他又暗自思忖：倪玉祖籍江苏，给女儿起了这么一个南方女孩的名字，看来倪玉是江南人。倪玉怎么从江南来到山东？档案上没有，李所长也许清楚，但是无法贸然查问，也不能通过莉娅去问。去趟山东一切水落石出，这能不引起所长的联想？在走向革命征途时，李所长为什么把孟茹囡改为李若男？后来她的宝贝女儿也因此姓李，难道真是为了怀念她的亲外祖父？革命年代革命者改名换姓是常有的事。但是他觉得李若男的改名换姓有历史背景在支撑。

"然而，李老说他妹妹三岁被拐，长大后对以前的事能记得那么清楚？只有金锁片告诉她祖上姓李。可是倪玉得到金锁片的可能性微乎其微。也许李怀瑜失踪在严冬。"游俊推测：金锁片挂在倪玉胸前的内衣上，当时很快脱手所以没被发现。

游俊反过来又想：我母亲送给莉娅的是三百年前的传家之宝黑珍珠，李所长也应对等拿出更有传承意义的金锁片送给我们，为什么不是这样？也许革命者母亲觉得军功章更具传承性。但是李所长在取军功章时为啥把女儿支出去？如何解开故事的密码，游俊一时无法下手。迷雾满天，重峦叠嶂，想要不显山不露水地走出困境，游俊一时束手无策。

星期六下午李莉娅打来电话，邀他晚上去外交学院小礼堂看苏联原版电影《列宁在1918》。

"去！"听说是原版片，游俊坚定地回答。

李莉娅借了一辆车，吃过晚饭把车开在海淀区的大马路上，她对游俊说："看电影不允许打瞌睡。""怎么可能？荧幕上讲一句，我听你轻声翻译一句。"坐在副驾驶位置上的游俊肯定地回答。

游俊没有打瞌睡，认真地听她翻译。李莉娅的俄语水平远远超过外交学院俄语系的学生。回来的路上是游俊开的车，他问李莉娅的观后感。

李莉娅说："我的俄语水平让我充满自信，你呢？"

"面包会有的，牛奶会有的，一切都会有的。"游俊用俄语背诵了一句电影台词。

回到宿舍，游俊回忆电影中列宁的智慧，分析自己误入盲区的原因是功利心太强，只从小处着手，没有从大处着眼，用战术上的勤奋掩盖战略上的懒惰，所以裹足不前。想到这儿，游俊豁然开朗，从宏观的角度进行分析，金锁片的出路有三种可能：一是偶然巧合，李莉娅确实是李怀瑾老人的外甥女；二是政治诈骗，李莉娅和我是敌方迷惑、猎捕的对象；三是主观臆断，因我急于送给李莉娅一份厚礼而产生误判。据分析，第二种可能性微乎其微，在镇江问过饭店经理，他们都说是听着老人的道琴长大的，设下几十年的骗局简直天方夜谭。剩下的可能是偶然巧合与主观臆断，想要弄清李所长这个关键人物，回避她是不明智之举。只有向她发起"进攻"才能了解事情真相，当然要方法得当，机缘巧合，以平淡心做平常事，切不可莽撞。

　　游俊按照新思路设计好一套新方案，瞅准机会主动向李若男发动温柔的火力侦察。如果她是当事人，就会开口说话，如果不是，到此为止。他蛰伏等待，伺机出击。

　　又到星期六的晚上，这天是李莉娅全家打扫卫生日，所谓全家打扫卫生不是全家人都参加打扫而是家里每一个犄角旮旯都得打扫，父母日理万机，让他们享受女儿创造的幸福。当李莉娅打扫父母房间时，李若男来到李莉娅的房间，看到她书桌上摆着一本厚厚的精装俄文书，书的中心部位放着一只精致的小礼盒，打开一看是钻戒。李若男拿着盒中的钻戒想起三年多前的往事。

　　1950 年，李莉娅从山东大学毕业，同年秋天外贸部招聘十名专业人才，她以第三名的高分成绩被录取。一年后部里有三个去外交学院带薪脱产学习俄语的名额，她动心了，正巧雷鸣刚被调任外贸部。李若男否定了女儿的想法，那是以权谋私，并建议她自学俄语。李莉娅感到头疼，母亲告诉她一个好消息："研究所要分来一位双博士学位的研究员，他精通英、法、德、意、俄、梵六种语言，可请他教你俄语。"李莉娅埋怨道："妈，你不是给我介绍一个秃顶大胡子的老学究吧？我不去。""什么老学究？人家还是单身。""噢，原来是位独身主义者，更可怕。""你与他是师生关系，又不让你和他谈情说爱。还告诉你一个消息，他的大哥是国防科工委的领导，你看他能有多大年纪。""好吧，来了再说，看能不能教好我这个榆木疙瘩。"母女俩私下议论道。

　　不久，游俊悄无声息地到所里报到了。来了不久，单位隆重举行了一次大会，不是欢迎这位青年学者，而是纪念五四青年节。会后的余兴是一场交谊舞会，单位的姑娘们早有准备，一个个打扮得花枝招展，被小伙子们请进舞池。年纪稍长的同志嗑着瓜子喝着茶，在交谊舞曲的喧闹声中相互借助手势聊天，只有游俊一人孤独地从报架上取出一份外文报，在不停闪烁的彩色灯光下吃力地翻阅着。李若男从楼上接过电话回来对游俊说："我刚刚出去接了个电话，部里指派你参加第一个五年计划的编制工作，你们承担的主要任务是编制一五计划工业化建设方面的第12个子课题，课题小组设在我所三楼会议室，主要人员由部所属单位的领导和专家组成。你是党培养的年轻经济学家，党和人民信任你，希望你为圆满完成任务而努力。"

　　"我一定全力以赴。"

　　李若男看着游俊似乎还有话要对他说，只是没有刚才那么洒脱，在她犹豫间，游俊开口说："您请继续。"

　　"还有一件私事向你请教，我有一个女儿，去年大学毕业，学的英语专业，想再学一门俄语，你看还行？"

　　"学俄语，做时代的弄潮儿，很好。"

　　"她想去外交学院脱产学习两年俄语，我没同意。想让她模仿你们在国外勤工俭学的做法，能做到两全其美？"

"完全可以，我愿担任她的辅导老师。"游俊明白了领导的意思。李若男没想到女儿的第二次求学之路被她曾经的玩笑话言中了，他们由师生变成了恋人，重复了自己的爱情之路。

当女儿从海州回来把黑珍珠交给她看时，李若男对女儿说："看来游俊的母亲是位遵守传统礼教的老人。"李若男的话只说了一半，下面的半句是：我们怎么办？

"她是老封建、老革命。妈，这次幸亏我去了一趟海州，除了我，游氏直系亲属没有一个在场，他母亲很感激。"李莉娅没有揣摩到母亲的心思，母亲听出了李莉娅的意思。

"听游俊说他在海州有许多叔叔，这是怎么回事？"

"所谓叔叔们是一群异姓朋友，相互之间比弟兄还亲……我的这枚羊脂玉菩萨是他三婶送给我俩的礼物，游俊也有一枚。"李莉娅一口气把他们之间的关系讲给母亲听。同时给母亲看了她胸口的玉佛。"玉佛真精美！"李若男心中感叹道。

"简直进了大观园，一时理不清头绪。不过路琢如这个名字好像在哪儿听说过。"

"路琢如伯伯是华东局党委常委政法委书记盛思贤的老师。"李莉娅向母亲解释，"也是游俊兄弟们的革命引路人。"

"啊！盛思贤也是你爸和郝海峰的亲密战友，下次他来京让游俊见见老领导。"母女俩扯到这儿，早把黑珍珠的事忘得一干二净。

李若男在游俊到研究所半年之后才弄明白他的革命经历，1951年11月上级党组织给研究所一份公函，内容是：经组织审查，游俊同志的入党时间从1939年12月算起，现为副厅级研究员。回国后他将勤工俭学所获得的外币交给党组织，是位优秀的共产党员。

看到这份公函，李若男方明白游俊是位年轻的老革命，是红色专家，是曾经战斗在国外的一名战士。

"前几天他送给莉娅的这枚钻戒，价格不菲啊，他在国外留学时的所有的外币都缴了党费，钱从何而来？"

李若男拿着钻戒思绪万千，想抽空与游俊聊聊，弄清事情真相。

不久，游俊汇报完工作后，对李若男说："我想给您和莉娅也买件纪念品，星期天我们一起上街，您有时间吗？

"你们赠送给我们的结婚纪念品莉娅给我看过了，挺好的，有了这枚军功章，其他都不重要。"

李若男听了很高兴，借机和他拉起家常："你送给莉娅的那枚钻戒挺不错，价格不菲吧，是用以前的积蓄买的？"

"以前我没有积蓄，是游重对我的支持。"游俊轻飘飘的一句话又吹走了李若男心中的另一团疑云。

"最近除了忙本职工作，还在忙什么？"其实，游俊本职工作之外的一举一动李莉娅都会告诉母亲，属于热恋中的女儿对母亲的倾诉。今天游俊解开了李若男精神上的枷锁，于是她打开了话匣子。

游俊怎么也想不到领导会主动提出工作以外的事情，他坦诚地说："最近我在写一篇小说，是以一件真实故事为题材创作的。"

"噢？想当作家啦！我怎么没听莉娅说过？"李若男颇有兴趣地说，"现在正好有点时间，说来我听听。"

"我把故事的梗概简要地向您汇报。"游俊抓住难得的机会将李怀瑾的遭遇现编成一个悲泣的故事讲给准丈母娘听，题目是《寻亲记》。李若男从来没有这么好的耐性，这次却听得十分专注。当故事讲到李怀瑾有一只金锁片时办公桌上的电话响了。"您先忙，有机会我再向您汇报。"游俊赶忙起身，摆出一副准备告辞的架势。"你坐下，接过电话后接着听你讲。"

"你继续讲。"接过电话后，李若男和颜悦色地说。

"据老人说，他和他妹妹是一对龙凤胎，他妹妹和他都有一只同样的金锁片，他一直在寻找妹妹的下落。几十年过去了，经过几个时代的更迭，哪能有这么巧合的事发生？时间越久远，成功率越低。以前他守株待兔，这次在镇江宴春饭店碰到我请我助他一臂之力。我难以推托，思来想去有两个途径：一是登寻人启事，二是写一篇小说。前者的好处是快捷，报纸满天飞信息来得快，缺点是暴露了真情，怀着各种企图的人都会来凑热闹，鱼龙混杂，我招架不住，说不定还会引出不小的麻烦。写小说比较隐晦，无意者一看了之，有意者会明白其中奥妙。问题是小说覆盖面小，传递速度慢，我想听听您的意思。"

"有道理，游俊所说的故事情节太蹊跷。"李若男在沉思。她接着问："你说那位老人会唱道琴，他一直在镇江唱？"

"一直在镇江唱，历史很长，地点不定。"

"有多少年历史？是新中国成立前还是新中国成立后？"

"既不是新中国成立前也不是新中国成立后，而是在民国十五年（1926年）老人来镇江时就开始唱道琴。"

"噢，很久以前的事了。你在镇江听他唱过？"李若男接着问。

"听过。唱得沧桑感人。"游俊讲述道，"他说他妹妹小时候很喜欢听爷爷唱道琴，所以每天在人员密集场所他琴不离身，手击琴筒唱着古老的歌谣，年复一年，从不间断。"

"李老先生是哪儿人？"

"一口浓浓的镇江官话，留有淡淡的苏北尾音。"游俊说，"你们北方人听起来也许大差不差，我听得出他的镇江话不纯真，毕竟乡音难改。"

"老先生是苏北何处人氏？"李若男好奇地问。

"兴化。"

"噢，老人家的恒心，打动了你的良心，所以想给他写这篇小说。"李若男随即将被她扯远的话迅速拽回来，接着问，"你看过他的锁片？"

"看过，是专门定制的，非同一般。"

"怎么非同一般？"

"锁片的独特之处有三：第一，苏北普通人家的孩子几乎都有一只铜质锁片，充其量是银锁片，大多是铜锁片，而老人手中是一只金锁片；第二，普通锁片只有横向的'长命百岁'四个字，而老人的锁片有竖着的八个字。"

"你还记得是哪八个字吗？"李若男随便一问。

"这是文章的画龙点睛之处，我不但记得，还知道其出处。"游俊慢条斯理地说，"右边是'瑾瑜无瑕'，左边是'润泽有光'。下面还有'陇西堂'三个字，背面是龙凤图文，中间镶嵌着一块翡翠。所有一切都符合老人的身份，不但家庭殷实，家族更是显赫，他是明朝名相的后代。"

"噢！"李若男感到惊讶，"你怎么看到他的金锁片的？"

"他信任我，把我领到一个包间里看的。"

"这么贵重的东西能随身带？"

"我觉得好奇，也问过他，他说为了寻亲。秋冬天可随身带，但从未示于人前。

"我承诺他每天在宴春用早茶的费用由我向饭店预支，老人很感激，所以对我报之以'李'。"游俊一语双关。

"你的善心不但打动了他，也感动了我。"李若男感叹道，"要能像你一样目睹到实物才过瘾。"

"我与他只有一面之缘，能给我看一眼就是莫大的信任。"游俊坦诚地说。

"这倒也是。"李若男惋惜中带着几分自嘲。

"不过我拍成了照片，他说我是天下看到他手中之物的第一人，老人不见兔子不撒鹰，看来我不是他眼中的兔子，想我成为他手中的鹰，最终我们成了忘年交。老人这么信任我，我能不为他写篇文章，替他找寻亲人吗？可惜时间太久远，他的亲人没有一点资料，难以继续往下写。"游俊把话题又转到《寻亲记》的创作上，进一步淡化了替老人寻亲的初衷。

"别灰心，"李若男鼓励他，"方便时让我看看你拍的照片。"

"现在就可以。"游俊回答得很爽快，"我对照片的爱惜不亚于老人对金锁片的珍惜，向他学习随身携带，有空就看看，激发我的写作灵感。"说着他从公文包里拿出一个大号牛皮纸信封，信封里装着一本薄薄的外文书，书里夹着某个照相馆专用的装照片的纸质口袋。

"你做事真细心。"

"我们摄影爱好者都善待自己的作品，请您过目。"游俊从沙发上站起来，双手郑重其事地将照片递给所长，"金锁片的正反两面我都拍过了。"

李若男接过照片，仔细看了又看。看过之后，李若男对游俊感叹道："和真的一模一样。"游俊听了这句话，表面并不显得特别激动，李若男接着补充道，"我是在赞美你的摄影技术，很清楚，有立体感。"

"所长，我曾许过愿，谁首先看到这两幅照片，此人将成为《寻亲记》的另一位作者，正当小说难以构思下去之时，这个愿无意中落在您的肩上。您是学中文的，文笔细腻，能将历史之谜给读者一个合理的阐述，给故事一个最好的结局。"游俊很客气地将故事的后半段交给李若男去完成。

"我可没有写小说的天赋，"李若男的谦虚并非出于推托，而是一种礼节，同时当场表态，"我愿意与你一起完成跨越半个多世纪的期待。我给你一个创作思路，用你的笔描绘出历史的艰辛，给老人一个安慰，给年轻人一个教育，完成你的一番苦心。"李若男小心翼翼地把照片装到纸质口袋里并递给游俊。

"所长，您喜欢这张照片就送给您。"

"你还有？"

"有备份。"

"在哪儿冲洗的？"

"我们研究所隔壁的'海淀照相馆'。"游俊指指装照片的纸质口袋上的照相馆名说。

"那我可不是看到你这张相片的第一人。"李若男的话含义很深。

"照相馆的老板是我的徒孙。"游俊骄傲地说，"我有他照相馆的钥匙，有时和莉娅晚上在那儿冲洗相片。您手中的这张相片连莉娅都没见到过，更不用说我的徒孙。"

"那我收下你这份礼物。"李若男随即将照片放到自己的皮包里，拉好拉链，关照游俊，"你可不要占人家的便宜。"

"我用的是废水，给他留下的是真金白银。"游俊笑嘻嘻地对李若男说。

离开李若男的办公室后，游俊很兴奋，李若男所问的问题，表明她的严谨作风。

游俊手上还有一块试金石，如果此事与李若男无关，她会询问女儿在镇江所发生的故事情节，李莉娅很快就会有反应，故事到此结束。如果李莉娅若无其事，那好事就在后头。

3

晚上女儿去上课，李若男拿出游俊送给她的两张照片，把他所讲的故事给雷鸣复述一遍，最后她问雷鸣："你替我分析分析，事情的可靠性有多大？"

"游俊做事很稳重，你多虑了。"雷鸣说。

"不要安慰我，还是做点实际性的工作。"

"下星期我去上海开会，请老盛出手相助，免得你我苦思冥想。"

雷鸣的做法给李若男吃下一颗定心丸，不再为这件事烦心。上海的会议结束后，雷鸣独自一人悄悄来到华东局。盛思贤见雷鸣突然出现在眼前很诧异。

"遇到什么烦心事？"盛思贤问。

两位老朋友开始促膝而谈，盛思贤说："若男的忧虑并无大错，应该了解清楚。"

"看来你们看上了我们海州的小兄弟，这个忙我得帮。"

"何时要结果？越快越好，最好在年底之前。"

雷鸣说："我们全家准备在新年的第一天正式确定两个孩子的关系。"

"你应该知道我与游俊相识时你与若男还没相知。就凭这一点，我会竭尽全力。"盛思贤的话表明了游俊在他心中的分量。并表示有好消息会亲自告诉他们，双方没有约定具体的联系方法，这是高手之间的默契。

元旦临近，李若男每天都在焦急地等待上海的消息。1953年最后一天的上午，李若男一直守着电话机。下午是一年一度的年终总结会，李若男的工作总结简明扼要，把时间留给大家，晚上是研究所的集体聚餐。同志们从会场拥向餐厅，李若男走在人流的末尾。

"所长，您的加急贺电。"传达室的老王手中高举彩色的电报贺卡，兴奋地向李若男小跑过来。"所长，还有一束鲜花。"档案室的小顾捧着一捧冬日里的鲜花紧随其后。"谢谢！"李若男脸上的笑容比手中的鲜花还灿烂。她匆忙打开贺卡，电报的内容是：恭贺老战友全家新年快乐，祝贺两位新人幸福美满。落款是盛思贤，1953年12月31日。

正打量着电报的内容，她的身后走来一位熟悉的身影，掉头一看是未来的新人，见周围无人，她亲切地说："游俊，明天元旦请到我家做客，让小莉来接你。"

"好的。"游俊轻声回答。

1954年元旦的清晨，李莉娅叫醒了还在梦中的游俊。游俊一边洗漱一边征求李莉娅的意见："亲爱的，初次去你家，我们去西单买点见面礼。"

"现在想这件事黄花菜早凉了，小女子已经为你做好准备，放在传达室里了。"

一进雷家的门，游俊惊呆了，屋子里焕然一新是不用说的，两位老革命出乎意料的热情更使游俊始料不及。李莉娅的父母走到门前迎接他，李若男从鞋柜里拿出一双崭新的棉拖鞋放在他的脚前，差点要帮他穿上。雷鸣穿着一套笔挺的中山装，热情而庄重地站在游俊的对面，看到李莉娅拎着大礼包很开心地招呼道："欢迎小游老师来做客，今后这儿就是你的家，还带什么礼物？"

"首长您好！我是晚辈，能当好您的小学生就不错了。"准岳父热情洋溢的简短的欢迎词说得游俊心里暖洋洋的，他带着天生的诙谐和骨子里的崇敬深深地给老革命鞠躬。一阵寒暄过后，游俊可算是正式踏进家门，成了这个家的一名新成员。

吃过早餐，全家人刚坐到沙发上，茶几上的电话铃声响了，雷鸣拿起话筒，只听见一个熟悉的声音从里面传出："老领导，我是小祁同志。新年到了，祝你们全家新春快乐，阖家幸福！""新年好，新年好！"雷鸣同样给对方表示新年的祝贺，"今年怎么变得客气起来了？元旦也要拜年？"

"我还有下文，特别向一对新人表示祝福，祝莉娅和游俊婚姻美满，吉祥如意！这该明白了吧？老盛昨天下午打电话告诉我这个好消息，他对莉娅的男朋友评价特好，若男有眼力啊。为了表示祝贺，今天中午我和老陆在海淀饭店设宴招待你们全家。"

"应该我们请，哪能让你破费？地点不变我来做东。"

"老领导，我现在就在海淀饭店，一切手续都办妥当了，只等中午大家见面畅谈。此时你们家肯定很热闹，我不打扰了。就这么定了，中午饭店见！"很快，电话里传来嘟嘟嘟的忙音。

李若男听电话里说是盛思贤亲自给郝海峰打过电话，心中最后的一点狐疑一扫而空，本来她还担心昨天的电报是不是有人设的局，盛思贤在郝海峰那儿做了补充说明，请他出面释疑，他不愧为华东国安的魂。

"莉娅，快坐下吧，今天中午还得准时赴宴。我们家第一次

172

全委会现在正式开始。首先欢迎小游同志的光临，他当之无愧地成为我们这个革命家庭的一员。"雷鸣像在部里开党委会一样中规中矩，温暖的客厅里响起温馨的掌声。接着他宣布："下面请若男同志讲话。"

"怎么，今天就让我们举行婚礼？事情是定了，可证还没领啊，再说一个亲朋好友也没有，闭门婚礼也太革命化了吧！亏两位常委想得出来。"李莉娅正在琢磨，母亲开口了："告诉大家一个秘密，我们游俊同志最近开始利用业余时间写一篇小说，他写完第一集请我接着往下写。"李若男接着说，"由于准备仓促，也许情节不够合理，为了有一个圆满的结局，还请游俊慢慢对我所说的内容加以修改润色。"

新年第一天，李若男花费两个多小时给游俊和李莉娅讲述了从清末民初直至新中国成立，两代人、一段苦难的历史和不屈不挠的斗争经历。故事紧扣游俊所讲的情节，以人为主体，以物为红线，以李莉娅外婆的悲欢离合作为切入点，一直延伸到雷鸣、李若男、郝海峰和孟胜利四位战友的革命经历，这是革命者历经千难万险求得胜利的光辉历程。尽管故事里的人物李若男用的是化名，游俊总能一一找到对应关系。然而金锁片如夏日雨后的艳阳时隐时现，直至抗日战争最艰苦的年代，李若男将金锁片作为党费交给党组织以后，它再也没有出现过，如石沉大海。

游俊认真聆听李若男讲述的每一段情节，时不时琢磨故事的走向。他肯定李若男的金锁片不会丢失，否则不会对他手中金锁片的照片那么专注，今天的故事也不会讲述得如此淡定流畅。

三人在聚精会神地聆听李若男的故事，客厅里弥漫着战争的硝烟以及扑朔迷离的氛围。幸亏中途郝海峰的爱人老陆给李若男打过一个很长的电话，两位女性的长时间交流给李莉娅一个喘息的机会。

故事讲完了，游俊起身为李若男和雷鸣两位长辈杯里加水，茶叶在水中泛起，他认为金锁片如同杯中的茶叶，将会浮出水面，由谁掌握这股冲击力，他已从故事情节中找到确定的人选。李莉娅可没有如此从容，听到最后，潸然泪下，对游俊说："金锁片没有了，故事能说是圆满？你还有闲情为他们添茶倒水？"

故事讲到这儿，并没有真正结束。李若男面带微笑，右手不经意间伸进外套的口袋，刹那间，手里出现一个红色小荷包，她平静地将它放在茶几上慢慢打开，一只游俊朝思暮想的龙凤金镶玉锁片出现在大家的眼前。

李莉娅喜不自禁："妈，你手脚真快，堪比魔术师，这一手从哪儿学到的？"

"你不知道你妈是神枪手？神枪手不仅能百步穿杨，还要出枪敏捷，当年她因神枪手还得到一枚军功章。"雷鸣向女儿介绍她母亲当年的飒爽英姿。

"神枪手，你为什么说我们家只有军功章没有古董？你把金锁片藏得真深……多漂亮的一件传家宝。在我眼里，它与你们获得的军功章一样珍贵。今天游俊来了，传家宝现身了，你是不见真佛不烧香啊。"李莉娅方才懂得妈妈所讲的故事就是他们亲身的经历，外祖母也不是弃婴，游俊镇江的忘年交就是她的亲舅爷。所有的喜悦接踵而来，李莉娅兴奋不已，能不让她用几句调皮的话语埋怨母亲的不是？

李若男解释道："春天你外公外婆来到北京，把孟胜利奶奶保存的金锁片带来了，给我讲了一段故事。"

"去年秋天你外婆去黑虎山看望孟奶奶，孟奶奶与你外婆拉起家常。'"

"孟奶奶说:'嫂子,春天若男闺女回来看我,正巧我不在家,她有一件十分珍贵的纪念品在我身边保存了十多年,现在该完璧归赵。'说完她从贴身衣衫的口袋里掏出一个红色荷包,从荷包里拿出一只金锁片,接着又说,'我听若男讲过这是你们家亲人团聚的标志,无论当年条件多么艰苦,我都没有把它换成现金,不忍心用我的手打破你们的期盼。'"

"'可若男一直跟我说金锁片保存得好好的。'"

"'她只能这么说,让你安心。'"

"'如此说来,金锁片对革命没有起到一点作用?'"

"'作用可大了,我是部队的财务科科长,手头紧了把金锁片典当出去,有了钱再赎回来。当铺的掌柜是我党的地下工作者,典当的手续费分文不取,还多给我当金,屡解部队燃眉之急。'"

"你外婆最后还叮嘱我:'金锁片历经磨难又回来了,我难以置信。孩子,这块锁片很不吉利,我戴上它被人拐了,你戴上它被人抢了,后来你把它捐献给革命,我们小莉平安长大了。记住,将来只用它来寻亲,千万别指望传宗接代。'"

"哎呀,想不到这背后竟有这样的故事。"听完关于锁片的故事,李莉娅责怪母亲,"这是你将金锁片的事瞒着我们的主要原因吧。"她用常规的思维方式逆向判断母亲一直以来的行为准则。

"我不是宿命论者,但也不是侦探大师。在茫茫人海里真不知如何用它来寻亲,考虑到你爸所处的位置,不能随意现出锁片的真身,担心增添无谓的麻烦。若不是游俊帮我们找到另一只金锁片,也许它永远是一个秘密,一个无解的难题。为了革命利益,我愿再做一次牺牲。"李若男向女儿做了简要的诠释。

"革命利益大于天永远是李所长的信仰追求,我没有考虑到她的这层想法，所以在寻找这只金锁片的过程中走了不少弯路。"游俊又一次汲取深刻教训。

"还有，游俊送给莉娅的钻戒含义也是多元的、积极的，其中一层意思是用钻戒来探出锁片，结果为了我们家人的团聚背上一身的债务，我们得帮他摆脱困境。"于是雷鸣对李若男说，"用我们的积蓄为游俊还清债务。"

"我完全同意，"李若男立即表态，"把钱还给游重，把游俊从债务的困境中解放出来。"

"游俊，你是一位真正的男子汉，我不知如何感激你。"李莉娅任凭泪水从幸福的源泉中涓涓而出。

"现在物已成对，今天是个欢庆的日子，不要为那点小事烦恼。莉娅独自去了一趟海州，我哥很感动，他说那枚钻戒算是大哥送给小妹的礼物，我早已摆脱债务，你们不用操心。"游俊替哥哥表明了心意。

"你怎能说物已成对？"李莉娅又迷糊了。

"你们看两者之间有差异吗？"游俊从他的公文包里拿出他所拍摄的李老手中金锁片的照片与莉娅手中真实的金锁片进行比对。两只金锁片以耀眼的纯金和洁白的纸质两种不同的身份相逢，尽管"富贵贫贱"悬殊，雷家特别感谢游俊的智慧和超凡的想象力。

"啊呀，你早就看到过舅爷的金锁片了，还把它拍成照片，怎么不告诉我一声？"李莉娅跑到游俊的位置上用双拳轻轻地敲打他的后背。

"小莉不要闹了，小游老师做得对。他既有非凡的想象力又具备坚韧的自控力。这种事只能存在心里慢慢推理，逐步向前。事情没有结论之前不得让局外人知道一点蛛丝马迹，防止产生人为干扰因素。这种优良的品质不是所有的人都具备的，你得好好向老师学习。"雷鸣温和地批评了女儿，爸爸的批评让李莉娅感到贴心的温暖。

"游俊，你已给了我两张照片，为什么还带来备份？"李若男感到诧异。

"昨天我看到来自上海的电报，曾听莉娅说雷伯伯去过上海开会，我推测那两张照片你们准给了盛书记。今天必须把备份带来，一对金锁片相逢在新年第一天，接着是兄妹团圆在春天的节日里。这是我近来追逐的梦想，也是李家人几十年的期盼。"

"游俊考虑问题全面、稳妥，做事滴水不漏。"雷鸣心想，"可惜他不在老盛的手下工作。"

4

故事讲完了，雷鸣对李若男和李莉娅说："你们两位女士回房间精心准备，今天海峰同志代表他和思贤同志向我们表示祝贺，我们不能迟到。"

"建华也来？"李莉娅从沙发上跳起来，"我不去。"

"推托不去的应该是建华而不是你。"雷鸣说。

"今天建华恐怕来不了了。"游俊拍拍李莉娅的肩说。

"你又不是他爸，他能听你的？"李莉娅没有接受游俊的安慰。

"建华小两口真的来不了了。"李若男一脸的惋惜，"据说建华丈母娘有病住院。刚才老陆在电话里向我诉苦，所以通了好长时间的电话，说女方的父母视建华为儿子，大事小情都会打电话烦他。"

"他老岳父家不是也有儿子吗？"雷鸣问。

"老岳父的儿子侍候儿子的老岳父。"李若男说。

"啊？这是谁跟谁啊！"李莉娅傻眼了。

两位女士回到房间，雷鸣把游俊拉到身边，感慨地说："你完成了莉娅母亲多年的期盼，盛思贤解决了她近来的困惑。若男一直担心这是一场政治阴谋，直到上午你郝叔打来电话向我们表示祝贺，她的思想负担才彻底放下。"

"我也在等待上海的消息。"游俊说，"伯父，关于金锁片的事，因为时间过于久远，接下来偶然发生的事还难以预料，还得做些准备。"游俊坦率地说。

"为什么？"雷鸣问。

"好比双方在相向挖地道，"游俊打了个比方，"计算得都很精准，但是可能还有意外发生，比如在对接前出现一块巨石或者有意想不到的井喷、塌方等现象发生。我们对出现的问题要有预案，到底会出现什么问题现在很难预料，但是必须掌握解开金锁的两把钥匙。"游俊肯定地说，"钥匙就在李怀瑾、李怀瑜两位老人手上，我的亲戚会邀请李老去海州过春节，您最好请外公、外婆来北京过年，出现问题可以随时沟通。"

"我与若男商量好立即告诉你。"

李若男和李莉娅回到客厅，看到翁婿二人像父子一样亲切交谈特别开心，特别欣慰。

大家正准备去饭店，临出发前李莉娅匆匆回到卧室磨蹭好一会儿，拿了一个信封装进手包。四人向海淀饭店走去。

"游俊，给你说件眼下最要紧的事儿，"走了几步，李莉娅开口了，神情特别严肃，"郝叔曾经想我做他的儿媳，本来挺好的，可我对他的儿子压根没有感觉。郝叔一再催我，我是一再推，结果不了了之，后来建华找了个美女，挺可怜的。今天你和他们见面不要被看扁了，笑我没有眼光。"

"他儿子在哪个部门？"

"国防科工委，搞尖端科技。郝叔总拿这一条向我炫耀。所以当初我妈说你大哥在国防科工委当头儿时，不管三七二十一我立马答应她的要求，请你当我的俄语老师，大哥成为我当你学生的桥梁，最后成全了我俩的姻缘，还替你还债，大哥真可敬，你真可爱。"李莉娅不停地在游俊面前旋转那枚耀眼的钻戒。

"为什么有这种想法？"

"你哥是我在郝叔面前骄傲的资本。他儿子在国防科工委工作，我大哥在国防科工委当领导，他能牛得起来？"事到如今，李莉娅还像孩子过新年穿新衣一样与人攀比，"可是郝建华一点也不像他爸，眼睛细成一条缝，眼镜像个酒瓶底，不善言辞，还有些腼腆，是个十足的比书呆子还呆的书虫。我不稀罕！"

"我明白了，他是个理科生的好料子，国家急需的人才。"游俊赞叹道，"这种人内秀，智商很高，只是情商不够。"

"你更内秀，既有很高的智商又有了不起的情商，你既不装腔作势，也不低三下四，我特喜欢。"这是李莉娅对游俊的综合评价。可在海州人心中，游俊也是个情商不高的书呆子，怎么到李莉娅的眼里就变了呢？

在游俊的眼里，李莉娅也很可爱，别看她小鸟依人，其实内心十分强大，还不乏鸿鹄之志。有时让人感到没心没肺，有时露出讨人喜欢的"花花肠子"，用来调剂枯燥乏味的生活。假如有人问他，这个弱女子能挑起多重的担子，游俊说她能挑起两座山，一头是事业，一头是家庭。接近而立之年的游俊，真的爱上了这个刚从花季年华走出来的青春女孩。

他俩手牵着手向海淀饭店走去。

郝海峰和陆文彬夫妇俩在海淀饭店二楼凤凰厅恭候，郝海峰身材高大，身高 1 米 85，陆文彬高度近视，眼镜不低于 1200 度。游俊眼神在两位面前一扫而过，得到瞬间的视觉印象：郝海峰是位风趣、开朗、严谨的领导。雷鸣与郝海峰不同，他天性儒雅，为人宽厚，是位心境平和的长者，深得游俊的敬重。

郝海峰参照他的儿子，衡量眼前的游俊：儿子闪亮的眼睛比星星还小，雄心比天还大；游俊目光像高原的湖泊，深不见底，宽阔明亮，一尘不染。儿子作风踏实，做事勤奋，像泰山上的松柏扎根于大地，不惧严寒风霜；游俊傲视苍穹，像雪山上的雄鹰展翅一飞冲天。儿子衣着简朴，不重外表，工作忙碌时还显得邋里邋遢；游俊服饰得体，仪表端庄，风度翩翩，与众不同。儿子有中国知识分子不懈追求的韧劲；游俊既有超越东西方文化的洒脱又有沟通两种文明的智慧，深得莉娅的芳心。比来比去，两位青年各具特色，郝海峰为儿子骄傲，也不得不对游俊深表佩服。

"叔叔、阿姨，新年吉祥！让你们久等了。"游俊说着随即抱拳施礼，典雅中蕴含着青年人的洒脱与时尚。游俊打完招呼随即低调地退到李莉娅的身旁，让老一辈相互交谈。

"老领导，总得介绍一下你的乘龙快婿吧。"郝海峰说。

"莉娅的朋友姓游，新中国成立前受组织委派游学西欧，勤工俭学。"

"你熟悉游重同志？""游"是个冷姓，小众群体容易让人产生联想，而且他和游重的举止、口音极像，应该大差不差。所以郝海峰直接搬出游重，作为聊天的开场锣鼓。

"他是我哥，在科工委任职。"游俊平淡地回答。

很快，所有的人按照中国传统礼仪一个个依次坐下。郝海峰做东，雷鸣请他坐在席首，接下来是雷鸣、李若男、陆文彬、李莉娅，游俊坐在主人的右手边。座次排定后，陆文彬出去了一趟，过了一会儿，她满面春风地回来了，在李若男左耳边温和地耳语几句。只见李若男礼貌地说："您太客气，让人过意不去。"

此时游俊正和郝海峰聊着，李莉娅不客气地打断他们的闲聊："游俊，请教你一个问题，陆阿姨给我妈献什么殷勤？"餐桌较大又是耳语，她听不清楚，只好用法语咨询游俊。

"你的前男友很快就到。"游俊用德语回答李莉娅的紧急询问。

"你懂唇语？"

"懂一点，但没有使用，那样不礼貌。"

"几个人？"

"本该两人，恐怕要打折扣。"

"我不信。"

"走着瞧。"

雷鸣看着他俩不停用外语进行火热的对话，可一个单词也对不上号，他一脸茫然："你们在嘀咕什么？"

"我说肚子饿了，游俊说急什么，还有一位客人正在路上。"

"人都全了，时间也不早了，催他们上菜。"郝海峰发话的同时，心里想：游俊的话从何说起？

雷鸣觉得女儿在郝海峰面前过于冒失，可陆文彬开口了："游博士说得对，建华两口子马上就到。"正说着门被推开了，进来一位女服务员，拿来两套餐具。李莉娅又开口了："小娟子来不了了，一套餐具就够了。"

"不会吧？"陆文彬正说着门被人推开，进来一位胡子拉碴的小伙，戴着手套的手上紧紧捏着一把自行车的钥匙。

"各位，我迟到了，小娟还在病房照料她妈。"来人的双脚刚进门，嘴里不停地喘着粗气与在座的打招呼。

"病情怎么样？"李若男关心地问郝建华。

"她是重感冒引起气管炎发作。医生说没有大碍，但要注意随诊。"

游俊很客气地站起来走出座位并越过李莉娅，亲切地说："建华，我是游俊。坐到我们这边来，一个上午够你忙的，来了我们仨一起聊聊。"

"是游博士吧？您好！"郝建华把手套放在位置上，走过来和自己曾经拼命追求过的前女友的现男友握手。

"一个是追我的男人，一个是我追的男人，他们怎么能坐到一起？"李莉娅偷偷踢了游俊一脚，游俊岿然不动。

"我坐到李阿姨和我妈之间，那儿餐具都摆好了。"郝建华哪敢坐在游俊和李莉娅之间，这不是没事找事？

"怎么，有了小娟忘了我啦？连招呼也不打一声……"李莉娅的话像天籁一样悦耳，郝建华停止脚步直愣愣地看着她。李莉娅正要继续发挥，被游俊轻轻扯了一下衣角，她马上有所收敛，一本正经地向尴尬地立在眼前的郝建华伸出白嫩的右手说："来，咱俩也握个手。"

郝建华乖乖伸出手握住李莉娅被游俊温暖过的手，她握着不再感到冰凉，但依然觉得粗糙："是事业的磨炼还是生活刻下的痕迹？年轻人的手不该如此啊。"她感到心酸，有点不舍，用朋友间关切的语气问道："工作还忙吗？"

"挺充实的。"

"家务还重吗?"

"能应付。"

"语言挺精练。"李莉娅温和地说,"代我向嫂夫人问好,请她抓紧时间,你爸妈急着要抱孙子,我急着要当阿姨。"

今天是李莉娅与郝建华的第一次握手,而且是在大庭广众之下,来得非常意外。是李莉娅对曾经追她的男生表示真诚的祝福呢,还是对他的父母表明一种善意?谁也说不清楚。

郝建华握着李莉娅的手感到特别温柔,还带着几分惬意。尽管以前李莉娅没看上他,他还是难忘金子般纯真的初恋,以后更不会忘记新年第一天他俩的第一次握手。

郝海峰对李莉娅今天的表现非常满意,这归功于游俊这位大学者对郝建华的热情与大度,他给郝海峰留下极佳的印象。他对游俊说:"你学的是哲学、政治经济学,你们研究所是国家的智囊,你是智囊中的智囊。想听听你对经济工作的意见。"领导的礼贤下士给游俊留下良好的印象。两位酒少话多,非常投缘。过了好一会儿,李若男说:"你俩交谈的时间不短了,下面还有光明岭的事情要研究,游俊下星期到部长办公室做专题汇报。"郝海峰说:"我们听若男所长的安排,下星期我专程到你们研究所调研学习。"

"说到光明岭,我告诉你们一个消息,"郝海峰说,"前不久孟胜利给我寄来一封信,告诉我若男父母把你寄给他们的现金全部捐给光明岭。若男,你和孟胜利联系比较多,把光明岭的情况给大家说说吧。"

"孟胜利现在是孤军奋战,她心怀两个目标:一是建一座烈士陵园,让逝者魂归故里,给生者留下记忆;二是洗刷过去的斑驳污迹,创建一座美丽的山林。"

郝海峰听了李若男的介绍，端起酒杯说："我敬三杯酒，第一杯酒我先敬光明岭牺牲的战士和再度回到光明岭的孟胜利。"

"老领导、若男同志，第二杯酒敬你们二位，你们已经在帮助孟胜利，又一次走在我的前面，你俩永远是我的引路人。"

"第三杯酒我敬游俊和莉娅，祝他们事业有成，家庭幸福，希望年轻人担当革命重任。"

雷鸣夫妇站起来表示响应郝海峰的号召，永远牢记三个不要忘记：第一，永远不要忘记为人民服务的宗旨，和人民同心同德，而不是做官当老爷，做一个纯粹的人，一个有道德的人，一个脱离低级趣味的人，一个有益于人民的人；第二，永远不要忘记毛主席的教导，我们不但要破坏一个旧世界，我们还将建设一个新世界，使中华民族永远立于世界民族之林，人民过上幸福美满的生活；第三，永远不要忘记为革命牺牲的英烈，一个没有英雄的民族是没有前途的民族。

游俊和李莉娅也表示要参与这样的活动，李莉娅说："我和游俊商量好了，把爸妈为我准备的嫁妆全部捐献给孟奶奶。"

陆文彬难以相信非常挑剔的李莉娅做出如此令人感动的决定。见郝建华正准备表态，她说："你们年轻人还有培养下一代的重任，不必与我们攀比。这样吧，你们从工资中拿出15%就可以了。请若男做我们的'财务总监'。"李若男说："财务总监非你莫属，你是京城有名的铁算盘。"郝海峰也觉得李若男的话有道理，要陆文彬不必推辞。

"游博士，开户总得有个户头吧，你出个主意。"陆文彬提议。

游俊说："根据国际惯例，应该叫基金会。"雷鸣表示："就叫光明基金会，由游俊起草一个章程，动员在京的淄州籍的同志积极参加，为家乡做点贡献。"

"有了光明基金会，对光明岭得有个整体规划。"李莉娅提出一个很好的设想。

"提得对，我请北京规划设计院的同志去光明岭考察，回来后搞个整体设计方案，争取在 20 世纪末我们还健在的时候把它建设成为山清水秀天蓝地绿的'红色旅游基地'。另外在景区大门入口处请北京美院的专家设计一座大型群雕，山上竖一块烈士纪念碑。"郝海峰又提了个具体的建议。

"雕塑的事情，郝伯伯不用犯愁，包在小女子身上。"李莉娅学着游俊的格局，从包里拿出一只信封，抽出几张照片，走到郝海峰身边，装着万分谦虚的样子，"这几张照片请郝叔叔过目，多提宝贵意见。"

郝海峰一看，非常吃惊："莉娅真是一只'卧凤'，她的雕塑作品可参加国际大奖赛。"这话说得雷鸣夫妇是丈二和尚摸不着头脑。

"你给我看看。"李若男接过照片一看，笑了，"她充其量是个李鬼，真正的李逵在你身边，我们家游俊是美院的兼职教授。"这个时候能不让李若男夸夸自己的女婿？此话说得陆文彬高度近视的眼睛睁得老大，半天难以恢复。

酒席结束后，郝海峰握着游俊的手说："后生可畏，前途无量。建华，晚上你带小娟回来吃饭，就说是我说的。咱们全家也得团聚团聚，莉娅是小娟的榜样，她得虚心地学、认真地做。我一个共和国的部长难道管不好你们一个小家？本想让你们自治，自治不了我来军管。"

1954 年元旦，是李莉娅全家最开心的一天，规划了光明岭的蓝图，找寻到了失联半个多世纪的舅爷，明确了游俊与李莉娅的关系。不论哪一件事都使人精神振奋，激动不已。

5

春节已经临近，盛思贤手提两个崭新的旅行包专程从浦西赶到浦东看望路琢如夫妇。路太太看他拎着大包小包走得浑身直冒汗，很过意不去，赶忙接过他手中的"累赘"，口中疼爱地埋怨："思贤，你也真是的，来就来了，走这么远的路带这么多东西。既不用专车接送又不让秘书帮助，这不是自找麻烦？想要轻车简从就得轻装上阵。"盛思贤觉得师母的唠叨不仅有道理而且很暖心，满面笑意地对她说："好久没见到安老校长，心中总是挂念，这里有学生对他的一点心意。"路太太听说有送给她亲家公的礼物，心里窃喜："思贤的礼物是一剂心药，能治亲家的心病。"她不再吱声，路琢如走出来高兴地拉着思贤走进书房。

"大哥来信了？"来到书房，盛思贤看到书桌上放着一只厦门市政府的信封，知道是他的大师兄、老师的大儿子路唯善的来信。

"你看，"路琢如把信递给盛思贤，"你派他到前线守海防，他要我俩去南方过春节。不是你要我回海州，初二又要飞厦门。"

新中国成立后路琢如频繁回海州一半是盛思贤的意思，盛思贤说："还有一件值得让人兴奋的事，游俊不经意间为他的岳母李若男寻找到失散几十年的舅舅，如果不是游俊在操作这件事，我真难以置信，好像后面有一只无形的手在推动。雷鸣是国家高级干部，游俊也不是从事普通工作的人，他们手中都掌握国家许多机密。为慎重起见，还是要有一位合适的人亲临现场，您是最合适的人选，你与他见面，谁也不起疑心，只是让你来回奔波。"

"这是组织交给我的又一重要任务，再说游俊也请我回去过节，你俩不谋而合。"路琢如坦诚地说。

"想不到游俊也请你帮助把关，回国后越发显得成熟。"盛思贤在老师的面前称赞这位多年未见的老部下，"不久我将在山东与他见面。"

"去年我见过他，的确变得成熟、干练。"路琢如随即话题一转，"我在两个月前就准备回去看你七叔，听说此案至今未破，让人有点烦心。"

"是的，这是学生请您回去过节的又一层意思。票我替您买好了，届时您在船上头等舱好好睡一夜。临去海州那天盛东进和盛苏中兄弟二人送你们到轮船码头，包裹托运之后你们即可轻车简从。"盛思贤拿出两张车船联票接着说，"我告辞了，下午还有点事要办。"

小年夜上午，安鲁玙和舒芸带着安然和路诚来到车站出站口迎接路琢如夫妇。不一会儿，广播里传来从镇江到海州的班车已经进站的消息。"要是从高港来的汽车进站我们马上就见到爷爷了。"安然对弟弟说。"各位请注意，从高港到海州的汽车也已经进站。"话不是从广播里传出来的，是路诚用小手合成喇叭状播报给哥哥听的。他的话音刚落，大喇叭里真的播出从高港至海州的班车进站了。"哥，你看我好比诸葛孔明。"说完迈起官步，摸着想象中的胡须，逗乐了大家。

一股背着大包小包的人流从车站里面一拥而出，路诚感到压抑："舅妈，你抱起我。"舒芸抱起路诚，他手搭凉棚往车站里面观看。一会儿只见路诚叫道："爷爷、奶奶我看到你们了。"大家一起招手。"哥，爷爷前面还有一个白胡子老公公，太好玩了。"路诚兴奋地向大家进行现场报道。

当路琢如夫妇走到大家面前时，那位"白胡子老公公"也走过来了。路诚看到这位慈祥的老人很有趣，大声喊道："白胡子爷爷好！"安然也很礼貌地打招呼："老爷爷您好！"

"小朋友们好，你们是谁家的好宝宝？"

"这是我的爷爷、奶奶，这是我的妈妈、舅妈，这是我的哥哥。"

"老人家您好！"路琢如随即与这位素不相识的长者前去招呼，"您老是从镇江过来的？"

"鄙人正是，"老者向路琢如很礼貌地鞠躬，"到贵地走亲访友。"

"老伯伯寻访哪位亲朋故友？"舒芸问老者。

"昶彧老弟。"他用右手理了理胡须，"不是故友是新知。"

"爸、妈，这是李老伯，是游俊前不久结下的忘年交。"安鲁玙解释道，"这样吧，我和嫂子到站房取托运的行李，爸与李老伯同乘一辆车，妈和两个小的乘一辆车。"她随即又问老者，"李老伯，你有行李要取？"

"行囊就在我身上。"老者拍拍修行人去庙里敬香时挎在身上的黄布口袋，尴尬地一笑。

"就这点东西？"路诚瞪大眼睛看着白胡子老爷爷干瘪的行囊口不择言。

"不许乱说。"安然拽了拽弟弟的衣服，小声说。路诚伸伸舌头不再吭声。

路琢如回到海州，脚刚着地还未出站就碰到互不熟悉的镇江来客。"世界上有这么凑巧的事？难道真的有一只无形的手在暗箱操作？"他警惕起来但仍热情地与之寒暄："李老先生，我们一起出站上车吧。"

"不才怀瑾悉听尊便。"原来客人的确是李怀瑾老人。

游俊离开镇江不久，李怀瑾就写信给张昶彧，信是寄到城隍庙的，张昶彧从俞校长办公室回来的当天下午收到他的来信。在这之前他从安鲁玙那儿听说游俊在镇江宴春偶遇一位李老先生，并说请他来海州与各位长辈会面。张昶彧当晚立即与素昧平生的李怀瑾回信，赞扬他的文采，大有相见恨晚之意，同时也说明受人之托，近期要为省海中做一块新校牌，在此期间唯恐不便，多有得罪，待校牌做成之后立即恭迎大驾。

省海中挂牌仪式顺利结束，出院后大家陪他回家，他看到里里外外修葺一新的老宅问："这是怎么回事？"舒林说："你给省海中以及省海中的校友们一个惊喜，我们弟兄们能不给你一个小小的惊喜？主意是大家提的。"

"可钱是舒同主任出的。"安少愈说。

"舒主任做了一件大好事，否则原来的陋室岂能接待中国末代秀才？"张昶彧心中一喜，并不推辞。

"家"这个温馨的字眼对李怀瑾而言早已生疏淡漠，尽管他的家并非远在天涯海角，但是时光的阻隔让他感到遥不可及。"自在飞花轻似梦，无边丝雨细如愁。"外面阳光普照，他如在雨里，在梦中。老人几十年来第一次堂堂正正被众人所簇拥，进到一座宽敞气派的客厅。

宾客坐定，舒芸和安鲁玙取回行李来到后面的堂屋。安鲁玙对长辈们说她和舒芸准备到杨裁缝家去一趟。长辈们很奇怪。这时路老太太说："没几天就过年了，现在还去麻烦人家？"安鲁玙解释道："听天气预报，春节期间有强冷空气南下，气温跌至零下十度，李老的棉袍又旧又薄哪能御寒？我们想在年前为他赶做几件衣服。""那赶快去，多给人家一些工钱，针线不能马虎。"

不久，安鲁玙与舒芸回来了，舒芸走进客厅在张昶彧耳边叽咕几句，很快起身走到李怀瑾老人身边请他出去一趟。

张昶彧和舒芸领着李怀瑾老人来到后院的书房，安鲁玙对一位脖子上挂着布卷尺的裁缝说："杨师傅，这是我家的亲戚，多年不见，今天请你在节前赶做两套衣服。"

所有尺寸量过后，杨裁缝客气地说："面料很是讲究，手艺我决不马虎。大年三十中午我亲自将老伯的新衣送到府上。"

多年来路琢如首次回来过春节，小吴妈主动提出不回家过年。

"不回去很好，把你婆婆以及老伴吴镛和小女儿吴悦请到海州来过年，让他带半头猪过来，留半头猪分给乡里的亲戚们，账算我的。"路琢如又说，"另外请舒芸的大哥舒同找两个厨子帮你的忙，我们好好庆祝一番，邀李老和我们一起过个欢乐团圆年。"

冬日的夜很长，李怀瑾和张昶彧睡在同一张床上的两个被窝里，两人悠闲地拉起了家常。张昶彧讲述了他们异姓七兄弟的来龙去脉以及各自的身份，李怀瑾逐渐明白他们之间的关系。李怀瑾问："路家大院很气派，东西两侧的小花园也是幽静别致，为何后花园半途而废？"张昶彧便谈起路家大院的前世今生。

李怀瑾老人听得津津有味，听到最后，他感叹道："昶彧老弟，路家世代行医，积善成德，步步积累，兴旺发达。而我们李家……"

于是，李怀瑾老人讲了他的身世。

　　胞妹失踪之后不久，李怀瑾祖父去世，废除科举后他父亲郁郁寡欢，不久之后先清朝而亡。父亲临终前嘱咐他，要想方设法找到同胞妹妹，否则他在天上不得安宁。李怀瑾尚未成年，父母又相继去世，再也没有亲人，没有牵挂。李怀瑾心想，蹲在水乡泽国千年万载也完不成父亲的遗愿。于是带着父亲的期盼离开家乡，到处游荡，每年春节前回来祭祖，第二年再外出寻亲。一离开家乡才体会到天地之大。在那兵荒马乱的年代到哪儿去寻找一个杳无音信的女孩？出去几次之后他改变了主意，准备以静代动，守住一个门户，观天下来往之人。镇江是苏北的门户，南来北往的大码头，他卖掉祖上的五亩水田换来镇江一个小小的院落，留下十亩田养老。白天在人海里寻找骨肉同胞，晚上在书山里探觅文章乐趣。有人看李怀瑾为人忠厚热情又有学问劝他找个地方开个书馆成个家，他只是摇摇头："给人教书无时间寻找亲人，成了家我难以心无旁骛。"于是他每天带着希望出发，拖着疲惫回家。如此日复一日年复一年，依然一无所获。1948年大军过江，居委会请他写欢迎标语，编道琴歌词，他从不推辞。国庆前夕他为本街道所扎的彩门上写了一副与众不同的对联：海日去（生）残夜，江春涤（入）旧年，横幅为"新中国万岁"。前来检查的领导在这副对联前反复看了几遍。"首长，对联有问题？"随同人员问。"没问题，改得好！是海日去掉残夜，江春涤除旧年。主动积极，完全符合革命的哲理。此人字也写得遒劲有力，令人赞叹，得空时我想见见他。""他就在现场。"街道的同志随即请跟随在大家后面的李怀瑾走到面前与领导见面。"老人家您好！你把古诗读深学透了，我们晚辈向你老人家学习。希望你多为新社会做出贡献。"领导的褒奖使李怀瑾成了当地的文化名人，到处有人请他写字画画。1949年底街道政府根据怀瑾老人的实际情况介绍他晚上去一所中学看大门，给了他一个编制，拿半份工资，他从一位文化名人成为一个学校的看门人，自食其力勉强维持个人的生活。尽管成名了，他也忘不了白天去车站、码头、饭店寻亲，唱道琴。

李怀瑾毕竟已步入迟暮之年，摆在他面前有两条路：一是执着于无尽的寻亲之路，二是快到尽头的生命之途。也许最终倒在寻亲的路上，也许在归天的途中找到亲人。一切都在冥冥之中。

故事讲到这儿，李怀瑾哽咽难言。

"还有物件能证明你是人家的哥哥？"张昶彧想把李怀瑾从悲痛中拉回来，问了一个很关键的问题。

"给你看样物件。"李怀瑾从枕头旁边的黄色挎包里拿出一个小布包，打开布包拿出一只锁片交给他。

"你的妹妹应该叫李怀瑜，这两句分别择自《左传》和《山海经》。原文是'瑾瑜匿瑕'，里面包含了'匿'字，所以你妹妹藏得很深啊。"张昶彧是位鉴宝大师，他仔细把金锁的正反两面看了又看，都看到心里去了，最终说出这句话。

"不愧是行家。"李怀瑾佩服，"我父亲也曾这么说过。"

"还有谁见过这枚锁片？"

"除了你只有游俊先生知道，这是老夫最大的秘密。本以为我要带着锁片走到生命的尽头，没想在宴春巧遇游俊先生，到了海州进入君子之国，良心要我向你们道出秘密。"李怀瑾老人有种择木而处的知遇之情，"昶彧先生，和你们见过面我心里有底了，明日我准备回镇江，年前还要处理一些小事。"

"好不容易来了怎能说走就走？"张昶彧十分诧异，"游俊来电话说不日他俩将回海州，主要是与您详谈，有些事还得向您讨教。再说两位侄女请裁缝节前把你的衣服赶制而成，你不能辜负晚辈的一片孝心。明天不能走！您老千万等游俊回来再说。"

"秋天刚走，春节又回。一来一往两人得多少开销？"李怀瑾真不敢相信他们从北京回海州比自己从家门口到大市口还要方便。李怀瑾这次匆匆而来又急急而返在他的计划中，谁承想游俊先生回来要与他详谈，游俊不是嗑着瓜子喝着茶的等闲之辈，李怀瑾动心了。也许这次江北之行成了一次"破冰之旅"，那就等吧。等待与坚守是老人的专长，为妹妹他等了一辈子，等游先生两三天，不过是弹指一挥间的工夫，但他的心还是惦念着镇江的家。

路老大夫从上海回来的第二天晚上来到安少愈家，拎来两瓶贵州老酒、一根东北老参、一包四川天麻、两块上海的呢子面料。这几件是盛思贤请老师转交给安校长、安师母和舒芸小师妹的礼物。安师母过去患有头风，盛思贤特别托人从四川捎来一盒川天麻，东北老参是雷鸣这次来上海送给他的。安老先生心想，思贤送这份重礼是因为曾经给他专门上过五年的课还是因为与安鲁璠的关系？当年盛思贤是路琢如的中医学徒，受老师所嘱常到安老先生家走动，安少愈也挺喜欢这个孩子，问他："你读过几年书？"盛思贤说："三年半多一点，不足四年。""即使读满四年书，跟路大夫学中医底子也薄了点，但又不能重进学堂，如果愿意，每天晚上我给你讲一个时辰的古文，然后你抽空抓紧时间复习，我会关照路老师给你挤出时间自习国文，你可愿意？"年轻的盛思贤二话没说准备下跪拜师，被安老先生重重托住，"孩子，你我之间是忘年之交，路大夫才是你真正的老师，好好跟他学习医术，将来悬壶济世，我只是为你学医做些古文铺垫。"从此盛思贤成了安老先生业余夜校唯一的学生，所以盛思贤一直称安老先生为校长而不是老师。"如果只是报师生之情，他为什么又捎礼给舒芸？"

路老大夫还告诉他一个天大的秘密，李怀瑾老人很有可能是李莉娅的亲舅老爷，这次李莉娅准备回来认亲。"啊？怎么没有一点风声？无怪乎你说好好庆祝一番，我琢磨不透喜从何来，原来是这件大喜事。""这件事目前还没有公开，你看李老可像？"路老大夫问亲家。安老先生说："看不准，又不好问，我看老人与老七好像在沟通一件很隐蔽的事，但是并没有指出莉娅是他的亲戚，充其量好像李老在寻找亲人。"路老大夫说："李怀瑾老人是莉娅的舅爷这层关系是游俊发现的，经过有关方面核实，消息确实。游俊真了不起，待他回来一切就都明白了。"

"琢如公，"安老先生说，"依我看，游俊认准的事应该错不了，李怀瑾老人就是李莉娅的舅爷。"

6

腊月二十四，游俊从苏州开会回到北京，当天晚上，带着一大袋红枣来到莉娅家。李莉娅一看乐了："书呆子，去苏州带回红枣孝敬岳父母大人，你傻不傻啊？红枣产于山东，碧螺春和大闸蟹才是苏州的特产。"游俊没有理会李莉娅充满爱意的"冷嘲热讽"，对丈母娘说："所长，这是出自你家乡的红枣，尝尝有没有儿时的味道。"李若男一连吃了几颗，说："很新鲜，味道还不错，这枣哪里来的？"

游俊提起装红枣的布袋，上面有一个隶书的"孟"字。"你去过我家？"李若男不敢断定。"我去过您外婆家。"游俊说。

他手中拿的是孟家的口袋，装的是山东红枣，怎么跑到李若男的外婆家？雷鸣也被搅糊涂了。

"我去了趟倪庄。"

"啊！"李若男感到惊诧，"你不声不响找到我外婆的家？"

"纯属偶然。"游俊的语气很平和。

苏州会议结束后，游俊向会务组的同志打听倪庄在哪儿，好几位都说附近没有倪庄。后来问了宾馆的前台，他们也说没听说过。此时一位大堂经理正巧路过，他随口说这儿没有"梨庄"，听说有个"枣庄"。"对，就是枣庄，在哪儿？""不知道，我是无锡人。"游俊碰了一鼻子灰。接着他返回会务组，问："枣庄在哪儿？""枣庄在木渎东南的太湖边上，明天我们去木渎风景区，那儿离枣庄很近。"会务组的同志热心地解释。

第二天游俊到木渎下车，拎着苏州糕点，带着一束鲜花按照李若男的描述很快来到枣庄李若男外婆家的老宅。现主人姓王，是他的父亲从倪裕手上买下这幢房屋和包括枣林在内的三亩五分地。他父亲临终前关照他："枣林归我们所有，墓地也由我们看守，这叫良心。"两人聊了好长时间，吃过饭他陪游俊去了趟墓地，周围有二十几棵枣树，高处像小灯笼一样还零星地挂着未打下的红枣，煞是好看。游俊代表外婆及全家给两位老人扫墓，献上一束鲜花。回到家，主人从里屋拿出一袋红枣交给游俊："这是我们专门为你精选的红枣，每年一换，少说有二三十年，终于盼到孟家的后代。"游俊问："这布口袋哪儿来的？""当年你们祖辈卖房时留下了所有的物件，包括这个来自山东的布口袋。"

"你怎么知道枣庄在苏州？不是说在无锡吗？"李莉娅有些纳闷。

"妈在讲到外婆小时候时老是提到'麦豆'这个词，当时我忽略了这个重要的信息，到了苏州我又频频听到这个词语，便问他们'麦豆'是什么意思。他们笑着用极不标准的普通话说：'麦豆'就是'木渎'。"

天哪，原来木渎是李莉娅外婆的老家，游俊恍然大悟。

全家人第一次尝到木渎老家的红枣，也见识了游俊的智慧。李若男对李莉娅和游俊说："有机会我们一起去老家看看，给外祖父、外祖母扫墓。"

腊月二十八下午，游俊与李莉娅回到海州，还是舒芸和安鲁玙接站，安少愈、路琢如、张昶彧以及游俊的母亲在家中等候。舒林和尹亦凡陪李怀瑾在路家大院下棋。

两人稍事休息，迟到的午饭以早茶的形式出现，在镇江出现的那一套这儿一应俱全，很快一股诱人的香味从厨房飘来，小吴妈端出像锅一样圆圆的煎饼。

"吴妈你特地为我们做了世上最美味的主食。"游俊从板凳上起身接过小吴妈手中的美食国粹，对李莉娅说，"这叫荞面饼，我在国外做梦都为它流口水，快趁热吃。"

李莉娅掰下煎饼的一角，脆、酥，大蒜的清香挑逗着她的味蕾："实在是香。"

小吴妈看她吃得很香，解下围裙说："游先生、李小姐，你们慢慢吃，我去东院。"东院是路家大院，西院是安家书院，这是他们之间的习惯性称呼。

"吴妈，你等等。"李莉娅说完舔了舔又油又香的右手大拇指和食指，然后在毛巾上擦了擦手说，"有几件小礼物送给你。"李莉娅天真滑稽的举止把所有人逗笑了，包括不苟言笑的安少愈。在场的人除了游母和小吴妈谁都明白李莉娅特别兴奋的理由。

李莉娅从包里取出两大两小一共四件礼物走到小吴妈跟前："吴妈，这一对耳坠是送给您的，这一包云烟是送给吴伯的，这块面料是送给您婆母老吴妈的。我们家游俊说他小时候是在老吴妈的关爱下长大的。还有一支金星金笔，是送给您的宝贝女儿吴悦的，游俊在笔杆上还刻了一句话'好好学习，天天向上'，请您笑纳。"

"云烟、面料和钢笔我收下，这么大的耳坠还是送给二姐或舅妈她们吧。"

"都有，都有！"李莉娅说，"上次我回来得太匆忙，什么也没带，这次都给补上。"

吃过饭，安鲁玙、舒芸陪李莉娅看望游母，游俊在书房向三位叔叔诉说了一段经过几代人反复讲述，情节不断充实且扑朔迷离的故事。三位长辈佩服游俊心胸的豁达与仁厚，李怀瑾老人可能就是李莉娅准备"候任"的舅爷。

游俊考虑到事情重大，请三位长辈帮助策划今晚的活动。路琢如对在座的说："游俊做得很对，莉娅的父母和游俊都身居要职，认亲的事我们既不能过于谨慎，又不能草草了事。"他把事情提到政治高度，问张昶彧，"你看老人像不像莉娅的舅爷？"

"有点像，但老人还蒙在鼓里，似毫不知情，还希望游俊对他的寻亲给予帮助，刚来海州时他给我看过一只金锁片，很精致。"

"你也看过？"路琢如问，"你是鉴宝专家，那首饰是件老陈货？"

"做工精细，用料考究，设计精美。有晚清时期专门定制的痕迹，有家族潜在意义的象征，让人联想到锁片背后的故事。如果怀疑它是赝品，却又找不到一点今人仿制的证据。那该是一对有纪念价值的首饰，游俊你有吗？"

游俊从包里拿出金锁片，首先递给路琢如，路琢如看过之后传给安少愈，安少愈看到上面的八个字，对张昶彧说："李老昨天下午的那幅字与金锁片上的内容如出一辙。"

安少愈的话触动了路琢如敏感的神经，三双眼睛直盯盯地看着张昶彧，想请他做出解释。

"昨晚他主动跟我说明：'我一辈子游走在江湖之上，天地之间唯有游俊有神一样的目光、佛一样的慈悲，那天在宴春饭店我出门他进门，后面跟着一位女孩，这女孩似曾相识。与他们的偶遇把我拽回饭店，我在一旁静观，于是有了后来的故事。'"

"这段故事谁都编得出来。"路琢如说。

安少愈和张昶彧都点头赞同，他们三人又将目光落在游俊脸上。

"是有这段过程，当时早市已退，他捧着道琴正准备往外走，莉娅看着道琴发愣，我看着他飘逸的样子出神，三人相互对视又很快礼貌地离开。他在大堂出口处停了一会儿又返回大堂坐在不远处喝着茶，默默打量着我们。是我主动请他过来交谈，否则没有后来，一切都很偶然，也很自然。"游俊接着说，"老人有淡淡的愁容而没有狡诈的神色，后来饭店经理过来与我见面，他说老人不仅仅失去了胞妹，也失去了他的青春。六（点）入十（点）出，每天如此，像自鸣钟一样准时，然后他去江边码头，下午去车站，找寻他的梦想，晚上拖着疲惫的身体回学校进入梦乡。除了清明回老家祭祖，从不间断。与其说他心怀鬼胎，不如说是我自投罗网，但是不入虎穴，焉得虎子？"

"想要蒙蔽游俊很不现实，再说赌注下得过大，时间准备太长，不合情理。我看不像。"张昶彧接住游俊的话，说出自己的想法。

"在认亲的最后一步，你为什么走得如此谨慎？"路琢如问。

"开弓没有回头箭，是否有人在金锁片上做文章是我最大的担心，老人的锁片和莉娅她妈妈的锁片似乎都给暗藏机关创造了条件，老人的锁片我不好动，莉娅家的锁片在认亲之前我不便动，因为我没有时间去找暗藏的机关，只有回来请教七叔。"

"你做得对，否则破坏了就再也不能复原。"张昶彧指指左颊说，"就像我这副脸。"

大家尴尬地一笑。

"李老有没有提到过秘密机关？"路琢如问张昶彧。

"按照常理，双锁没有会合对方不可露底。"张昶彧拿着锁片仔细研究并说，"游俊真了不起，的确暗藏机关，开始我也被欺骗了。其实一根针即可打开它的秘密，但这种秘密并没有任何实际意义，只是工匠对技艺的炫耀。"

游俊拿来一根缝被子的针，张昶彧摆弄两下，咔嚓一声，金锁被打开了，如何开锁游俊已了然于心。在一个扁平的空间里有一张薄薄的小纸片，写着李怀瑜的生辰八字，游俊排除了李老金锁片里面安装窃听器或爆炸装置的可能，至此李莉娅外婆的真实姓名和出生年月已无悬念，这也与李老的叙述不差毫厘，大家对他的信任又向前迈了一大步。

四位接下来讨论的重点是如何与李老对接，何时对接，由谁来对接。拍板之后张昶彧去了城隍庙，两位亲家去了路家大院，游俊将讨论的结果简要地向安鲁玙、舒芸以及李莉娅做了介绍，至此金锁片的秘密在有限范围内开始有序传播。

"你一切准备好了吗？"李莉娅问。

"尚有一项最重要的证据目前还不在我手上，要等到最后我才能得到。我最期盼李老跟我要这个证据。证据也许有，也许没有。"游俊对大家说。

"什么证据？"李莉娅问，"怎么能得到？"

"如果有，我会得到。"游俊说。

路琢如和安少愈回到路家大院时，书房里的对弈也接近尾声，前两局一比一平，第三局看来是和棋，尹亦凡的"陪练"任务算是完成，不再恋战，首先站起来与李老握手言和。

"我们到庙里转转。"舒林提议，"去看看七弟。"

五位大老爷去了城隍庙，东二楼上的麻将声也很快停止。

张晓婷收拾好牌桌，准备陪三位太太下楼，小吴妈上楼送来下午茶，听说他们要去书房连忙说："各位太太小姐在楼上吃完下午茶休息一会儿再去，里面有烟味，我刚把下面的门窗打开透气。"四位一听赶忙坐下来品尝下午茶。

小吴妈下楼从东花园里新折来几枝蜡梅插在几阁的梅瓶里，然后关好门窗，书房的里外两间整理得干干净净，听着楼上的脚步声也已到了。小吴妈等在书房门外，看到她们出现在楼梯口赶忙掀起门帘。

"好香的蜡梅花啊！"张晓婷推开书房的大门，禁不住深深吸了一口，请三位太太进入书房。

"傻丫头，梅花是暗香，不经意间扑鼻而来，哪能这么贪婪地闻？"路老太太先请安老太太和沈同懋进室内，后拉着张晓婷笑着说，正说着一股幽香献给了不常回家过年的女主人。四人走到内书房，沈同懋开始为完成画稿做准备，小吴妈送来茶水后收拾楼上舒芸的客房，然后又来到书房照应她们。这时突然听到外面传来说话声。

"太太，恐怕小安先生和舒芸舅妈回来了，我出去看看。"小吴妈正准备出门，舒芸进来了，接着李莉娅、游俊和安鲁玛鱼贯而入。

"两位京城客人来了，"小吴妈高兴地说，"太太们都在里间等着呢。"

"京城的大小姐回来了。"路老太太首先从里间出来。

"来得正好，"安老太太说，"沈先生正为你们作画。"

"李小姐越来越漂亮了，透出一股成熟之美。"沈同懋搁下画笔看着李莉娅不断赞叹，"不愧是大家闺秀。"

"真想不到你们都在里屋，我应该进去向三位长辈请安。"李莉娅歉意地一笑。

"还有我呢！"张晓婷从里面走出来。

"嫂子，是你啊！"李莉娅怪不好意思，拉着张晓婷的手，"舒同大哥不在里面吧？否则我又要得罪舒主任了。"

所有人开心地一笑。李莉娅从游俊家中来到路家大院，好像从冰冷的北极走进繁华的世界，这儿有欢笑有花香，有祝福还有温暖的亲朋，和他们在一块太有幸福感了。李莉娅恭敬地向里屋的亲戚们深深鞠躬，感谢大家的热情接待，将游俊背来的旅游包打开，取出礼物逐一赠送。

第五章　重逢

1

六位老人陪伴着李怀瑾从城隍庙回到路家大院时天已全黑，游俊和李莉娅站在大门前恭候各位长辈归来。

"你们回来了？"李怀瑾一看是李莉娅，又是一阵惊喜。

"爷爷，我和游俊专程回来看你，你身体还好吗？"李莉娅紧握住李怀瑾的手。这是一次不同寻常的见面，她的心在颤抖：这就是我们要反复认证的舅爷？比我们当年考大学验算试题还要苛刻烦琐，游俊有点故弄玄虚。她差点控制不住自己的情感。

小吴妈的老伴吴镛带着母亲老吴妈以及小女儿吴悦也从吴堡来了，同时带来了半头肥猪以及里下河的鸡、鸭、鹅、鱼、虾、蟹，还有糯米粉、荞麦面、海陵红米以及各种包子、糕米和团子。大家一见面，少不了热闹一番。

晚上该来的亲友都来了，路琢如请慕容先生坐在主桌，慕容太太和女儿还是跟安鲁玙、舒芸坐在一桌。上次回去后慕容太太被慕容先生数落了一通，知道自己闯下大祸，今天乖巧了不少。宽敞的客厅里摆下四桌，众人济济一堂，李莉娅和李怀瑾坐在一起。路琢如以主人的身份，代表各位亲朋，对李怀瑾老先生的光临和游俊伉俪的归来表示欢迎。席间，李莉娅不断对李怀瑾嘘寒问暖，很是亲密。李怀瑾问李莉娅："你是北京人吧？""我爸是济南人，我妈是淄州人，所以我是地道的山东人。"

酒过三巡，李莉娅起身端起酒杯说："四叔，现在我已微醺，似醉还醒，再不表示一番，到时烂醉如泥，恐怕想说话也难开口。"她独特的性格、诙谐的语言引起众人的注意，大家放下杯筷，静听这位可爱的北京女孩讲些什么。

"在座的不是游俊的长辈就是游俊的挚友，多年来，在安老校长、路老大夫、游俊父母以及各位长辈的熏陶下，在嫂子、二姐及各位兄弟姐妹的悉心帮助下，他已成人、成才。我坐享其成，与他走到了一起，这是上天赐予我的最好礼物，我珍藏于心。生命注满了爱，犹如酒杯斟满了酒。游俊，我提议，在这幸福团聚的时刻，我俩一起借这杯醇香的美酒，向家乡的每位亲人表示真诚的感谢。"

所有的人领略到她对游俊的爱、对海州亲人们的情以及滔滔不绝的口才。除了李老先生略显尴尬，闷闷地坐在那儿之外，人人都举杯向这对情侣表示祝贺，李怀瑾成了例外。

"她怎么疏忽了身边的李老先生？这个漏洞太大了。"张晓婷举杯时与舒同窃窃私语。

大家坐下了，李莉娅依然站着，她又自斟一杯酒，好像还有一段祝酒词。她端起酒杯说："在座的各位都是海州人，只有两位属特例，一位是从江南来的长者李老，另一位就是来自北京的女孩李莉娅。我俩一老一少，年龄相差几十岁，一南一北，路程相隔几千里，几千里的路程啊，在古代的中国、现在的欧洲已跨越了好几个国度……但是我和李老有两点共同之处：一是均为李姓，赵钱孙李，天下第四。"她竖起四个指头说，"二是都有'孤独'的情结，我没有兄弟姐妹，正如老人没有妻子儿女。与李老邂逅，我感到一种无可名状的亲情。同是天涯沦落人，相逢何必曾相识。游俊，今天我们以酒相邀，请在座各位做证，欢迎李老正式融入海州这火一般的群体，成为最年长的新成员。"两人举杯。

李怀瑾站起来，看看路琢如。李莉娅知道游俊做事一丝不苟，路琢如又着眼于大局，假如酒后的认亲不能如愿，岂不弄巧成拙？这顿晚餐岂不成了鸿门宴？对老人的打击肯定是致命的。是悲悯的心驱使她提前给老人一点安慰，即便他不是她的亲舅爷，从情感上她也认定了这位孤独一生的长者。

李莉娅太可爱了，路琢如、安少愈立刻起身鼓掌，对李怀瑾老人表示热烈欢迎，在座的其他人也全都起立，掌声响彻客厅。

李怀瑾站起来，满心喜悦地喝下这杯酒，对大家的盛情表示感谢。他说："我乃穷困潦倒之人，有幸拜望钟鸣鼎食之家。怀瑾时运不济，人生多舛。天高地迥，觉宇宙之无穷；兴尽悲来，识盈虚之有数。今兹捧袂，喜托名门。胜友如云，高朋满座。不禁感叹，关山难越，谁悲失路之人？萍水相逢，尽是他乡之客。嗟乎！学生易老，瑜妹难寻。胜地永常，相逢何再？路公高洁，满怀慈悲之情；不才伤感，唯有穷途之泪。呜呼！心中期待今犹在，槛外江水空自流。"他不禁怆然泪下，两手撑着桌面，不再言语。

"爷爷，你醉了，喝点茶醒醒酒。"李莉娅含泪掏出手绢，给李怀瑾擦拭眼中混浊的泪水，然后递给他一杯清茶。

　　李莉娅为什么对这位老者如此关心，简直像亲人一样？许多并不知情的女眷满脸疑惑地看着耄耋老人和北京女孩。

　　"北海虽赊，扶摇可接；东隅已逝，桑榆非晚。"作为主人的路琢如扶着李怀瑾，意味深长地劝说道，"莉娅姑娘说得对，每个人都有过孤独，都心存过困惑，只要大家携手相助一切，都能改变。今天我们相聚在一起，也许明天又要各奔东西，但是我们有一个共同的约定：聚似一团火，散若满天星。相逢给了我们力量，相别留给我们念想。李老，我们六兄弟，包括大哥的游俊，一起端起酒杯，祝您健康长寿！"

　　游俊隔着李莉娅对李怀瑾说："吴承恩曾说过，'一叶浮萍归大海，为人何处不相逢。'老爷子，你看远方，未来的你正在未来等你。"

　　乍一听，游俊的话也是泛泛地劝说，细细地分析，包含着更深的意思。知道谜底的舒芸听懂了游俊的弦外之音，坐在旁边的路诚在舒芸舅妈的帮助下站到板凳上说："白胡子老爷爷，我哥代表我们几个小孩也有话要和您说。"

　　在大家的掌声和笑声中，安然走到李怀瑾的面前说："老爷爷，今天大家欢聚在一起，我代表几个小孩送给您一首古人的诗：'千里黄云白日曛，北风吹雁雪纷纷。莫愁前路无知己，天下谁人不识君？'爷爷，我舅妈说，凡是游俊叔叔所尊敬的人一定是了不起的人。我们小孩不但像大人一样尊敬您，还请您常到我们家做客。新年快要到了，祝您健康长寿！"路家大院后生可畏！李怀瑾疼爱地抚摸着安然的头。

　　老实巴交的吴镛在舒芸的鼓励下也开了口："老人家，兴化与吴堡也就一水之隔，以后感到孤独时让二叔、七叔陪你到吴堡乡下住上一年半载都不碍事。我敬你一杯！"

李怀瑾又干上一杯，无可奈何地摇摇头说："大家说得都不错，老朽感激不尽。可我天生不是享福的命，本打算与昶彧见过面就赶回镇江，可是缘分使我一下车就遇见了路老大夫，又听说游俊先生要回海州，这也是一次机会啊。游先生，我有个不情之请，饭后老朽想与你聊聊。我明天依旧去那些熟悉的码头、车站和饭店，唱那无休无止的道琴、小曲，明知是竹篮打水，依然痴人说梦。"李老拿着李莉娅递给他的手绢擦了擦满脸的眼泪鼻涕，唱起《空城计》，没唱完便倒了下去。

吴镛扛来一张藤椅，让他舒适地躺下，小吴妈拿来一床棉被给他铺上、盖上，其他人吃完饭匆匆散去。

除了安鲁玙与舒芸送游俊母亲回家外，守在老人身边的有六兄弟以及路本善、游俊和李莉娅，众人喝着茶谈论一些无关紧要的话题，当条案上的座钟响了九下后，李怀瑾突然醒来。"我怎么睡着了？"他看着守候在周围的各位，深感不安。

"爷爷，你在养精蓄锐准备与游俊通宵达旦。"李莉娅的一句笑话打消了老人的忐忑："我赶快起来。"

到了内书房，游俊扶着李怀瑾在中间朝南的一张靠背椅上坐下。椅子上垫有一块皮褥垫，坐上去暖暖的。游俊弓下腰抬起老人的双脚放置到脚炉上，把手炉递到他的手上。侍候妥当，游俊坐到李怀瑾对面的椅子上，李莉娅将老人的挎包放在他的面前，然后坐在他的身边。

"你们将一位孤苦伶仃的老人侍候成一位养尊处优的老爷，明天回去怎么办？"李怀瑾一言难尽。

"明天的话明天说，今晚你还在海州，是大家尊贵的客人，我们无理由怠慢。"张昶彧看着满面红润的李怀瑾，佩服他不一般的体质。

"二位，游先生归来看到我烂醉如泥有失体统，得向你们表示歉意。另外，临别前我要感谢游先生真诚的帮助、昶彧先生的贴心陪伴，以及各位贤俊、淑媛的热情接待。其实也只能是口头表示而已，无任何实质内容。"李怀瑾说得婉转，想引出话题，看看游俊有何打算。

"李老，告诉您一个消息，请您证实。您托游俊的事听他说有些进展，所以这次专程回来与您见面。"张昶彧慢言慢语地有意把话说得平和委婉。

"是真的？"李怀瑾唯恐听错话，看着坐在对面的游俊，特意又问了一句。

张昶彧还是显得并不很在意的样子说："您老千万别激动，真的不喜假的不忧，我们慢慢聊，您请用茶。"他先喝了一口。李怀瑾也机械地举起茶杯，手明显有点颤抖，对着游俊说："无论什么结果，我都能接受。""近乡情更怯，不敢问来人。"这就是李怀瑾长久期盼带来的杂乱心情，悲伤中裹卷着胆怯与恐惧。

李怀瑾毕竟老了，游俊看着骨子里透出沧桑与无奈的老者，不免心存怜悯。他缓慢地说："人对某件事情漠不关心时如春风过耳，不问花开花落。一旦留意，满园春色尽收眼底，感叹风景独好。我与您在镇江分手之后，回到北京，与一个朋友闲聊时得到了一个稀奇古怪的信息：一位山东女子不跟父姓也就罢了，还起了个富有诗意的名字。让人不禁浮想联翩。"

"起了个什么名字？"李怀瑾有点兴趣。

"叫茹囡。"游俊说，"一听这名字，我马上想到白居易的名句'春来江水绿如蓝'，茹囡的母亲不是在忆江南吗？她的母亲十有八九是江南人，更有意思的是，母亲的女儿很有几分江南西施的俏丽，不像山东女子丰乳肥臀。"

"后来呢？"李怀瑾又问。

"后来我问她是谁，朋友说远在天边，近在眼前。正要追根究底，又来了一群朋友，把事情给岔了。回去后我反复背诵白居易的《忆江南》，回忆李老所讲的故事，梳理我们单位的二百多号人。不用说女的，就连男的也没有这个名字，哪来的近在眼前？"

"再后来呢？"张昶彧问他。

"再后来成了我心中的一个结。"

"你不去问问他？"张昶彧又问。

"我了解北京人的脾气，你越着急他越卖关子。你冷他，他憋不住了，最后如实相告。"游俊说得很婉转，尽量把事情的节奏压得很慢。

原来游俊千里迢迢从北京赶回来，是为了把镇江之托做个了结，真是君子之交啊。李怀瑾感激地对游俊说："游先生，为了这件事你赶回来，我于心不安，你打个电话给昶彧不就得了？你们还忙着未来，我只剩下刹那间的晚霞，即使晚霞璀璨，过后就是黑夜，再也没有明天。"

"李老，明天都很美好，不分彼此。"游俊接着解释道，"有些事电话里说不清楚，比如后来李莉娅的一位长辈送给我一张旧照片，一个五岁的小女孩戴着一枚锁片，样子挺可爱。和您的金锁片很像，但又模糊不清，我拿捏不准，只有当面向您老请教。"

"你这位长辈是从哪儿弄来的照片？"李怀瑾问。

"是莉娅的亲戚，她们女人之间的事，我们爷们不好多问。"

"这倒也是。"李怀瑾很体谅游俊的说法，熄灭的希望之火重新燃起，"照片你还给她了？"

"给了。"游俊的脸上出现从未有过的无奈，"就像我当时把金锁片还给您一样。"

"可不是嘛。"李怀瑾后悔了一秒又幡然醒悟，"那是我的命根，我靠它来寻亲啊。"

"无论是金锁片还是旧照片，我如法炮制，把它翻拍下来，跑到朋友开的照相馆亲自去冲洗、修饰，结果比旧照片还清晰，不客气地讲，这里有我的小窍门。"

"照片你带回来了？"李怀瑾问，心情又有点激动起来。

"带是带回来了，只怕不能如愿。"游俊拿出李莉娅小时候戴金锁片的那张翻拍的照片给李怀瑾看。

李怀瑾看过照片之后，心想："这个女孩我好像在哪儿见过，她是谁啊？有点像他当年失散的妹妹，可他的妹妹从来没有照过相啊，也许是失踪以后拍的。还有锁片，虽然模糊不清，可外形轮廓很像。"久远的照片再次激起李怀瑾心中那朵浪花。于是李怀瑾心想："他们给我一张照片，我也给他们一幅画，看看彼此之间有没有关联？"

李怀瑾从包里掏出一幅皱巴巴的绢画，把它平铺在桌面上。张昶彧看得很认真，看了之后邀游俊过来一起鉴赏这幅画。游俊看过之后似进入雾中：这不是莉娅5岁时候的样子？近来他见到过李莉娅从小到大所有的照片，这幅画的出现是游俊始料不及的。"李老的画从何处而来？为何人所画？"游俊反复琢磨。正在这时，李怀瑾建议："要是有一个绣花绷将它绷紧，会看得更清晰。"

"我去找，您稍等。"游俊走到外书房，向路琢如悄悄诉说了刚发生的情况，并建议大家待会一起看看那幅绢画，特别请沈同懋对画多提些看法。不一会儿，安鲁玙把一只大号的长方形绣花架拿过来交给游俊。外书房的人都来到内书房欣赏这幅绢画。

游俊将长方形的绣花绷挂在墙上，一幅栩栩如生的中国人物画出现在众人面前。一位洁白如玉的小姑娘手上拿着一朵野草花，笑吟吟地看着远方一对衔泥飞燕穿过柳梢飞向屋前。画的右上角有一行题字："旧时堂前燕，飞入何人家。""你们猜这是谁啊？"张昶彧指着绣花绷问。大伙摇摇头。然后他又拿出李莉娅小时候戴锁片的那张照片，舒芸和安鲁玛几乎同声说道："画上画的就是这个小女孩，是谁画的？画的是谁？"李怀瑾说："画是老朽的拙作。"

　　"是从这张照片上临摹下来的吗？"舒芸问，"可照片上的孩子好像比画里的大一些。"

　　"乡下人没有照片，是妹妹失踪时的模样，家里还有她的画像。画来画去，季节有春夏秋冬，人总是一成不变。正如我坚信她还活着一样，不知她活得如何，长得怎样。"李怀瑾向各位回忆他的胞妹，同时也在回忆画画的辛酸过程。

　　"你曾用画寻人？"张昶彧问。

　　"这种傻事我做过，新中国成立前有位好心人说愿意用我的画帮助我去寻人，其实他是拿画去换酒，这不是在侮辱我的妹妹吗？"李怀瑾不答应，暂停寻人而去找画。那位好心人找到买主后向他苦苦哀求："买主说他喜欢收藏，特别是这幅仕女图。"李怀瑾告诉他这不是仕女，是他的亲妹妹，买主感动之余退回画像。从此李怀瑾不再犯傻，改用唱道琴的方法说唱兄妹离散的悲歌。"不知游先生这张照片出于何处？"李怀瑾问。

　　"这是我小时候的照片，"李莉娅语出惊人，"外婆说我俩长得很像。"

　　"难道莉娅也有金锁片？"李怀瑾心想，当游俊拿出照片时他一眼看出那是当年的小莉娅，心里是这么想，嘴上不好这么说。

210

"游先生为什么要拿出这张照片？想要告诉我什么？难道我的画中人是莉娅姑娘的祖母或外祖母？"李怀瑾不敢往下想，又不得不往下想，故事离奇得让人疯狂。李怀瑾正在煎熬中难以解脱时，李莉娅提出："爷爷，您给我也画一张像吧。"李怀瑾突然一惊，好像从梦魇中走出来："天哪！莉娅不正是小妹青春年少时的模样吗？我终于找到她长大后的样子了。"几十年的苦苦追寻突然从心中走到眼前，激荡起李怀瑾无限的遐想。"是否给可爱的小姑娘画像，得听游先生的吩咐。"李怀瑾在默默地等待，像严冬等待春风，如荒原期待时雨。有人将李怀瑾的等待当作推托，认为他画的远不如说的那么传神。

"李老，你为莉娅画一幅吧，让晚辈们有一个学习的机会。"平时矜持少语的沈同懋开口了，为李莉娅的请求添了重重的一笔。

"李老请吧，这儿就是您的画室，"游俊说，"我们非常期待。"

李怀瑾没有推迟，舒芸姑嫂俩稍稍整理好昨天用过的画桌后，给李莉娅简单打扮起来。舒芸转过身帮李莉娅理理头发，安鲁玛用手轻轻掸去她皮裘衣领上沾上的一丝杂物。在灯光下，素面清颜的李莉娅显得靓丽可人。她右手拿着一本善本书，左手插在大衣口袋里，潇洒地倚靠在椅背上看着远方，露出青春美丽的笑意，只是深暗色的天鹅绒窗帘的背景略显深沉。李怀瑾仔细端详着眼前的李莉娅，安鲁玛担心地问："李老，背景光线是否有点暗淡？""没关系，这样很好。"李怀瑾开心地说，"你们忙吧，莉娅的形象已深刻在老朽心中。"李莉娅随即撤去模特的摆姿，回归到她的自然状态。

李怀瑾提起笔，似乎忘记了一切，在宣纸上洒脱地泼墨绘画。大家围在画桌的周围，沈同懋点头赞叹李怀瑾娴熟的画技。李莉娅一脸的茫然："一堆墨迹能变成一幅画？"所有的人都在等待。

李莉娅优雅地靠在椅背上，头微微地转过来，温柔地凝视着远方。她被冬装裹着的身体依然给人春天的美感。脸部和手背，只要是外露的部分都呈现出一种像陶瓷一样美丽的光滑质感。

除了美丽，手捧书卷的神情也很庄重，因此，即便她的眼睛是正视前方，也给人一种神奇的距离感。优雅庄重而不轻慢，这是李怀瑾所表现的画风。

李怀瑾虽是本土经典的东方审美画派，李莉娅还是流露出一些东方人少有的西方"异域风情"。这点游俊非常理解，觉得李怀瑾把李莉娅画得入木三分，三年来李莉娅在游俊东西方文化的双重熏陶下，在职场的强烈冲击下，她变得外向潇洒，毫不拘泥。是知识改变了她，职业重塑了她，家庭影响了她，李怀瑾的画笔中流露出她独有的性格，游俊很满意。

另外，画的环境也是极简，李莉娅所处的背景除了靠在后面的木质椅背，就是稍远处一片暗红色的窗帘，与她光亮的形象形成极大的反差，反而突出她亮丽的气质。想象一下，如果周围布满了鲜花芳草，她身上的形象将被遮掩得荡然无存。优雅需要简洁和克制的烘托。简约的背景之外，李怀瑾毫不吝啬地描绘了细节：衣领的皮毛、服饰的纹理、淡红的嘴唇、高挺的鼻梁、帘一样的睫毛，乃至白色毛领上飘逸的黑发，用笔都很细腻考究。如此独特的理解得到了包括沈同懋、张昶彧、游俊三位业内人士在内的所有人的认同。

最开心的是李莉娅，她用英语问游俊："还像我吗？爷爷把我拔得太高，我都不认识自己了。"游俊用英语幽默地回答："像一位裹着棉被的维纳斯女神。从她的身上我看到了你的现在，也找到了你的未来。我看到了真实的你，还看到你妈的影子。老爷子的神来之笔我服了，他对你妈一无所知啊，他把遗传基因也画进去了，不愧为画家的后代，尽管他不懂遗传。"

"莉娅姑娘，您是洋学生，请给这幅画起个名吧。"李怀瑾画好后，带着商量的口吻对李莉娅说。

"爷爷，刚才的玩笑变成一幅真实的画像，实现了我的梦想。我很想为这幅画起个名，可我的汉语水平像狐狸请仙鹤吃的那一盘饭，浅薄而无味。"李莉娅说得大家忍俊不禁，想了想，她接着又自我解嘲，"我嘴里哪能吐出象牙？如果有，也是游俊给我装的假牙。临回海州前的一个晚上，完成了法语的学习任务后他心血来潮，哄着我说，教我一首宋词《燕归来》：'三叠曲，四愁诗。心事少人知。西风未老燕迟归。巢冷半干泥……除燕知，谁能记……'书到用时不恨少，只要学得巧。"

"哎呀！莉娅姑娘真的回答了我的疑问，难道期盼来得这么简单？"李怀瑾难以相信莉娅的"燕归来"不是应景之言。

"李老，您的画怎么有西洋画派的风格？"李莉娅问。

"多年来的星期六晚上，我在镇江文化宫一堂课教中国画，一堂课学西洋画，结果我学到了一些为我所用的西洋画法的技巧。原来中西画法虽有不同之处，但也有共性，只需融会贯通，就能为我所用。今天是第一次正式向大家做汇报写生。"李怀瑾高兴地说。

2

《燕归来》画成了，沈同懋慢慢品味这幅融入西洋画风的中国人物画艺。游俊来到李怀瑾身边，与老人亲切攀谈。

"李老，我和莉娅非常感谢您的画，上次在镇江拍摄过您的金锁片的照片，后来我又得到一张同样的照片，我把两张照片反复做了对比，总觉得有一处根本的区别，所以这次带回来向您请教。"游俊借机将金锁片的故事继续往下延伸。

"照片你带回来了？"李怀瑾问，心情有点激动。

"带回来了。"游俊拿出由李莉娅家的金锁片所拍的照片给他看。

李怀瑾拿着照片翻来覆去地看了又看，问游俊："上次你替我拍的锁片的照片带回来了吗？"

"也带回来了，那版权是我们共同的。"游俊从包里拿出李怀瑾金锁片的照片给他看。

"哎呀，拍得真清楚，像真的一样。"李怀瑾不停地赞叹。

"昶彧老弟，你能看出这两张照片的差别吗？"李怀瑾把两个物件的四张照片递给张昶彧。

"看不出来，好像一模一样。"张昶彧不动声色地说，"请李老指教。"

"看似一模一样，其实大有差别；看似有所差别，其实没有本质的不同。"李怀瑾兴奋地说，"两个金锁片正面的图案是一致的，背面的龙凤图纹正好一正一反，跟人的两只手一样。天哪，我终于看到另一只锁片的照片了！"李怀瑾老泪纵横，不能自制，"以前的朝思暮想变成现实，它们在照片中相逢，我心满意足。"

"这话什么意思？"游俊诧异地问李莉娅。

"游俊临上车前我得到了你照片的金锁片，放在你形影不离的公文包里，忘记跟你说了。"

"啊！"李怀瑾、张昶彧和游俊同时发出惊叹的声音，游俊打开自己的公文包，从里面掏出一个小布袋，取出金锁片，所有的人都兴奋不已。

小吴妈拿来一只托盘，里面放着一块金丝绒布，游俊把他包里的金锁片恭恭敬敬地放在金丝绒布上，双手把托盘送到李怀瑾的面前，很有仪式感。

"请李老鉴别真伪。"游俊很自信，嘴角带着得意的微笑。

李怀瑾拿着游俊的金锁片，好像拿着一只硕大的金球一样沉重，正反两面反复审视。京城是藏龙卧虎之地，大国工匠们凭照片完全有能力仿制，但也需一年半载。然而里面的机关和父亲的亲笔字照片上是没有的，他们能仿制出来就神了。李怀瑾边用照片对照实物边思考。

"李老，今天是个喜庆的日子，把您的宝贝也拿出来给在座的一睹为快。"张昶彧对李怀瑾说。

李怀瑾颤巍巍地从贴身小棉袄内的口袋里掏出与他朝夕相处的物件。没想到在六十多年后的今夜，两枚金锁片在毫无预兆的情况下，在一个从未来过的路老大夫的书房里见面了。李怀瑾看着盘子里的金锁片，想到几十年的梦想得以实现，像在梦中，在雾里，他双脚离开脚炉站了起来，将他手中的锁片慎重地放在金丝绒布上，托盘放在桌子中央，展现在大家的面前，室内一片寂静。

"游先生，别看锁片很薄，里面暗藏机关，不知你们打开过没有？"

"锁片刚刚到手，他人有没有打开我不知道。"游俊肯定地说。

"如果能打开，可以鉴别其真伪。"李怀瑾说。

"请你帮我们打开。"

"我先打开你的金锁片，然后再打开我的。"李怀瑾用心抚摸着几十年未见的锁片，又说，"请给我一枚大号缝衣针。"

小吴妈很快拿来一枚缝衣钢针，李怀瑾无须老花镜，在很不显眼的地方插进缝衣钢针，锁片很快被打开，夹层中间有一个扁平的空间，里面有李怀瑜的姓名和出生年月的纸片，然后李怀瑾用同样的方法打开他自己的锁片，里面也有李怀瑾的姓名和相同的出生年月的纸片。双方的字迹出于同一时间、同一人之手。安鲁玛、舒芸以及李莉娅惊呆了，现在谁也不能怀疑两枚锁片不是一对。

"通过这枚锁片就能顺藤摸瓜，找到你的亲妹妹的下落。"李莉娅迫不及待地说。

"还不能完全确定。"李怀瑾说。

"为什么？"李莉娅困惑了。

"也许有锁片的人不一定是我的妹妹，我妹妹手中几乎不可能有锁片。"李怀瑾耐心地解释给李莉娅听，"我是说几乎，不是肯定，凡事总有万一。"

"如何鉴别这枚锁片的持有人是不是你胞妹？"李莉娅又不解地问，至此她方才明白游俊的谨慎，原来李怀瑾也是如此，这是常理。

"第一，她或者她的长辈有失踪或被拐卖过的经历。"

"爷爷，锁片持有人的确被人贩子拐卖过。"李莉娅说，"否则他们不会对这枚锁片感兴趣，我也不可能出面帮忙。"

"她有被拐的证据？"李怀瑾很谨慎地问。

李莉娅从容不迫地从游俊的包里拿出一沓照片给李怀瑾，说："这是金锁片持有人被拐卖的地方，也是游俊前不久去核实过的地方。"李莉娅讲述了一位老太太被拐卖的简单经过，大家一起听她的叙述，都感觉到伶牙俐齿的李莉娅将故事讲得生动形象。李怀瑾感觉到李莉娅所叙述的故事中，那位老太太被拐卖的时间以及被拐卖时所穿的衣服，和他妹妹当年失踪时的情形相当吻合。于是李怀瑾提出最关键的问题。

"第二，我的胞妹身上有一块胎记。这两条都对上了，她就是我的亲人，你们见过？"李怀瑾不紧不慢地问道。

"啊？这么复杂！"李莉娅有点不知所措，"假如当年你胞妹身上没有胎记，那怎么办？"

"那就更复杂了。"李怀瑾说，"在她出生时，苍天送给了我们一个凭证。"

这是李莉娅、安鲁玛和舒芸都没有想到而且必须通过的一道难关，成败在此一举。包括李莉娅在内，所有的人都看着一声不吭的游俊。

"李老，您看怎么办？"游俊问。

"在座的都是君子，事情很好办，我们共推一位中间人，各自说出胎记的位置、大小和形状就行了。"

"北京方面我立即负责联系，一有消息就告诉大家。"到了最激动人心的时刻，游俊不慌不忙走完计划的最后一步。这时路家大院所有知情人想到下午大家分手时游俊所说的话，暗地佩服他的预见性。

"小路大夫，能否拿两只蜜丸蜡壳？"张昶彧问路本善。

"我去拿。"不一会儿，路本善拿来两只装中药丸的空蜡壳，还有蜡和熬蜡的器具。

李怀瑾秘密写下了胎记的位置、大小和颜色，揉成纸团，由路本善当着所有人的面将蜡丸封好，李怀瑾在封口处刻上自己的名字，然后放在两只锁片的中间。

游俊去打电话，得到消息后回来告诉大家。

到了邮政代办所，游俊拿出柜台上的蘸水笔和小纸片，写上电话号码交给代办所的陆老板。他看着纸条，左手压住搁在话机上的话筒，右手使劲摇动话机摇把。摇了两下电话铃响了。他很专业，拿起话筒"喂喂喂"呼叫几声，向总机接线员打招呼，接着说他是紫藤代办所的陆文彬。很快听到里面发出更加专业的回答声："我是海州电信局总机十号接线员。""我要北京，电话号码是××××××××。"

陆老板放下电话，过了好长时间，紫藤邮政代办所的电话终于响起。

"接通了，接通了！"李莉娅激动得跳起来。

"妈！我是莉娅，爸爸呢？请他接电话。"李莉娅把电话交给游俊。

"伯父您好，"游俊亲切而沉稳地说，"时间太迟了，打扰您和李所长休息。"

"没关系，你们更辛苦，我们已睡了好一会儿。事情办得怎么样？"

"一切按既定方案进行，很想得到您的指示。"

"你估计得很准，左下、后上、中圆、灰黑。"雷鸣一个字一个字慢慢地说，"我再说一遍，左下、后上、中圆、灰黑。"

"左下、后上、中圆、灰黑。伯父，我完全明白了。"游俊重复了一遍口诀说，"早晨6点左右，我将最终的结果向您汇报。李所长还有事要向我们叮嘱吗？"

"没有了，明早见！"这是李若男的声音，"老雷要我向各位伯伯叔叔问好，感谢他们的帮助！特别感谢安鲁玛和舒芸两位，欢迎她们来京旅游，我们期盼与大家见面。"

紫藤巷邮政代办所的电话已安装了一个多月，每天进进出出的"市话""长话"不少，陆老板从未听到过这种诡秘的通话内容，他带着疑惑送走了客人，习惯抚摸光头的他又一次抚摸着油光水滑的脑门嘀咕一声："天哪，这是什么通话内容啊！"

游俊他们回到路家书房，看到李莉娅眉开眼笑的样子，所有的人都为之振奋。

"北京的电话不太好打，所以耽搁了一点时间。所有的一切都明白了，持有这块金锁片的老人身上的确有一块胎记。"游俊拿起笔写在纸上，然后读给大家听，"位置在老人左大腿后侧中间的部位，是灰黑色，有银圆那么大。"游俊慢条斯理地读过两遍，把纸条递给李怀瑾。

"李老，关键的时刻到了，如果游俊说得对，我可替您打开蜜丸，现在一切听您的。"张昶彧平静地说。

李怀瑾站起来，一个字没说却痛哭流涕。路本善赶忙走到他的身边，搀扶着李怀瑾说："您老有话慢慢说。无论游先生的话与你的记忆能否对上号都千万注意保重。"

"我早也盼夜也盼，盼到天明梦一般。小路大夫，我不是在做梦吧？"李怀瑾有点语无伦次。

路本善想请他坐下，他执着地转过身对游俊说："游先生你是神探，一切在您的掌控之中，我替我的父母和妹妹向您三鞠躬。昶彧老弟，你替我打开吧。"

张昶彧像魔术师一样用他那灵巧的手慢慢打开蜡丸，轻轻理平被揉皱的纸团，两只指头捏着纸的上端，展示在大家面前。他幽默地问李怀瑾："您能确认这是您所写的纸条？"李怀瑾点点头。"我能代表您宣读上面的内容？""能！"李怀瑾坚定地说。张昶彧大声朗读老人所写的字，与游俊所说的合缝合榫。他把两张纸条传遍在座的每一个人，大家向李怀瑾表示祝福。可是他说："游先生能否告诉老朽，我的妹妹她在哪儿？一切还安好？"

"爷爷，迄今为止，我真的没见过您的妹妹李奶奶，如果见到过，我早已打听清楚，也不会深夜打电话给她的家人，让诸位在这儿久等。不过会有人回答您的提问。"

"舅爷，您的亲妹妹就是我的亲外婆，不是您一再追问，我们真不知道她老人家与我一样，一出生腿上就有同样大小的胎记，遗传的基因威力无穷啊。"李莉娅终于说出心中早已想说的话，"舅爷，这么多年您执着地寻找，且不说吃尽千辛万苦，精神上还戴着沉重的枷锁，至今孤身一人。您看似穷困潦倒，谁也不能理解您的强大。游俊看懂您，他说您忍辱负重，您暂时放弃所谓的尊严，为了取得更大的温情。您无愧于祖先，无愧于父母，无愧于所有的亲人，您是我们晚辈的榜样，是值得我骄傲的精神力量，您不愧是名门之后。舅爷，请接受您的亲外孙女对您最诚挚的敬意。"说着，李莉娅扑通一声双膝着地，跪在李怀瑾的面前，两手抱着他的双腿，泣不成声。

所有的人都被李莉娅的深情表白所打动，想不到一位看似大大咧咧的高干子女有如此的血肉情怀，纷纷离开座位走到她的面前。

舒芸和安鲁玛拉起李莉娅，她向大家歉意地一笑，接着说：

"舅爷，这次你们兄妹团圆，要感谢的人太多太多，要感谢的话千言万语，留着慢慢说吧。今天，我当着各位长辈和平辈的面，向游俊表白几句。"她把游俊从人群中拉出来，双手握着他的手说，"没有你就没有今天的重逢，你是我最看重的人。因为你胸怀宽广，一切为他人着想；你聪明好学，但大智若愚，从不沽名钓誉。你永远是我的师长，我最亲密的战友。无论你以后飞黄腾达还是庸庸碌碌，我都无怨无悔，不改初衷。"

舒芸对游俊说："莉娅明明白白向你表达了心意，你也给人家一个回答。"游俊觉得当着大家的面说一番让人肉麻的话不是不可以，只是不合适。他沉思片刻，对李莉娅，也是对在座所有的人说："莉娅的话我很感动，这样的感动不止一次。记得我们认识不久，她就羡慕我的出身，说她的外婆是个弃婴，自己是漂泊的浮萍。她要不遗余力地去寻根，直到拨云见日，否则誓不罢休。我听了很佩服，也总想做件让她心动的事。现在我骄傲地告诉你，我们共同的外祖母不但不是弃婴，而且是名门之后。莉娅，你的包袱落下了，我的夙愿实现了。这一切只是开始，我永远是你的骄傲，因为你是我的骄傲。"

3

激动人心的一幕落下了，李莉娅呆呆地看着她朝思暮想的亲舅爷，思绪万千。此时无论多么动听的语言都苍白无力，唯有幽默才是大餐后最清爽的一碟小菜，让人开胃。李莉娅开心地调侃："舅爷，您还去车站码头、寻找亲人吗？明天还回镇江吗？"

"从此我不再为寻亲而奔波，但是明天必须回镇江一趟。"

"为什么？"李莉娅一听傻眼了，"剩下两天就过年了，您还有什么放不下的事？待到春节后再回镇江也不迟。"

"的确有事，我有一个未了情，必须要在节前完成，我想请昶彧兄和游俊先生陪我走一趟，当天回来。"

"我也陪您一起去。"李莉娅立马接过他的话。

"明天去镇江的票肯定难买，即便买得到去镇江的票，也不一定买得到回程票。"舒芸非常担心，不知李怀瑾为何定要回一趟镇江。

"我有个学生，他爸爸是海州森林机厂的厂长，厂里有一部嘎斯车，不过听说最近车子坏了，趴在库里。"尹亦凡说。

"只要不是一堆废铁，游俊就能发动得起来。"李莉娅说。

"话不能这么说，试试吧。"游俊谨慎地说，"厂长是谁？"

"戚志文，他说小时候与你很熟。"尹亦凡又说。

"戚胖子？没问题！"游俊看看表说，"现在是深夜2点，6点向北京报告好消息，7点借车，8点出发，晚上回来喝酒。"

"你能这么肯定？"舒芸有些不放心地问。

"他的车况我不清楚，他的人品你也知道，有点花花肠子，但人不坏。今早7点见。"

清晨5点，舒芸轻手轻脚地离开温暖的被窝，火炉散发出的热量烤得她有些口干舌燥，而李莉娅正四脚朝天地躺在松软的被窝内享受着冬夜的温暖，这就是南北区域的差异。

春节前后安家不开伙，都去路家大院吃大锅饭，路诚要求哥哥在节日期间陪他睡在东院西二楼。按理早晨舒芸应很清闲，然而练一套拳脚是她每天的功课，庭院也得收拾干净。更为重要的是，昨天发生的事情太多，从安鲁玛家回来太迟，她没时间给安鲁璠"写信"，早晨必须补上。心里有事不能偷懒，虽然迟睡但仍得早起。

舒芸练过拳脚，回来打开抽屉，拿出笔记本，关好房门，走进属于她的小书房，把昨晚的日记补上。日记中她告诉安鲁璠："四个小时前，大家目睹李老与莉娅认亲的感人场景，给他注入了无穷的自信。一位孤独无助的老人在茫茫人海中以非凡的毅力最终找寻到失散几十年的亲人，我们总有一天会相逢在明媚的阳光里，再也不受思念的煎熬。"

补写完日记，舒芸去厨房烧水，安老太太已经走过来，见到儿媳说："你们年轻人瞌睡多，应该多睡一会儿，这点小事我来料理。"舒芸说："我忙得过来。洗漱水烧温了，我焐在焐子里。茶水已开了，我给爸爸送到书房。"

舒芸把开水送到大书房："爸，茶在这儿。"安少愈接过茶壶，舒舒服服品了一口热茶，指着刚写成的一首诗对舒芸说："读给我听。""细雨如酥未湿衣，唯有春芽最先知。沧海无边风浪急，心船泊岸会有时。"舒芸慢慢读着安少愈刚写成的字，细细品味其中寓意。

"说说你的想法。"

"通过昨晚发生的事，你在称赞游俊和李老先生，一个善于捕捉看似并不显眼的有利因素，一个勇于向多舛的命运发起永不言败的挑战。"

安少愈笑着又品了一口清茶。

快到 6 点，舒芸离开大书房，去房间叫李莉娅起床。这时李莉娅已醒了，懒洋洋地躺在床上，看着墙上安鲁璠、游俊和舒芸三人当年的照片发呆，心里五味杂陈。

舒芸一进门，就看到李莉娅的表情，大为不解："想家了？"李莉娅摇摇头，说了一句没头没脑的话："嫂子，我们一起去吧。"

去北京？舒芸心里想着，可没有说出口，只是不解地问："去哪儿？"

"去镇江。"

"今后两天该忙的事情够多的了，我怎能去镇江？再说这是你们的家务事，我不便掺和。"舒芸看着她的表情，无论如何都琢磨不透她的目的所在，只一味地催促她，"快起吧，游俊还要跟你爸妈通电话，有他的陪伴，你永远不会孤单。"

"你不答应我不起床。"李莉娅说道。

"好，我答应你。"舒芸笑得纯真、坦诚，正在这时她听到了熟悉的敲门声，"我去开门，他来了。"

"你去吧，我起床。"李莉娅说道。

舒芸陪伴游俊走过院子里很长的一段路，来到客厅前的廊檐下，她拐进小书房，让游俊一人走进莉娅的房间，这时李莉娅已经起床。

"睡得好吧？"游俊走进房间，感觉到暖气扑面而来。

"嫂子呢？"李莉娅问。

"你把她藏起来了？"

"是你把她弄丢了，她不是给你开门去的？"李莉娅又说，"告诉你，嫂子答应跟我们一起去镇江，你高兴不？"

"驾驶员无关紧要，但是后面坐三人简直是受罪，特别是中间的那个位置，这你又不是不知道。"游俊并没给李莉娅捡到便宜。

"我要赎罪。"李莉娅莫名其妙地支吾了一句。

"那赶快出发。"

出门没走几步，他们仨就到了街口的紫藤邮政代办所，陆老板光着头迎着寒风站立在晨曦未现的紫藤花巷的石板路上。

"各位早上好！"陆老板迎上前去打招呼，"我提前给总机通过电话，昨晚的疙瘩不会再现，三位里面请。"

电话接通了，游俊让李莉娅接听。

"妈，深夜2点多我们和舅爷商量过了，胎记是无法复制的证据，锁片是经同一匠人之手的物证。两证俱在，谁也不能阻止骨肉的团聚。各位亲朋好友现场见证了这一令人难忘的时刻。妈，我抱着舅爷哭了，但心里很畅快，这一切全被游俊收藏到他的相机里。妈，外婆和舅爷能在节后相逢，游俊功不可没，你心里应该有数。今天吃过早饭，嫂子陪我去镇江舅爷现在的家，将来我要请嫂子和二姐去北京，你不能怠慢。"

"应该，应该！我和你爸一定招待好海州来的贵宾。还要告诉你一个好消息，你上海的盛叔叔也要去山东，他对海州的几位叔叔评价很高——"

"妈，我们马上就要出发了，让舒芸嫂子和你讲几句。"李莉娅打断母亲的话，把话筒递给舒芸。随时随地做出别人意想不到的事是她一贯的作风。

舒芸尽管有些措手不及，还是接过话筒亲切地说："伯母您好！我是舒芸。四个小时前我们一起见证了莉娅与舅爷的团聚，场面太感人，大家很激动。再过几天你们就见到舅爷了，他虽饱经沧桑，但不失名门风范，值得我们崇敬。我们非常期待伯父、伯母携外婆、外公来海州做客。这儿既是游俊的故乡，也是你们家的吉祥宝地。"

"舒芸姑娘真会说话，莉娅一直在我们面前夸你，今天听到你的声音，我更坚信莉娅的赞美。好姑娘，和你二姐一起来北京吧，我想你们。"

李莉娅听了母亲的几句话更加开心，她接过舒芸手中的话筒对母亲说："妈，别啰唆了，我们山东见！"

天大亮，陆老板终于明白这是怎么回事，游俊的丈母娘家是个一般电话打不进去的高官家庭，可他依然表现得不卑不亢。送走这几位不同寻常的客户后，他又一次抚摸着油光水滑的脑门，对着远去的游俊竖起大拇指。

打过电话，他们直奔路家大院吃早茶。李莉娅进入客厅没找到李怀瑾，她又进了书房，终于找到人了。她把与妈妈通电话的消息告诉李怀瑾，他听了挺开心，要他们赶快吃早饭，今晚有暴风雪的消息他也知道了。天不如愿，他心里有些着急。

早饭很丰盛，可李莉娅的胃口不好，她怕借不到车而让舅爷心里焦虑。"车子只要不坏，一准能够借到。"游俊不仅说得云淡风轻，饭也吃得很香，但心里清楚，今天一天的工作量不会比昨天少，首要任务是填饱肚子。

安鲁玙叫了两辆三轮车向厂里出发，不一会儿到了森林机械厂。戚胖子站在厂门前迎接，一看笑了："四位乘着三轮来借汽车。"舒芸说："你把车开过去我们就省事了。"戚胖子说："我只会开车，不会修车，否则哪能让你们来回奔波？"

"少说废话，带我去看车。"游俊拍了拍戚胖子。

游俊路过加油站，把几乎空空如也的油箱加满后又加了两加仑桶汽油，回家接舅爷和七叔。

嘀嘀嘀……汽车喇叭响了，引来一群小朋友，路家大门打开了，大家出来为他们送行。

"我舅爷呢？"李莉娅问，"舅爷不来，我把车往哪儿开？以前被丢掉的是外婆，今天失踪的不要是舅爷。"

游俊指着台阶上身穿派力司长衫、头戴东北大皮帽、鼻梁上架着墨镜、手里拿文明棍的人说:"你看那是谁?"

"哎呀!这么一打扮,我都认不出来了。"李莉娅坐在嘎斯后排左侧位置上嘀咕一声。

"大变活人"的"魔术师"是安鲁玙。深夜2点临时决定今早要去镇江,她想,认亲的事已经尘埃落定,应该让老人风风光光地衣锦还乡。客人们都走了,安鲁玙和路本善嘀咕几句,从橱柜里拿了些钱,一个人连夜赶到裁缝店。裁缝店灯火通明,安鲁玙放心了。杨裁缝看到鲁玙,感到吃惊。在这时候赶来,他还以为老人有重大变故。安鲁玙解释一番,杨裁缝才定下神,说衣服做好了,余下的事情是盘纽扣。他立即吩咐大儿媳和大女儿:"你们停下手中的活,帮我盘纽扣。"他亲自钉纽扣,当最后一粒扣子缝到衣服上时,天已蒙蒙亮。安鲁玙感激不尽,除了说好的工钱,又包了一个红包。衣服拿回来不久,舒芸她们也就过来了。安鲁玙一夜没睡,今晨她本想和李莉娅、舒芸一起去坡子街鞋帽店,听说她俩也要跟着去借车,只好放弃这个念头。待四人走后,她拽着七叔张昶彧一起陪李怀瑾利用仅有的一点空隙去买鞋帽。安鲁玙说这是李莉娅的意思。她替李莉娅的外婆为李怀瑾买了第一双鞋。

回来之后,张昶彧陪李怀瑾走进书房,安鲁玙请公婆和父母到客厅稍稍休息,样子挺神秘。"中规中矩"是安鲁玙的一张名片,长辈们并没多想,随她过来。刚刚坐定,就见迎面走来一位仙风道骨的老者,脱下帽子,放在胸前,向四位微微躬身,后面跟着拎包的安鲁玙。安少愈和路琢如同时起身来到老者面前,笑着说:"久违、久违!请坐,请上座!"所有的人哈哈大笑。

"爸、妈，这出戏演得不错吧？"安鲁玙笑弯了腰。

"凭李爷的满腹经纶和风雨历练，撑起这套行头绰绰有余。"安少愈赞叹道。

"李爷，您稍坐片刻，晚辈们去去就来。"路琢如把安少愈和张昶彧请过来，三人到后院去了。

三人来到储藏室，一个架子上平放着五六根手杖，无论质感、造型，均为上乘，有些手杖路琢如的父亲偶尔用过，有些完全成为收藏品。"七弟，你看哪一根能送人？作为我们'七兄弟'的礼物，既要有含金量，又要闻不到铜臭味。玙儿和芸儿为老人打扮的这套行头提醒了我，老人具有良好的文化素养、精神气质和修长的身材，就差那么一点点缀——文明棍。三哥，你看呢？"

"很合适，只是让你破费。"

"既然如此，你挑最好的，这方面我是外行。"路琢如又对张昶彧说。

"这根手杖最好。"张昶彧说，"它是用沉睡千万年的古沉木制作而成的，送给李老非常有寓意。"

不一会儿，他们回来了。张昶彧手中拿着一根手杖走到李怀瑾面前，安少愈接过手杖，代表大家说："这是我们各位兄弟送给您老的一件小礼物。"

"这份礼物特别名贵，老朽受之有愧。"

"李爷您收下吧，它因您重见光明，您因它精神抖擞。迈入古稀之年，应该有个帮手，这位帮手非常适合您的气质。"路琢如诚恳地说。

门外喇叭响了，安少愈把手杖塞到李怀瑾手中，大家向大门走去。

8点的太阳温柔地洒在紫藤花巷的石板路上，站在台阶上的

228

每一个人都沐浴着阳光，谁都不信今晚会有风雪来袭。四位乘客在大家的告别与祝福声中离开温馨的路家大院。

车子很快驶向公路。路况不好，尘土飞扬。汽车很少，人流如潮。游俊不敢大意，以前在国外山区聚精会神地开车是为了保护自己和同行者，今天眼观六路，耳听八方，是为了防止横穿马路的行人被他撞翻。舒芸第一次坐在高速汽车上，她头有点晕，幸亏安鲁玙早给她服下一粒晕车灵，尽管车速较快，她胃里没有翻江倒海。游俊的车技到了炉火纯青的地步，让李莉娅感到骄傲。"莉娅，他平时开车也这么野蛮？"舒芸担忧地小声地问李莉娅。"很少有高速疾驰的时候，只有需要超车时会猛踩油门，超车以后立马降速，不信你问他。"李莉娅对舒芸解释道。"别干扰我开车。"游俊的声音低沉而严肃，吓得李莉娅直吐舌头，她俩再也不敢发声。

4

"谁在叫我老码头？"一位看似年纪不小的码头工人看到一辆嘎斯车旁站着几个衣着光鲜、举止文雅的人，没有一个他认识的，听声音有一个似乎很耳熟，"是眼睛被蒙蔽了还是耳朵中了邪？"这位被称为"老码头"的老工人觉得奇怪。

"是我哎，才过几天就不认识人啦？"李怀瑾掉过头透过茶镜一看是人称"老码头"的瓜洲渡口超期服役的老站长，他迅速地摘下墨镜过去和这位为人豪爽的老朋友打招呼。

"不是我眼光高了，是你鸟枪换炮了。这一身打扮看得人眼花。"老码头"笑得很开心，估计李怀瑾是碰到贵人了。

"先吃糖。"李怀瑾跑到嘎斯车旁，打开车门从他那只鼓鼓囊囊的黄色布口袋里拿出两袋上海产的水果糖，这是他重点要感谢的恩人之一。

"拿几块就行了。""老码头"看李怀瑾高兴的样子，想不到咸鱼真的翻身了，"糖我不在乎，你分给大家吧。"

"这糖是给你两个小孙子的，你喜好的东西下午回来带给你。"李怀瑾把两袋糖果硬塞到老朋友的大衣口袋里，"告诉你，这是我亲妹妹的外孙女，这位是他的先生，这是喜糖。"他拍拍"老码头"的大衣口袋，喜悦之情溢于言表。

"啊！真被你找着啦！""老码头"又惊又喜，感叹不已。

"老伯您好！"李莉娅伸手礼貌地与"老码头"打招呼。看似粗俗的"老码头"和李莉娅握了握手，心想："看模样，这个小丫头见过大世面，跑过大码头，是位洋妞儿。"他仔细端详，"她和李老头的长相的确有点相像。如果良心也和他一模一样，李老头的苦日子算是熬到头了，否则只是虚名，说不定还会闹出麻烦……"时间不允许他多想，汽笛声打破他的思绪，镇江过来的汽渡快要靠岸。"我要去接船，待会慢慢谈。"他嘴里咬着口哨，两手舞动着指挥旗，迎着汽渡向江边跑过去。

很快汽渡被清空，迎来之后即是送往，他继续挥舞着旗帜指挥各种型号的车辆停在他心中盘算好的位置，"老码头"每次总会比别人的多装两辆车。嘎斯最后一个上船，游俊轻松地握着方向盘稳健地向船上驶来，车停妥后他轻声鸣笛向"老码头"致谢，"老码头"用旗语向年轻人致谢，双方给严冬带来一丝暖暖的春意。

汽渡装满汽车，精确到连一部自行车也塞不进去的地步。好几分钟过去了，汽渡上的船老大尚未接到启航的命令，这是一种反常现象，他重重地拉响了两声汽笛，是提醒，也是不满。岸上的调度依旧没有反应。"出事故了？""老码头"匆忙向岸上奔去，没走几步只见一群人抬着一副担架向停泊在江边的汽渡冲来，他们齐声高呼。听不清那些人在说些什么，游俊听到呼唤后赶忙下车向岸上冲去，李莉娅她们也随后匆匆赶来。担架上躺着一位难产的孕妇，游俊了解情况后问他们："过了江你们怎么办？就这么抬着去镇江医院？"他很清楚，从镇江码头的江边到城里有十几里路程，这段路除了长途客车没有其他公共交通工具，更不用说去人民医院。

"你说怎么办？"其中一个愣头青气冲冲地问。

游俊并没有跟愣头青计较，坚定地说："大家快上船。老站长，你将我车上的四人分散到其他客车上，我把他们直接送到镇江人民医院。"

"同志，太感谢您啦。""老码头"被游俊的决定所感动。

"大伯不要客气，我先生曾是国际红十字会的会员，救死扶伤是他应尽的职责。"李莉娅从游俊的包里拿出一个白色的红十字袖章替他戴上，"这是当年他在国外时参加国际救援组织的证明，留学回国后，这个袖章一直伴随在他身边。"

"你认识去医院的路？"镇江的街道只知依山傍水，不论东西南北，一位来自北京的青年在镇江能辨别方向就算不错的了，"老码头"显得有些焦虑。

"船上卖狗皮膏药的人有镇江地图卖，我只要看一眼医院就装在我心里。"游俊向他保证。

"好孩子，一切拜托。""老码头"好生感动。

所有的人上了船，码头发出启航令，汽渡划破雾气沉沉的江面向镇江方向驶去。"老码头"打起旗语向嘎斯车致意：一路平安！

汽渡渐行渐远，消失在茫茫的江面上。"老码头"思绪如潮："李老头苦了一辈子，终于找到了属于他的晚年，我却失去了一位掏心窝子的朋友。""老码头"突然想起："哎呀！后天就过年了，今年的对联谁来帮我写？"他对着东逝的江水突然想到这件本不该担心的小事，有点怅然若失。天上飘起雪花，打在脸上，冰凉的。他像一尊雕塑，伫立在江北岸边，目睹着空蒙东逝的江水。

汽渡上长途客车的驾驶员几乎没有一个不认识李怀瑾老人的，他们找到一辆尚未满员的来自淮阴的加班大客车，跟驾驶员说明情况后很快坐到零星的空位上。

刚坐稳，舒芸对李莉娅说："游俊一人在小车上，差个帮手，车上又是一位难产的孕妇，作为男子的游俊着实不太方便，我想过去搭把手。"尽管游俊与她是好朋友，也是他的嫂子，但他是属于李莉娅的，必须征得她的同意。

"嫂子，还是我过去吧。"李莉娅脱口而出，这在舒芸的意料之中，接着她对自己的话加以一番注释，"今天本想请舅爷陪我俩逛逛江边的金焦二山，没想到碰上糟糕的天气，又遇到难产的病人，让你过来受罪真的过意不去。"

"这事还是我去为好，爷爷一心想带你到他家看看，千万别离开他。"紧急关头舒芸很果断，没有一点矫情。

"我听你的。"李莉娅听了嫂子的话很感动。

舒芸走到张昶彧和李怀瑾的身旁，把和李莉娅商量好的决定告诉他俩，李怀瑾把他家的地址写给舒芸，并说他的家就在长途汽车站附近，很好找。

　　"嫂子，你怎么过来了？"游俊看舒芸冒着风雪从前面走来赶忙下车迎接，"是不是没有座位？"

　　"我和莉娅商量过了，她和七叔照顾舅爷，我来帮你照顾病人。"舒芸几乎在跟他发号施令。

　　"就这么办！"游俊对舒芸爽快地说，"船也快到岸了，我们上车准备与死神赛跑。"游俊帮助舒芸掸去身上的雪花，帮她打开副驾驶边的车门。"你知道医院在哪儿？"舒芸问。"为了稳妥，我在船上买了一张镇江地图。"

　　远处客车上的李莉娅贴着车窗上的玻璃像欣赏哑剧一样看着风雪中他俩的一举一动，脑子里不停为男女主角配音。他们上车了，李莉娅离开车窗，哑剧还在脑海里盘桓，且问自己："游俊那么精明能干，真的还需要帮手？"

　　舒芸上车后听到孕妇不停地呻吟，她蜷缩着身躯从副驾驶的位置爬到后排，抚摸着孕妇的手背，掐着她的合谷、太冲两个止痛穴位，并像心理医生一样安慰她，让她以即将做母亲的喜悦冲淡分娩所带来的阵痛，迎接新生命的到来。

　　不一会儿，舒芸从包里拿出一只用棉焐焐着的盐水瓶，在干净的手绢上倒了一点温水擦洗患者干裂的嘴唇。过了一会儿，孕妇的情绪稳定了许多。游俊真想不到舒芸还有这么一手，到底学过几天妇产科。

　　警车一边发出警报，副驾驶位置的警察一边摇旗向沿途行人车辆示警。10:56分嘎斯到达市人民医院门前，两位警察帮他们将患者抬下车进入急诊室。

　　"我们立即抢救，请预缴一百元费用。"一位负责人模样的医生预诊后说。

　　"啊！"这时患者的两个家属傻眼了，匆忙之中他们忘记了带钱。

"糟糕，我的皮包在莉娅手上。"就连一向处变不惊的游俊也感到因自己的疏忽而犯下不可饶恕的错误。

"请问在哪儿缴钱？"舒芸问那位负责人。

"跟我来。"这位负责人见患者家属毫不犹豫去缴费感到很开心。

"整个费用大概需要多少钱？"舒芸边走边问，"我想一次缴清，因为我们还有更重要的事情要去办。"

"你们患者家属准备搁下钱走人？"

"我们不是患者家属，是红十字会成员，患者家属也来了，他们会签字，我们来付款。"

"啊！你们不是家属？"负责人感到更为吃惊，"我们都是同行，那你预缴一百五十元，多退少补。还带了这么多的钱？"

病人进了手术台，游俊的心终于安定下来。他问舒芸："嫂子，你身边怎么带这么多钱？"

"还不是为了你们李家？这钱是我陪二姐上街为舅爷买布料准备的，二姐不让我付款，我一直放在口袋里。你知道后来我为什么想和你一起护送病人？"

"你说。"游俊真的没有想这么多，只要有嫂子在他感到踏实。

"看到这位产妇想到我的母亲，我们不能再让肚子里的孩子刚出生就失去母亲，丈夫失去妻子。"舒芸饱含泪水地对游俊说。

"嫂子真机灵，她告诉我这句心里话的目的是要我解释给莉娅听，以免她产生误解。"游俊心想，然后对舒芸说："今天你解决了钱的问题，当时要拥抱你才能表达我对你的感激之情。"

"你我之间不允许有这种想法，你唯一能拥抱的只有莉娅。"

舒芸说道。

"我还要提醒你，"舒芸说，"你不但要留住过去，把握现在，还要珍惜未来。莉娅是个好姑娘，她是你的未来，要珍惜她对你的爱。"

"我一定。"

又过了半个多小时，急诊室的门被打开，出来一位小护士，说："谁是产妇的家属？""我们是。"舒芸赶紧向前，"大夫，情况怎么样？"

"婴儿出生了，是个女孩。"里面隐隐传出婴儿的哭声，"听到没有？这是她来到人间的第一声啼哭。"

"母亲怎么样？"舒芸着急地问。

"母子都平安，"护士说，"再迟一会儿就难说了，真幸运。"

当游俊和舒芸进入医院为病人缴费办理住院手续忙得不亦乐乎的时候，李怀瑾带着张昶彧和李莉娅回到了"阔别"数日的自家门前。他的家在一条老巷子的最里边，大雪给路边的墙角勾勒出一条白色的线条，坑坑洼洼的路上积满了污泥浊水，有些湿滑。这远不及李莉娅心目中的紫藤花巷。这就是李怀瑾在镇江居住了近五十年的"新家"，他指着简陋的大门歉意地一笑。张昶彧和李莉娅并不在意这一切。李莉娅看着早已褪色的，似乎印在门上的对联，领略被时光摧残过后所留下的风骨豪情，她大声读起来："春暖花开，融泥燕来，横批是翘首以待。""天下无双的一副对联，已将近五十年。"李怀瑾一边掏出钥匙开门一边诉说这副对联的历史。"今年怎么写？"张昶彧问。"昨晚我已想好，今年稍有变化，对联是'春暖花正开，融泥燕归来'。门楣上的横批是'风光无限'。""噢，我懂了，舅爷是为了一副稍有变化，意思却迥然不同的对联，顶风冒雪回到镇江。"李莉娅一路的未解之谜忽然在无意中找到了答案，感到自己突然长大了，等游俊回来仔细讲解给他听。李怀瑾打开锁推开门，院内给人以苍凉、清冷和萧瑟的感觉。院子不大，低矮的正屋只有两间，一室一厅。西房前边有一间不起眼的袖珍厨房，比正屋还要简陋，大概是后来另外砌的。没有人迹的地面已经铺上一层薄薄的积雪，西南墙角处有一棵素心重瓣蜡梅，在风雪中独自开放。"这是我来时栽下的，院子太小我不让它长大，反复精心修剪，结果成了如此奇特的梅桩，有人想出高价买它。我失去得太多太多，再不能为了几个铜板失去我的精神寄托。"李怀瑾的执着是用倔强作为底色，所以永具活力。"这株蜡梅确有情趣，它是在时光的流淌中用心雕琢而成，难怪你不舍。"张昶彧体会到李怀瑾的艰辛。

走到厨房门前，李莉娅向里扫了一眼，除了有她在海州见过的南方锅灶，还有从上而下挂着的一块五花肉和一条大头鲢，鱼、肉上面都贴着一小块红纸。"这是我为过年准备的。"这也是李怀瑾全部的年货，他向李莉娅解释，自己并不觉得寒酸。

客厅和房间的情况比厨房好不了多少，一切家具都很陈旧，甚至到了破损的地步。

"昶彧，不知游先生何时能到，我抢先把人情债还掉。"李怀瑾从抽屉里拿出一卷卷裁好的对联，每一卷背后上都用铅笔写上户主的姓名以及对联的内容。再多的对联也不可能弄乱。

"莉娅，来帮舅爷磨墨。"李怀瑾平时写字从不需人侍候，今天这是在享受天伦之乐。

"好的。"李莉娅毫不迟疑。

"我来磨墨，莉娅帮爷爷压住对联。"

给老邻居的几副对联写好后全部晾在地上，接着他打算帮"老码头"写："昶彧先生你帮我写吧，我有点眼花。"张昶彧拿起笔精神十足替他代笔。"最后你亲自给大门写一副对联。"张昶彧提议。

所有的对联写好了，年近古稀的李怀瑾挨家挨户踏雪送春联，老邻居们感激不尽，问他这几天去哪儿了，他应付几句走了。到家后他把自己门上的对联贴好回到屋内跟张昶彧说："时间不早了，我们到外面吃点午饭，接着还有正事。"

"午饭我已订好了，待会就去。"接话的是游俊，他和舒芸从外面走进了院子。

"你们回来啦！情况怎么样？"李莉娅好像见到久别的亲人。

"托大家的福，一切都很圆满，孕妇生了个女孩，母子均安。"游俊说，"快去吃饭吧，你们恐怕饿得前胸贴后背。"

"我有事和大家商量，然后再去吃饭，吃过饭直接去海州。"李怀瑾将想法告诉大家。

5

大约在五十年前，李怀瑾的父亲对他说："瑾儿，不孝有三，无后为大。趁我健在，给你成个家吧。"李怀瑾对父亲说："找不到妹妹我暂不成家。"

知子莫若父，父亲看出他失去的不仅是女儿，还将失去孙子，渐渐忧郁成疾。病榻上的父亲告诉李怀瑾："我家有两箱只能赏玩不能充饥的字画，是祖上流传下来的名人字画。如果找寻到瑜儿，这些字画兄妹俩一人一半。如果最终毫无结果，则将它们付之一炬。这些字画虽然年代久远，但保存得非常完好。"

随着时间的流逝，李怀瑾越来越老，他内心感到恐惧，如果找不到怀瑜，不但兄妹不能团聚，还要殃及这批文物。新中国成立后天下太平，百姓安居乐业，历史虽然没有因此改变他的命运，但他决定改变父亲的临终嘱咐。"我无儿无女，要这些宝贝又有何用？如果未来某一天有幸找到了妹妹，这些字画的一半仍归她所有，我的一半赠送给那些帮我寻找妹妹的朋友。如果还是打听不到妹妹的下落，我必须物色一位有志无私的青年，继续帮我找寻妹妹的后人，我的一份文物作为对他的答谢。如果他仍旧找不到妹妹的后代，由他再指定继承人，这样一代一代往下传，为的是保住这批文物。"李怀瑾实施他的新寻亲计划之后肩上的担子更重了，在寻亲、护宝的同时，他还得物色心仪的接班人。这是新的思路，也是一步高棋。几年过去了，他心中理想的人选始终没有现身，李怀瑾没有气馁，仍不断找寻。今年秋天在宴春饭店的大门前，一位仪表出众、目光文雅的年轻人差点与他擦肩而过。"此人终于被我寻觅到了。"李怀瑾一眼看中这位年轻人，内心激动无比，又转回饭店。怀抱道琴坐在远处看着他们，没想到年轻人主动与他交谈，请他共进早餐。内心感动之余将锁片给年轻人看了，同时也把希望托付给他，他就是游俊。

故事讲到这儿，李怀瑾说："我决定，交给我妹妹的那一半文物请莉娅代收，另一半交给游先生及他的后方群体，所以我请昶彧先生冒着风雪前来镇江鉴宝就是为了达到这一目的，莉娅又邀请舒芸姑娘一起成为后方群体中不可缺少的年轻人，现在各方面的代表都有了，我正式启动交接仪式。此前游俊和舒芸又挺身而出，救下素不相识的母女二人，这是吉祥之兆。"

"舅爷，你的宝贝在哪儿？"李莉娅看着李怀瑾空徒四壁的家被他搞糊涂了。

"就在这间陋室里。"李怀瑾说。

"这屋能藏宝贝?"李莉娅不以为然,舒芸默不作声,两人求救于游俊,老人又一次唱起《空城计》,音调比昨晚自信许多。

"七叔,我俩进房间。"游俊拉着张昶彧进了房间,其他人尾随其后。

两人掀开床上一层又一层被褥交给舒芸和莉娅,当最后一块床板被掀开之后,久不见天日的床下暴露在大家面前。地上除了堆满杂物,布满灰尘和蜘蛛网外什么箱子也没有,呛得李莉娅直打喷嚏。难道游俊也找错地方?李莉娅心里嘀咕。游俊仔细看过现场后将床前沿的杂物码放到床外。"爷爷,给我一把铁锹。"游俊请求道。"给!"李怀瑾递给他一把工兵用的钢锹,同时从院子里拿来一只箩筐。李莉娅什么都明白了,宝贝就在床下。游俊撬开地砖,里面出现一个硕大的木箱,打开箱盖发现箱子四周有一层厚厚的蜡纸,箱子中间放着一只箱子模样的大锡罐,拿出锡罐下面还有一只。"文物出土了。"李怀瑾兴奋地说,"每隔一年我就像游俊这样打开它,夏天晒一次,周围邻居以为我在晒书。"

一切又恢复原样,李怀瑾打开祖宗留下的两只锡箱请张昶彧鉴宝。由于时间紧迫,外面又下着大雪,张昶彧只抽出几幅说:"大开眼界,件件精品,回去慢慢欣赏。"很快大家用两只破麻袋裹住锡箱。这些文物在五十年之后离开镇江重回苏北。

又到宴春,李莉娅和舒芸扶着衣着不凡的李怀瑾下车,受到张经理的热烈欢迎。张经理近前一看:"这不是曾经朝夕相处的李老头?他们在演戏?"李怀瑾的一身装扮让张经理吃惊不小。当李怀瑾与张经理握手时,李莉娅说:"这是我舅爷,刚认亲不久。"

"了不得,了不得。李老的愿望终于实现了!游先生,今天我来做东，祝贺李老骨肉团聚。"每当张经理说到"李老"这两个字时，他特别注意千万别把"头"字带出来，那将大煞风景。谁都知道"李老"与"李老头"的称呼有天壤之别。

"外面大雪纷飞，吃过饭我们还得赶回海州，这次不让你费心，下次我还得感谢更多的朋友，届时请您捧场。"

"一定，一定。你所要的冷盘全都打包好了，装在两只纸箱里临走时带上。另外，我送你两份专门定制的宴春杂烩，请您笑纳。"

到了镇江码头，过江的汽车犹如长龙见尾不见首，游俊利用等候的时机给大家讲述了舒芸帮助照顾难产孕妇的故事，同时重点讲述她去了之后所起的作用。李莉娅听完故事深有感触："嫂子，你是活菩萨，你不去怎能解决孕妇的关键问题？我服了你了。"

"你去了不照样如此？"舒芸说，"老板娘肯定会带上老板的皮夹子。"舒芸指着李莉娅手上拿着的游俊的皮包说。她的话说得李莉娅很是开心。

"游俊，我问你是道高还是魔高？"过了好一会儿，前面的车子仍然没有动静，闲得无聊，李莉娅问了游俊这一句。

"当然是道高，否则天下大乱。"

"那么爷爷藏了几十年的文物怎么会被你在几分钟内找到了？"李莉娅在追问，"难道不是魔高？"

"刚进爷爷的院子他就对我说：'舒芸，别小看这座陋室。'当时我并不在意，谁知他有先见之明。"舒芸为莉娅的话做证。

"他在无处看到有，虚处想到实，假处辨别真。"李怀瑾非常佩服游俊慧眼的独到之处。

"这一切不是我猜到的，是舅爷昨夜亲口告诉我们的。"游俊说，"认亲前，舅爷在酒席桌上唱了一段《空城计》，我预感他的城里不空，家中有宝。认亲后舅爷还是提出回一趟镇江，请我和七叔一同前往，除了取宝没有比这更迫切的事。他担心人找着了，东西被盗。这座房子，别人被他蒙蔽了几十年，能说舅爷不高明？他是一位深藏于市的典范。"

前面的汽车终于在马达的轰鸣声中向前蚁行。

下午5点又回到瓜洲渡口。"老码头"在指挥车辆上岸的同时密切注视着游俊的嘎斯车。嘎斯上岸了，停在路旁，大家各自打着伞等待"老码头"过来。

"孕妇怎么样？""老码头"赶走过来关心地问。

"生了个千金，母子平安。"

"啊！你们一直在医院等着？""老码头"很奇怪，"没带钱怎能住院？他们家人都急坏了。"

"有游俊他们在，你还有什么好担心的。"李怀瑾对老朋友骄傲地说，"是舒芸姑娘付的钱。"

"这是他们的病房号，爷爷你收好了。去医院时要家属别忘记把小孩的衣服带上。"舒芸把纸条交给"老码头"。

"你们垫付了多少钱？"

"别提这件事，以后我舅爷路经这儿陪你喝一杯不就得啦。莉娅，帮爷爷把酒拿来。"游俊吩咐道。

李莉娅和舒芸把酒和肴肉以及给"老码头"写的对联全都拿来了。

"李爷，你想得真周到。下次路过这儿我做东。""老码头"怎么也想不到在这风雪交加的时刻老朋友给他带来他急需的，他感激地说，"你们得抓紧时间赶路，刚才天气预报说今晚有暴雪。"

漫天飞舞的大雪不远万里从西伯利亚来到寂静的苏北平原，道路湿滑是不言而喻的，游俊双目注视着前方，两只手紧握方向盘，只要稍有疏忽汽车就有侧滑乃至侧翻的可能。有时侧滑比侧翻更具危险，凭他们五人勉强能将侧翻的小车扶正，万一滑进排水沟，今晚他们唯一的选择是步行到海州。

　　"游俊，你慢点开。"看得出李莉娅心情有些紧张。

　　"这种路况比在阿尔卑斯山脉开车舒服多了，雪夜行车空无一人，爽啊。"游俊尽管内心紧张，镇定自若的神态给车上所有的人以莫大的安慰。

　　黑暗中大雪漫天飞舞，像白色的天幕挡住人的视线，游俊的车速慢得像蜗牛爬行，他对不再叽叽喳喳的两位女士说："唱首歌，我起个头。"

　　游俊吹起幽深动听的口哨，歌曲是《友谊地久天长》。也许是师道尊严，和他相处这么多年，李莉娅第一次听到他的哨音。舒芸则立马回忆起他少年时期给人逗乐的"拿手好戏"，知道游俊在逆境中回忆他们的青春年华。两位怀揣不同感受的女性带着同样的乐感同声哼起这首苏格兰民歌：

　　怎能忘记旧日朋友
　　心中能不欢笑
　　旧日朋友岂能相忘
　　友谊地久天长
　　友谊万岁
　　……

　　这首悠扬的歌曲难免有些忧伤，游俊的理解是，这种忧伤充满了希望和对未来的向往。两位女性唱得流下眼泪，舒芸更是泣不成声。

"坚强些，要唱出友谊是天下无敌的力量，"游俊说得意味深长，"再唱两遍，我们将进入海州地界。身处远方心在故乡，这是我在阿尔卑斯山开车时的感觉。"

游俊又一次吹起口哨，曲调比上次高亢激昂，两位长辈带头鼓掌伴奏，气氛比第一遍狂热而有力量。两位女中音一展歌喉，大家似乎忘记了他们在夜色中逆风迎雪艰难向前的处境。

晚上 7 点，游俊还没有回来，路家大院的大人小孩个个都显得惴惴不安。小吴妈时不时走到大门前听外面有没有喇叭声响。

"你不要走来走去的让人心烦，我到老陆邮政代办所去等，有消息向大家报喜。"吴镛说完向外走去，他实在压抑不住心中的焦虑，早一点知道早一点舒服。

老陆的代办所早已关门打烊，他继续向大街方向走去，恨不得跑到国道上与他们相会。空空如也的街上大雪纷飞，路灯光柱下的雪花像夏夜的飞虫满街乱舞。走到十字路口他犹豫了，不知车从哪个方向来，只能在路边张望。呆呆站了好一会儿的吴镛只得往回走，走到路家大门前他又掉头，朝着希望的方向迈开大步。一个来回，两个来回，三个来回……不知走了多少个来回，一道强大的光柱逼得他双目紧闭。"镛哥，外面大雪纷飞，你是上街打酱油还是出来观雪景？"吴镛听到熟悉的玩笑声后睁开眼睛一看光柱没有了，早晨的嘎斯车清晰地出现在他的面前，说话的是舒芸。

"按喇叭，快按喇叭！"吴镛没有回答舒芸的询问，拼命往回跑，他边跑边吼，"回来了，他们回来了！"

这时汽车喇叭声也传进路家这幢深宅大院，安然还隐约听到吴镛的叫喊声说汽车回来了！大家高兴得跳起来。路诚把头上的帽子扔到空中，安然捡起弟弟的帽子和大家一起向大门冲去。只听门外吴镛在巷子里仍不停吼着："平安回来了！平安回来了！"

　　沉寂了两个多小时的路家大院恢复了往常的生机。大家七手八脚地把箱包抬到院内。食品抬进厨房，麻袋送进书房，人们纷纷走进客厅。游俊带着镇江的礼物，把汽车还给戚胖子，吴镛提出陪游俊一起送车，得到大家一致的赞同。

　　"终于回来了。"安鲁玛松了一口气。

　　路家大院的人很快分成两拨，男士们来到书房，女士们留在客厅。张昶彧成了书房的主讲人，他打开锡箱，介绍里面的字画，尹亦凡立即请大家过来。沈同懋看到这么多保存如此完好的名人字画惊叹不已，向李怀瑾表示无限的敬意："李老功不可没！凭这些国宝级的文物可以开个专题博物馆。"李怀瑾却说："我最要感谢的是游俊和在座的诸位，他们让字画重见光明。"

　　客厅的女眷们在听李莉娅和舒芸讲今天所遇到的事情。李莉娅所讲述的故事主角是舒芸，而舒芸所讲的重点是游俊。故事讲完了，路老太太让小吴妈把路本善叫过来。

　　"妈有何吩咐？"路本善问母亲。

　　"大喜的时候去把你大婶请来，让她老人家高兴高兴。"

　　"我可以去请，大婶未必能来。"

　　"为什么？"

　　路本善贴着母亲的耳朵低声说了几句。

　　"你父亲知道？"路老太太惊恐地问。

　　"爸刚回来我跟他说过了，他要我暂时保密，继续观察。"路本善又在母亲耳边嘀咕一句。

　　"我和你一起去请，这时能少得了我们的大嫂？"路老太太起身对儿子说。

"妈，外面的雪下得很大，我和本善去请。"安鲁玙说。

"我陪二姐、二姐夫一起去请。"舒芸说。

"我也去。"李莉娅说。

"莉娅姑娘，你就别去了。"路老太太做出决定。

三人把游俊的母亲请来不久，游俊也回来了，他看到母亲来到这么个喜庆的场面心里特别高兴。"妈，今晚我俩坐在一起，儿子为你夹菜。""我也坐在妈的身边。"李莉娅看到游俊开心，对他的母亲也表示出做儿媳的孝道。游俊和李莉娅满腔热忱地招呼，游母脸上却冷若冰霜，天性开朗活泼的莉娅感到难堪。平心而论，她并不喜欢游母的这种性格，只因为游俊对她家的付出太多太多，她依然大度地坐到婆母的身旁。李莉娅并不明白游母已走进人生痛苦的最后一程，她更无法想象为此路本善、安鲁玙和舒芸将要付出多大的代价替游俊照料母亲。

6

安然看到游俊回来心里挺高兴，他带着弟弟、紫萱、吴悦以及小不点儿的路瑶一起过来和游俊打招呼。游俊和他们玩笑之后对安然说了句悄悄话，安然不声不响地出去了，游俊也离开客厅去了西二楼。他刚打开楼上的电灯，路琢如上楼的脚步声也已到了。

"你找我？"路琢如问。

"今天我去了舅爷家，从里到外看得很仔细，一切表里一致，丝毫没有刻意做作的痕迹。因为你要提前回上海，所以有些事得抓紧向你汇报。另外，今晚我准备和舅爷睡在一起，也许能听到一些消息供你们参考。"

"对这笔意外的文物你有什么打算？"

"在回来的路上我有个初步考虑，明天想听听你们的意见，然后再向莉娅通报。"

"你办事大家放心，"路琢如对他说，"这次去镇江七叔对你和舒芸的评价特好，能办大事。另外告诉你一个不太准确的坏消息，你母亲可能患有轻度的忧郁症，从情感出发，不想告诉你；从医务工作者的角度考虑，不该隐瞒你。"他说得委婉，不想给辛劳一天的游俊增加沉重负担。

"我有预感又心存侥幸，从您口中说出看来是真的了。我想把她带到北京为她治疗。"游俊突然感到天塌地陷一般。

"只能留在海州，否则会把你拖垮。"路琢如说，"现在情况还好，我们家有祖传验方，你不必过于忧虑。"

游俊本想说几句感激的话，路琢如说："走，下去吃饭吧。"

"舅爷，明天是除夕，七叔庙里的事太多，今晚我们爷儿俩在一起闲聊。"吃过晚饭游俊主动邀请李怀瑾去他家。

正如李怀瑾所愿，有好多事他得独自和游俊商量。他的家底已和盘托出，对妹妹却一无所知，别看李莉娅大大咧咧，说话却滴水不漏，与妹妹能否相处好他真的没底。今晚的这种安排他感到游俊做事环环相扣，"你想到的他已考虑在先，你未曾想到的他帮助拾遗补阙"，他悬着的心顿时有了归属感。

晚上两人各自睡在同一张床上的两条被筒里，游俊给李怀瑾的脚头放了一只热铜水焐。这是当年海州人一种舒适的生活方式。

"舅爷，你能粗略地想象出外婆的为人？"上床后游俊问了一个李怀瑾想问的问题。

"我真难猜。"李怀瑾在试探游俊。

"其实我也没见过她老人家，不过从莉娅和她妈的口气中我感觉到她外婆通情达理，性格与你相仿。她很想你但无处可寻，所以只能凭空悲切。她外公是标准的山东大汉，更好相处。"

李怀瑾感觉到从现在起，游俊开始谈家常话，这时他真想知道这些字画何去何从，过去与它们朝夕相处时期盼早日脱手，真的达到目的字画将各奔东西心中又感不舍。这和女儿出嫁一样，孩子长大了，一心想为她找个好婆家，女儿上花轿时又像剜去心头肉。他感到世事两难："游俊，这些字画让大家都能有一份，你看如何？""舅爷，这么贵重的文物我的意见不想分。"游俊坐在床的那一头说，"你们李家祖祖辈辈珍藏了几个朝代，特别是您老几十年为了它们更是用尽苦心。分出去很容易，但成不了大器，要想再聚在一起那就难了。"

按照李怀瑾当初的如意算盘，这些字画一半送给怀瑜妹妹，一半给寻找到怀瑜妹妹的恩人。现在怀瑜妹妹的继承者是莉娅和游俊，找寻到怀瑜妹妹的恩人是游俊和莉娅，弄来弄去不都成了他们夫妇二人的囊中之物？这本是一件天大的好事，否则我们亲人团聚了文物却要分离。它们最好团聚在一起。虽深受分离之苦，但他又觉得对不起游俊的几位叔叔，心就乱了。

"你的话很有道理，但是要通情理。"李怀瑾以为游俊可能要独占文物。

"这些字画有两种命运，一是捐给国家，这最省心。可是这样做不用说你这里难以通过，我也觉得做法过于简单。二是按照西方人的传统习惯，我们建一所非营利性民间博物馆，免费向公众开放。这个博物馆由四部分组成，一是你老的和六婶所藏的字画；二是我三叔和六叔所藏的图书，他们两家的总和有两万册之多，不是孤本就是善本，都有收藏价值；三是七叔的'破烂'，都是世之珍品；四是七叔和我的雕塑、雕刻作品。这四部分建成一座民间文化博物馆绰绰有余，但是此事要与山东的老婆婆沟通。"

"好办法，但你在北京，谁来管理？"

"您老最年长，又是前清秀才，说句不恭的玩笑话您本身就是古董，由你和我三叔、七叔、六叔以及六婶共同管理。"

话说到这儿，游俊突然听到母亲的房间里发出一阵沉闷的撞击声。"啊呀不好。"游俊出现从未有过的惊恐，对李怀瑾说了声对不起，外裤都没来得及穿奔向母亲的房间。

"妈，怎么了？"游俊看母亲耷拉着脑袋双目紧闭，着实吓了一跳，他摸摸母亲的鼻子，呼吸平稳，好像什么也没发生。静下来他闻到一股气味，掉头一看马桶上的马桶盖不见了，原来是马桶盖掉在踏板上又滚到地下发出的声音。游俊在房间的旮旯里找到马桶盖，盖到马桶上，跟母亲说了好一会儿话，母亲始终一言不发。又过了一会儿，他看母亲一切正常准备回自己的房间，走到房门边只听母亲说："你走啦？"游俊见母亲开口了又往回走。母亲摆摆手，再也没有任何反应。

游俊为他人的亲人团聚不遗余力，看着母亲身患疾病却束手无策，他为三天之后不管不顾地一走了之感到羞愧。

游俊回到房间后，李怀瑾问了他母亲的情况，他只轻描淡写地说了马桶盖的事情，然后两人继续未完的话题。

"展览馆选址在哪儿？"李怀瑾问。

"地方不是问题，我家和三叔家都具备办馆条件，房子本身也是文物。三叔过去和六叔曾经商定办个书院，我们再凑个热闹，这不是锦上添花？"

至此李怀瑾感到游俊的设想并非空中楼阁，他的背后有完整的计划与雄厚的基础。过去自己所想的一切全是多虑，与他们在一起才觉得海阔天高。

"舅爷，大家聚在一起不容易，我想趁四叔回上海之前做两件事：一是大家一起拍张'团圆照'，二是把博物馆的大框架初步定下来，你看可否？"

"谁来牵头？"

"您德高望重，博物馆的馆长请您担任。"

"我当馆长能行？"李怀瑾感慨万千，"孩子，我老了，懒散惯了，沉不下心做过细的事。只能做个看客，不能担负重任。安校长多年来一直管理海州最大的学校，管我们几人还不是易如反掌？你不要为那些画是姓李还是姓游犯愁，它们姓'海'，海州之'海'，大海之'海'。一滴水融入大海永远不会干涸。"他无论如何都想不到游俊会想出这么一个两全其美的办法，解决了自己的心头之虑，满口答应了游俊的方案。

"明天照相前去城隍庙把你七叔请来，这张照片不能没有他。"他突然想到另一件事，问游俊，"省海中的校牌你七叔做好了没有？这次来到海州没听他谈及此事。"

"早做好了。"游俊又反问道，"你知道他脸上的伤疤是怎么回事？"

"很想知道，又不太好问。"

"我讲给你听。"游俊将张昶或受伤的全过程原原本本讲了一遍。

除夕的早晨，雪后初霁，空气清新，阳光显得格外明亮，路家大院也特别热闹。孩子们提前一天穿上新年的新衣，在嬉闹中等待游俊给大家拍照。

根据昨日的安排，游俊一早去了张昶彧家，舒芸和安鲁玙照顾游母起床。李莉娅接李怀瑾去东院，交给他一个大包，里面装有几十个用红纸包好的压岁钱。老人是曾祖辈，大院里无论谁都是他的晚辈，他都得给压岁钱。昨晚游俊和李怀瑾"闲聊"时，舒芸和莉娅正在替他准备压岁钱的大红包。

游俊到了张家，张昶彧的太极拳已接近尾声，刚收拳，游俊走到他跟前："七叔，送你一份新年大礼。"话未说完，一张人物肖像铅笔画出现在他的面前。"你从哪儿弄来的？"张昶彧简直不敢相信自己的眼睛。"你先别问，再仔细辨认一下。"游俊说得很认真。张昶彧拿在手上又看了一遍："我在梦中都能认出他，是谁画的？""你说呢？"游俊的眼睛放出一道冷酷的寒光。

当游俊到路家大院门前时，安鲁玙与舒芸把游母也请到了，游俊赶忙上前扶着母亲上了台阶。朱仁带着儿媳红梅和孙子朱明也来了，院子里开始热闹起来。

这时西二楼上有三人在悄悄地议论着，神情十分严肃，和院子里的氛围有些格格不入。他们是路琢如、张昶彧和游俊。游俊把昨晚与李怀瑾交谈的情况以及今天和张昶彧所认定的结果向路琢如做了简要的汇报，并把李怀瑾所画的画像给他看。

"经过七叔确认，画上的这个人就是想杀他的癞头和尚。癞头和尚的'朋友'是金山寺烧饭的居士，姓桂，人称'老鬼'的人，老鬼的介绍人是金山寺的知客。"

"很好，这是你新年送给海州的一份大礼。"路琢如真想不到游俊这么神奇，"宜早不宜迟，明天我乘长途汽车回上海，理由是我初二要去厦门。"

"我陪你去上海？"游俊征求路琢如的意见，觉得他需要人护送，又觉得自己的护送太显眼，一时犹豫不决。

"你和莉娅谁也不要离开舅爷的左右。"

"还有一个比我更合适的人选。"游俊终于讲出他的想法，"让二叔陪你走一趟。"

"好！他陪我去上海，我陪他去厦门，正好完成我俩多年未实现的夙愿。"因为事情实在重大，路琢如同意了游俊的建议。

正议论着，舒芸上楼了，她是来楼上请三位吃早茶的。游俊对二位长辈说："我和嫂子有几句话要说，你们先下楼，下午听我的好消息。"

"嫂子，我向你打听点事。"他们下楼后游俊与她悄悄说了一通英语，然后问，"听明白了？"

"听明白了，"舒芸又对游俊悄悄说了一通英语，接着问他，"要我做什么？"

"照相过后你不要去书房，送我妈回去，在那儿等我。"

"必须我陪？"舒芸有点犹豫。

"非你不可。"

"只有我俩？"

"又不是去打架。"

"你就这身打扮？"

"就这身打扮。"游俊说，"这样显得我与海州不搭界。"

"下不为例。"

"我们去吃早茶。"游俊没理会她，说完直往楼下走去。

合家照之后，安少愈、路琢如等兄弟们和李怀瑾来到书房，同时邀请安鲁玙和李莉娅两位参加。"嫂子呢？"李莉娅问。"她陪大婶回去了，然后给老人整理房间。"安鲁玛说，"这种事非她不可。"李莉娅不再吭声。

会议一开始，游俊讲了昨日从李怀瑾家挖出祖传珍藏的字画的前后经过，同时提出他和李莉娅对字画的处理意见供大家参考，然后匆忙离开内书房，说是去照相馆冲洗照片，晚上发给大家。

李莉娅一听游俊的发言简直丈二和尚摸不着头脑，心想："他何时与我商量过这样的大事？当面说谎竟然不脸红。"可是当游俊离开会场后，路琢如请李莉娅谈谈自己的想法时，她不但对游俊的意见表示完全赞同，还提出李家今后对李怀瑾将给予全方位的照顾。在游俊的调教下，李莉娅趋于成熟。

最后大家一致认为待与在山东的李莉娅外婆商定后再考虑下一步。

游俊发表意见后来到照相馆对老板娘说："加急。""你进暗房？"老板娘问。"我有点事，请老板洗，下午三点前来取。"说完把胶卷连同工钱一起交给老板娘走了。

游俊到家后兴冲冲地对舒芸说："让你久等了，立即出发！"

出门后，他俩由紫藤花巷的一个巷口向北，绕到城隍庙门前西侧的十字路口，仔细察看当时的案发现场。事发地早已恢复原样，一切证据荡然无存，游俊是在寻找推理的根据。在十字路口停了一会儿向东经城隍庙走到了东城河边，沿着城河向南是一排具有水城特色的河街，街市上有堆得像山一样的窑货店以及粮行、渔行、木行、草行。这儿平时很热闹，大年三十河街上几乎不见行人，两人走在街上有些扎眼。

"舒芸，大年三十还买窑货？"老板老赵有些奇怪地站在店门口问。

"吴镛从乡下带来许多猪肉和鸡、鸭、鱼，小吴妈说腌一些慢慢吃，这才想起买缸。俊哥昨日从国外回来，想起儿时游泳的地方，要跟着我一起故地重游，正好帮我拿缸。"舒芸向老板说明来意后接着对游俊说，"俊哥，先买后看吧，不要耽误正事。"

缸买好了，游俊继续向南走，那是老赵的住家。

"这个破破烂烂的地方有什么好玩的？"老赵说着将他们挡在院门外面。

"我记得小时候这儿有几棵葡萄树，每到夏天我们就游泳过来偷葡萄吃。"说着将老赵推到一旁，"故地重游，看看儿时的样子有没有变。"游俊不请自来，老赵有些无奈。

老赵说："里面请，你记忆中的葡萄树还在，可葡萄早已酿成酒，我俩来一杯？"他无奈，只有请客人看他的葡萄树。

"来就来一杯，"游俊说，"我在国外最喜欢葡萄酒，可海州只卖白酒，想不到你有见识，我在这儿遇到知己和美酒。"

老赵笑眯眯地去里屋拿来两只葡萄酒杯和一小坛葡萄酒，把两只杯子装满酒，老赵说："你请。"游俊随手拿起身边的杯子说："干，干完回去吃饭。"说完一饮而尽。老赵刚举起酒杯便不小心地把高脚杯撞到酒坛上打碎了："酒不醉人人自醉。"

"没陪你喝一杯，送你两瓶。"老赵很豪爽地说。

"今晚我用它来守岁。"游俊说。

两人一个进去取葡萄酒，一个出去看葡萄树。葡萄树只见枯藤，没一点让人留恋的情景。游俊倒是注意到了他家的驯狗场，赵家有一条灰狗，可他发现驯狗场的器具上有一撮撮黄狗毛，游俊取下一撮，他似乎什么都明白了。

老赵回来不见游俊的身影，问："人呢？"

"你倒好，把他灌醉，出去吐了。"舒芸一脸的不高兴，有点埋怨的意思。

"这点……酒……哪能……灌醉……我……我去看葡萄……树去了。"游俊满身酒气，大着舌头结结巴巴地说着，从外面摇摇晃晃地走进来。看他样子，似乎真的醉了。

"你把我哥灌醉了，你替我把两只缸送到路家大院。"

"一定，一定。"老赵一直赔不是。

"我没醉……别听她瞎胡扯。"游俊还是嘴硬，推了舒芸一把，"赵老板，我俩再来三杯。"

"老赵你别听他的。都什么时候了，小吴妈等着缸用。"舒芸真的急了，把醉醺醺的游俊往回拉，"哪有大年夜不归家的？"

快到午饭的时间，吴镛站在门前等着，看到舒芸扶着游俊，老赵拎着大小不一的两只缸由东向西地走来。

"我老婆等着缸用，你怎能把他喝醉了？家里还有客人在等他回来喝酒。"吴镛从老赵手上没好气儿地接过缸，嘴里嘀嘀咕咕埋怨着，老赵不敢吱声走了。

吃过午饭，游俊把今天上午在城河边窑货店所见到的情景在西二楼给路琢如叙述一遍，把两瓶半酒和一撮黄狗毛也交给他。

7

晚上的守岁酒早早开始，守岁过后，游俊带领小朋友在大门外过足了鞭炮瘾，此时的他完全是一个标准的孩子王。

晚上，客人回到各自的小家。李怀瑾提出今夜要随张昶彧去城隍庙烧头炷香，感谢苍天赐予他的恩惠。游俊和李莉娅一起陪游母守岁，然后舒芸来接她回西院。

"俊儿，你早点送莉娅回去吧，这两天你们够辛苦的。"游母对游俊说。

"妈，莉娅说多陪你一会儿。"

游母自顾自闭上眼睛，再也不愿吭声。

"妈是怎么啦？"李莉娅有些莫名其妙。

"老人家患了抑郁症，"游俊觉得有必要告诉她，"是早期。"

"啊！我怎么不知道？"

"我也是昨天从镇江回来之后听四叔说的。"

"你对舅爷的字画做出的决定也是昨天我告诉你的？"李莉娅不客气地反问一句，几乎要与他翻脸。

"声音小一点，别吵醒妈。"游俊说，"过去人分离画还在一起，现在如果人团圆画分离也是一种悲哀。"

"到你的卧室去。"李莉娅狠狠地说。

"我想多陪她一会儿，就像小时妈看着我入睡一样。父亲已经走了，妈很孤独。我和她相处的时长是以秒来计算的。这时才觉得人生苦短，时间金贵。"游俊用乞求的眼神看着李莉娅，"你不知道，老年痴呆症患者是亲人痛苦，患者不知不觉，抑郁症的病人是自个儿苦恼，他人难以体会，这类病人中不少人最后以自杀的方式了此一生。我能不揪心？"

"你和嫂子在外面喝醉酒，回来一身酒气又怎么解释？"李莉娅说翻脸就翻脸，并不考虑别人的感受。

"我是心里郁闷与城河边的老赵喝了两杯葡萄酒，谁知这酒那么厉害，在路上嫂子把我找回来了。我翻到阴沟里也就算了，你不该见风就是雨。"游俊没有发火，只有解释。

李莉娅的一场熊熊大火被游俊内心瓢泼似的泪水给浇灭了。

"照相时他神采飞扬的表情你能想象得出他已知道自己的母亲正一步步走向凄凉、绝望？专心教我法语时你能猜到为了寻找我的舅爷他在孤军奋战，曾经陷入困境？"李莉娅在自责，"游俊，是我错了。你怎么不批评我呢？怎么不对我怒吼呢？那样我才有原谅自己的理由而和你大吵一场，你的温柔剥夺了我放肆的权利……"李莉娅央求游俊，"亲爱的，我们带妈回北京吧。"

"我与四叔也说过类似的豪言壮语，他不想让我们负重前行。把重担留给二姐夫、二姐和嫂子，他们比我更尽责、更专业，他们想给老人找个保姆，照顾她平时的生活起居，同时用中药调理她的疾病，也许病情慢慢会有所好转。"

在路琢如及各位亲戚的面前，李莉娅感到自己的渺小。游俊看着苍老的母亲，珍惜来之不易的短暂守望。

时钟敲响十一下，李莉娅有点累了，她问游俊："嫂子怎么还不来？"

"她们在守岁，这是海州人的风俗。"游俊说，"我们不也在守岁吗？"

游俊和李莉娅守着似睡非睡的母亲，听着她微弱的鼾声想起儿时父母每年都这样陪着他们过年，希望他们快快长大，如今他梦想着母亲永远不老，年年岁岁与她相伴相守。

同样在除夕夜的 11 点，朱成虎又一次准时来到安家守岁。门是半掩着的，这已成惯例，他进来后关上大门也已成习惯。当他走过静谧而漆黑的院落，一只脚跨进堂屋的大门时，朱成虎想不到的事情出现了，屋里有四人围着火盆烤火，旁边另有一张空着的板凳，大概是等待他的到来。

"路主席，想不到您在这儿。"朱成虎有些惊讶，首先和路琢如打招呼。

"我也想不到在基层工作的同志如此辛劳、敬业。"路琢如随即起身，温和地与朱成虎打招呼，没有一点长辈或领导的架势，"你们从黎明忙到深夜，从年初干到年末。坐，快请坐！大家都是一家人，在老校长家的火盆前过个温馨而特别的除夕让人难忘。"老领导一席感人至深的话不仅表现了他俩的革命情谊，也拉近了他与老校长一家的关系。

"部长，你喝茶。"舒芸给朱成虎前面的茶杯倒水，腾腾的热气飘向火盆的上空。

"芸儿，以后大家私下相逢不要提职位，这样显得太生分。"路琢如笑着提醒舒芸。

"称呼部长是有点生分，还是叫成虎为好。"安少愈建议。

"就像称呼游俊一样，我们包括小吴妈在内谁也没称他为游博士、研究员或游厅长。他上合老下合少，今天吃过晚饭还领着孩子们放鞭炮。在大家的心目中，他是一位有地位没架子、有才学不自大的青年。"路琢如有意无意地用游俊来打比方。

"啊！装着老农寻找老牛的游俊是位厅级干部？"朱成虎真的傻眼了，感到自己矮了一大截，"我小看他了。"

"成虎哥，"舒芸知错就改，可是在名字后面还缀上个非官方的头衔，让自然成习惯真难，"你知道最近他为莉娅寻找到了失散六十多年的舅爷？"

有路琢如在，面对朱成虎威严的面孔，舒芸第一次与他无拘无束地侃侃而谈，安少愈倒是担心舒芸失了分寸。

听了舒芸所讲的故事，朱成虎突然感到他与游俊相比，输在知识层面上，他第一次感受到知识就是力量，但说不出如此精辟的语言。他还以侦察连长的敏感觉察到：今天讲这么多有关游俊的故事，是影射舒芸因张昶彧案件久拖不决而责备他。"我要是能碰到游俊这样的同事，七叔的案件早该破了。"朱成虎在暗地里幻想不可能发生的事。

"成虎哥，送给你一张全家福，你看我们这个大家庭人丁多么兴旺，红梅嫂子一打扮又是多么出彩，可惜你没在她身边。"舒芸拿出今天上午刚拍的集体照递给朱成虎，"这张是送给你家的，留个纪念。"

朱成虎知道今天大家拍集体照，本想参加，上午被慰问老干部的事给耽搁了，他没有过多地解释，只歉意地一笑："以后我补上。"

"芸儿，"安少愈说，"人们常说，当官难，可是当家乡的官更难。成虎没能来是身不由己啊。成龙不也没能来？游重不也没有来？今年不是游俊硬拉着你四叔，他也回不了。"

"爸，你教育得对。"舒芸说，"我是替成虎哥惋惜。"

此时几阁上的钟声响了，新的一年在大家的谈笑声中悄然来到。

"三哥，祝你全家新年幸福吉祥！"路琢如首先站起来向亲家表示祝福，"同时祝大家新年快乐！"

"新年快乐，新年快乐……"所有人都站起来共同祝福。

这时外面的鞭炮声响彻夜空，新的一年又如约而至。

路琢如、朱成虎和舒芸三人走在紫藤花巷的石板路上，当舒芸去游俊家接李莉娅时，路琢如对朱成虎说："请私下对安老校长多加关照，他活得真不容易。但是从今以后不要陪伴他一家守岁，常在江边走，哪能不湿鞋？另外，从现在起，立即对东城河卖窑货的老赵严加防范，千万不要再出任何意外。明天早晨你把黄狗的狗毛带一份小样给我。"

"啊！四叔也在其中？"朱成虎没有回家，直奔公安局一号值班室。

初一的清晨，当朱成虎到路家大院拜年时，路琢如夫妇及舒林正准备出发。朱成虎淡淡地说："四叔，你要回上海，给你带来一份薄礼，不成敬意。"路琢如接过信封放到大衣的内口袋，拍拍成虎的肩，亲切地说："谢谢盛情，后会有期。"在送路琢如等人去车站的路上，李莉娅悄悄地问游俊："朱老二送啥给四叔？"

"不是说一份薄礼吗？那只信封能有多厚的东西？"游俊笑笑。

"等于没说。"李莉娅捎了游俊一句，没再追问。

正月初三，游俊和李莉娅带着孩子们的"白胡子老爷爷"也走了。孩子们因没有实现自己的承诺在分别时都哭了。这还真不能责怪孩子们，是李莉娅带的头。她一手抱着安鲁玛，一手搂着舒芸泪如泉涌，孩子们怎能受得了她这一哭？就跟着哭起来。

安少愈代表大家牵着李怀瑾的手说："祝舅爷骨肉相逢，盼您老早日归来。"

最后路本善用医生的职业语言嘱咐说："舅爷，多保重少饮酒。"

车站快要停止检票，游俊拖着李莉娅进站，路诚趁人不注意钻进站台。"老校长你们进站送客吧。"检票员网开一面，他叮嘱道，"千万注意安全，不能越过站台。"

"白胡子爷爷再见！叔叔阿姨再见！"

"李老再见！"

"莉娅、游俊，盼下次早日归来。"舒芸流着泪说道。

李怀瑾十分感慨，他对游俊说："几十年我目睹了无数亲人泪别的场景，想不到今天也有人与我含泪相送。"他被大家的亲情感动了，有种离家远行的感慨。

初四上午，游俊他们顺利地到达淄州，前天李若男和女儿通电话时，她反复叮嘱："舅爷与外婆见面时穿着要得体，千万不可太寒酸。"李莉娅一直支支吾吾。她又强调一遍，李莉娅就发火了："妈，新年伊始，商店关门，我到哪儿去给舅爷打扮？"李若男自知理亏，只好顺其自然。

游俊和李莉娅从远处走过来了，李若男问雷鸣："怎么不见舅舅？旁边那位花白胡须的老人是谁？"雷鸣问妻子："不像舅舅？"李若男摇摇头，心想：他不该有这么阔绰。

"舅爷，你能在人群中找到我外婆？"李莉娅走到李怀瑾的身边问。

"就那位头戴黑色额帕的老太。"

"真认得出？"

"妹妹一直在我心中，我一眼能认出她。"

三人出站了，李若男心中不再恍惚，白胡须的老人真的是自己的舅舅。倪玉迫不及待地扑到哥哥的身上，只有哭泣，没有诉说，这时的泪水是最好的表白。

"妈，别哭了，让人笑话。"李若男在劝说母亲。

"我几十年的泪水能够说没有就没有？"

"外婆，你忍心让游俊背着像山一样的行囊等待你把几十年的辛酸泪流尽？"李莉娅跟外婆没大没小地埋怨着。

"哎呀！俊儿，是你啊！你跟外婆是第一次见面。大哥，你看，这就是我们的外孙女婿。你们没见过面吧？"倪玉想不到外孙女婿如此魁梧高大、体面文雅。

"去年秋天我们见过面，昨天我们一起从海州来到淄州。"李怀瑾说。

"嫂子，千万不能再哭啦，越哭越糊涂，他们三人是一起来的，回孟庄慢慢聊吧！"孟胜利听到倪玉的话，不由得好笑。

"走，到俺山东人的炕头上坐着慢慢聊。"倪玉牵着哥哥的手，对着西北风笑得咳声不断。

车站外面有辆枣红色宝马敞篷轿车等着他们，轿车上面带篷，前后有帘，动力是一匹健壮的枣红马，驾驭宝马的驭手是孟天健。游俊扶着李怀瑾上车。车厢里有两排面对面的座位，坐七个人再加上"山一样"的行囊确实很挤，李若男的父亲孟林主动坐到外面"副驾驶"的位置上，虽然冷点，但路上好和孟天健聊聊家常。上车后，雷鸣愧疚地问李怀瑾："您老不习惯北方这种交通工具吧？"

"两千多年前孔圣人不是乘着这样的马车周游列国？那时的他如丧家之犬，今天的我找到了温馨的家人。"他见到妹妹能不开心？他的幽默逗乐了大伙儿，所有人的脸上都露出笑容。

孟天健赶着马车，车厢里的六人一路颠簸一路畅谈。李莉娅趁机悄悄告诉母亲海州的亲戚们是如何精心打扮舅爷的。李若男看着李怀瑾说："海州的亲戚很用心，我们总是一次次欠着他们的人情。"李莉娅高兴地说："只要你记着这笔人情就行，债由游俊慢慢还。""你舅爷很困难吧？他的生活费由我们支付，让他颐养天年。""别小看舅爷，他至少是个百万富翁。这么说吧，爸爸他们三个战友的总资产加起来不及舅爷资产的一小部分。"

车到孟庄时接近晌午。庄子不大，有几十户人家，所有的邻居都来为倪玉老人祝贺，院子里里外外摆了十几桌，总指挥是孟胜利，总执行者是孟天健他妈。男人们有的打牌，有的嗑瓜子，等待贵宾的到来。

到了庄头，大伙儿从马车上下来了，倪玉牵着李怀瑾的手，孟天健把缰绳交给孟林就赶忙回村报信。村里的人得到消息后一起拥向村口，郝海峰夫妇走在队伍的最前面，跟在郝海峰后面的是先行回来报喜的孟天健和另外两个中年男子，他们的手上各自牵着一匹披红戴花的枣红马。紧接着是男子的舞龙舞狮队和婆娘们的划船秧歌队。他们的背后鼓乐喧天，给萧瑟枯黄的齐鲁大地带来一片活力和生机。

郝海峰夫妇迎上前去和李怀瑾老人亲切地握手，欢迎仪式正式开始。满头白发的族长也是当年曾经去倪庄的卖枣人，他高声唱道："给三位寿星披红戴花！"

三个小伙给倪玉、李怀瑾和孟林披上彩带，戴上红花，一个个烟花冲入云端，孩子们捂着耳朵仰望天空，四周弥漫着火药的香味。

"请三位福人骑上高头大马！"

孟林和倪玉很快骑上枣红马，而李怀瑾怎么也骑不上去，游俊走过来一把将他抱上马背，悄悄地说："有我在，别害怕。"

队伍浩浩荡荡地进村，接下来的酒宴替代了盛大的欢迎场面。喝酒划拳是山东人的拿手好戏，人们自娱自乐的同时也少不了给李怀瑾敬酒，最后演变成灌酒。乡亲们的盛情给足了他的面子，李莉娅很高兴，问他有什么感想。"中国幅员辽阔，尽管都是崇尚孔孟之道，但是三里不同乡、五里不同俗，不同地域之间的差异还是挺大的。吴越水泽多于山峦，孕育出细腻、含蓄、内敛的文化，齐鲁有天下闻名的泰山和比泰山更伟大的孔圣人，呈现出豪放、仁爱的人文气息，不来这儿，真没有切身感受。"他说的每一句话都发自肺腑，然而李莉娅如若再追问他喜欢哪一种文化，那他可真的为难了。他内心还是更喜欢路家大院里每一位志同道合者所呈现出的温文尔雅的气质以及院内每一株青松翠竹点缀而成的永无止境的生机活力。同时也有些想老家了，想到这儿，他佩服妹妹：一株幼苗从小离开亲人在养父母的关爱下长大，成年后又从苏南来到鲁东，一个弱女子颠沛流离，随遇而安，比自己更加艰辛，真不容易。老人流泪了。

晚上客人散去，李莉娅把李怀瑾送给他们的书画清单以及带来的其中十二幅真迹展示在大家的面前。他们中要数雷鸣和陆文彬是行家。

"这都是不可多见的国宝级文物啊！"陆文彬说，"我们银行保存的客户的字画不及你们家的一半，明朝名相的用物更是价值连城。"

"陆行长，舅舅说了，带来的十二幅字画中你任挑六幅，另六幅送给老盛，表示老人的一点心意。"李若男说。

郝海峰一直没有开口，陆行长始终没敢表态。雷鸣说："让你们私自收下字画确实勉为其难，不收下又辜负老人一片心意。我们三位战友加上胜利、老陆、若男等六人见者皆有份，老盛来后每人挑两幅，这些名人真迹裱好后，挂在各自单位的外宾接待室或会议室，它们将成为我们的无价之宝。"郝海峰这才起身，向李怀瑾表示谢意："舅舅，见到你，我们心里真的非常高兴，别无他求。这么多名人真迹你保存得这么完好实属不易，我们小字辈总算见到了大世面。"雷鸣问游俊："这批国宝级文物你们做何打算？"至此李莉娅方才懂得游俊成立民间博物馆是明智之举，她说："外婆外公是第一继承人，爸爸妈妈是第二继承人，我们小字辈说话不管用。"

"妈，你说说吧，"若男对母亲说，"千万别辜负舅舅的一片好心。"

"哥哥了不起，对我们是一片诚心，"倪玉说，"可我只要见到亲哥哥就心满意足，其他都不在乎。"

"话不能这么说，"孟林说，"不要辜负了舅舅的好心。"

"这些写写画画的东西让哥送给那些喜欢它的人吧。哥，我是江苏大姑娘，可是养成了山东男子汉的脾气，你不要见怪。我这院子不小，你安心住下吧。你寻亲的恩情我今生今世报答不了。"说着说着，倪玉又伤心地哭了，"哥，我们千万别再分离，我想你啊，想得好苦啊。你终身未娶，无儿无女，我知道你的心更苦。无论若男、雷鸣还是莉娅、游俊都是你的亲生骨肉，家人团聚在一起才是我最想要的。"倪玉一番哭诉，把文物抛到九霄云外。

"婶子，别哭了，大家不是在商量吗？"孟胜利在劝倪玉。

又一场心酸的哭诉慢慢趋于平静。

"既然你外公、外婆都表态了，"李若男接着说，"我和你爸同意他们的意见，留给你们处理，你们有何想法说给我们听听。"

李莉娅说："游俊想在海州建个民间博物馆，把三叔和六叔的万卷藏书，六婶珍藏的字画、碑帖，七叔收购的民间古董以及七叔和游俊的石雕泥塑聚合在一起，成立一个非营利性民间博物馆供人参观，也可在社会力量的支持下到上海、北京、西安等地巡展。海州长辈要我征求你们的意见。"

李若男表示这是个最好的办法。李怀瑾内心感激游俊，心想：妹妹从小远离文化，对字画不屑一顾。若男夫妇是革命战士，对身外之物并不在意。海州的有识之士们才是真正的文物守护者、传承人，而不是占有者。游俊的决定是正确的，我们的字画找到了最佳归属！

雷鸣感到游俊处置有方：如主张分割将文物弄得七零八落，不成体统；如提出献给国家，会让老人们感到人团圆物分离，心中留下很大的阴影；让文物成为公众的遗产并加以保护利用，老人们既能看得见又摸得着，实在是明智之举。

"若男，元旦期间游俊的出现已够让我们震撼的了，今天舅爷的亮相更让人惊叹，你还有什么秘密武器？快给我们看看。"陆文彬对李家层出不穷的人物服了，接着她和李若男贴心地咬了个小耳朵，"别把贵重文物当成烫手山芋推来推去。"

李若男点头地一笑，不置可否。

8

休息期间，盛思贤对陈书记说："老陈同志，大当家的事组织已有定论，在这大喜的日子里，我们立即请人给他画一张人物肖像，画家就是若男的舅舅。"盛思贤语出惊人。

"盛书记，你怎么知道？"陆文彬想不到若男的舅舅不仅收藏了许多名画，自己还是一位画家，真的感到震惊。

"在上山的路上，是游俊亲自告诉我老人用画像寻亲的故事。他说：'舅爷画的外婆小时候的模样和莉娅儿时一模一样。'"

倪玉在一旁点头，印证了盛思贤的说法。

"我带来了画纸和铅笔。"刘永彬对盛书记说，"本是用来写生的，想不到今天有了学习的机会。"

游俊早在包里准备好了这些绘画工具，让刘永彬开口说话，是觉得他是一位非常诚实稳重的年轻人，该让他展示一下了。

"那我来试试，画不好请诸位领导特别是胜利同志多提修改意见。"李怀瑾说得很委婉，给自己留下一点余地。

　　几位领导以及游俊继续商谈帮扶的具体措施，其余的人离开会议桌来到忠义堂当年大当家用的一张破旧案几前。孟胜利和李怀瑾面对面坐着，倪玉坐在胜利身旁，其余的人围在四周，听着孟胜利的口述，看着李怀瑾的笔下。孟胜利诉说着记忆中大当家的容貌，有些容貌特征用嘴是描绘不出来的，两人一个在"言传"，一个在"意会"。李怀瑾时不时提一些看似无关紧要的问题，比如他的身材、体重、举止、喜好、性格、生活习惯、肢体动作等等，孟胜利一一做了解答和说明。"以前他人所画的画像你全拿来给我看看。"

　　"只有两幅，都是大同小异。"孟胜利拉开抽屉，找出她并不满意的画像。

　　李怀瑾看了看，说："你别说，有些地方画得还真像，比如高高的鼻梁、宽阔的下巴。但整个人的脸不太协调，眼神显得很柔弱，面容有些苍老。另外，这幅画像注重人的外形而忽视人的内心。大当家是个看似凶狠而心地慈善的人。他喜欢发没用的小脾气，大事却拿不定主意。他对你很依赖，嘴上却不认账。"

　　"说得很对。若男你说呢？"孟胜利问李若男。

　　"大当家的确是这么一种性格。舅舅，按你的想法画下去准能成，画好了再征求海峰和雷鸣的意见。"李若男听了舅舅的话，感觉到他对大当家的了解已经入木三分，对他的成功充满信心。

　　经过一番交流之后，李怀瑾准备画像，他拿起笔琢磨着他对仇人的痛恨和对弟兄的关爱，绘出大当家的不可一世和优柔寡断。他把孟胜利所说的和自己理解的糅合在一起，绘出大当家应有的形象。在众人的期待下，老人落笔了，他娴熟地画着孟胜利心中的大当家，人们似乎听到铅笔与画纸沙沙的摩擦声。也就半个小时的光景，在那细微的摩擦声中，孟胜利心中的丈夫在李怀瑾的笔下重生了。

"能说这不是大当家？"李若男看到铅画纸上的人，一颗悬着的心放下了。

孟胜利笑了，陆文彬拿着画好的铅画纸走到郝海峰身旁问："像不像？"雷鸣和郝海峰定睛一看，同时竖起大拇指说："像极了，简直像他的照片，淡去了他的草莽形象，更具英雄气概。"

一圈之后，画像又传到孟胜利的手上，她拿着画像哭着说道："大当家的，今天是双喜临门啊！你的组织结论有了，我们俩又见面了，从此永不分离！"她擎着画像放在胸前对着李怀瑾三鞠躬说，"您使他复活了，我俩感谢您老的一片心意。"

"胜利同志，有了这张素描，将来请舅爷给周虎同志画一张半身标准相，有空再慢慢画其他英烈的肖像。"盛思贤算是第一次与胜利同志正式交谈。

"谢谢盛书记的关心和周到的安排。"孟胜利紧紧握住他的手。

"舅爷，我们仨一起留个影吧。"盛思贤一手拉住李怀瑾，一手拉着孟胜利。

他们三位照好相，李莉娅走到刘永彬的面前说："永彬同学，感谢你的帮助。"李莉娅从包里拿出一张孟天健给她的报纸说，"这是我对你的谢意。"

"这点小事不值得登报。"刘永彬有些腼腆。

李莉娅对游俊说："这是我大学的同学，你给我俩拍一张照片。"游俊给两位大学同学拍过照片后，接着游俊又拿来大当家的画像，用照相机拍成照片准备将来寄给孟胜利。

拍好照片后，孟天健过来了，说他爸妈和他媳妇已把饭做好了，马上开饭。饭菜很快上桌，各种荤菜、蔬菜都是从孟庄带来的半成品，不但丰盛，还便于烹饪。

"怎么没有酒？"陈书记看了看桌上的饭菜问孟胜利。

"两位领导交代不喝酒。"孟胜利解释道。李若男接着说他们三位战友元旦过后都戒酒了。

"那哪能成？入乡随俗，在淄州你们得听我的。"陈书记对刘永彬说，"你陪驾驶员去孟庄买一箱酒，来去用不了多长时间。"

盛思贤拉住刘永彬，对陈书记说："按理你是主人，可是除了孟胜利、雷鸣、郝海峰以及若男，其余的人谁都没有在光明岭生活过，他们才是这儿真正的主人。更为重要的是，我们三人向党承诺过要自我革命，戒酒只是其中一小条。一小条都做不到，还算是一名共产党员？你就客随主便吧。"

"那我们将买酒的钱给胜利同志，钱虽不多，但代表我们的心意。"地委领导随即表态。

一次有肴无酒的便饭在当年的忠义堂开创了新的历史。

吃过午饭，大队人马在李若男的带领下登上光明岭，大家亲眼看见山坳下盛开的红梅。游俊和刘永彬在不停地拍照，人们不断地赞叹。

下午5点，大队人马来到山脚下相互握手告别，雷鸣拉着盛思贤的手说："老盛，到孟庄去看看吧，我们三人只有你没去过。"盛思贤毫不犹豫地说："好吧，恭敬不如从命。小刘，请把车票改签为明晚去上海的同次车票。"说着掏出今晚10点钟回上海的车票递给刘永彬。

在夕阳余晖的照耀下，孟胜利含着微笑与两路人马一一告别，目送他们消失在朦胧的天际后一人走上山冈。与以前不同的是，她怀里揣着大当家的烈士证明和他那张惟妙惟肖的画像，还有大家对光明岭的殷切期望。她内心感到满足，走在二十年前每天走过的寒冷静谧的山路上，心里不再孤单、彷徨。她坐在石坚曾经休息过的石头上，望着幽静的山林，默念着尚未魂归故里的烈士英灵，心里掠过一丝悲凉，继而又想："大家都走了，何时再见到石坚、小祁还有胜过亲闺女的祥囡？"她对着空中单薄洁白的月牙独自流泪。

吃过晚饭，李莉娅把李怀瑾准备送给大家的十二幅画以及部分画的照片展现在盛叔叔的面前，盛思贤饶有兴趣地一张一张看得很认真，看完之后李莉娅问他有何感想。李若男责怪女儿在盛思贤面前不懂规矩。

盛思贤笑着说："问得好，今天我第一次见到舅爷感慨良多，你们不叫我说我也得说两句。舅爷是个执着的人，几十年来一个人专心做一件事，所走的道路百转千回，终生的目标不离不弃，是艰难与意志锤炼了他的人生。莉娅要好好学习舅爷爷永不言败的奋斗精神。此外，舅爷几十年交结了许多朋友，都不是他所心仪的'接班人'，偶然间他与游俊擦肩而过，感觉面前的年轻人是他最理想的对象，舅爷慧眼如炬。同样，游俊看到了舅爷的非凡气质与坚强的韧性，也只有他俩的相遇才能碰撞出耀眼的火花。他俩的见面改变了舅爷今后的人生，这是常人所不能做到的。莉娅，你和你爸妈用同样的慧眼结识了游俊，祖孙三代从不同的视角认定同一个人，你要守住这份感情，永远不离不弃。"最后，盛思贤对舅爷说，"您老带来的十二幅画件件都是珍品，我一定带两幅回去展示在最值得展示的地方，向同志们宣传中国历史文物的艺术价值和你的执着追求的精神。希望有一天你们的民间博物馆的文物在我们上海博物馆展出。"

李怀瑾觉得盛思贤不仅肯定了他画的画，还赞扬了他的精神。游俊明白老领导看中了李怀瑾，雷鸣和郝海峰估计盛思贤看上了游俊。

当天晚上，盛思贤、雷鸣和游俊三人挤在一张炕上。雷鸣建议游俊："抽点难得见面的时间向老领导汇报十多年来的革命历程，我在客厅烤火。"盛思贤怎么也不同意雷鸣的安排，让他一起听听，盛思贤无论如何都不是雷鸣这山东大汉的对手，被按在炕桌旁，然后雷鸣将门反扣上走了。

两个南方人面对面地盘腿坐在暖和的炕上。盛思贤问游俊："回国后为什么不来上海看我？"游俊说："做梦都想见您，总不能无故打扰。""懂规矩。"盛思贤说，"这几年我让你失望了。"游俊回复得很爽快："但你永远是我心中的特工处长，我永远是你的一名战士。""你已经是我的战士了，想不到你仅用一天时间就破获了海州去年的一号大案。你怎么认定姓赵的是癞头和尚的同谋？"

游俊说："推理的，他不仅是癞头和尚的同谋，还是杀死癞头和尚的元凶。海州公安曾做有罪推定：谋杀七叔有三个方面的嫌疑人，首先是制匾的那伙人有显而易见的作案动机；其次与明月寺的和尚有牵连，因为杀人者也是个和尚；再次是'小诸葛'，他做的坏事太多，恶贯满盈，要是我也会怀疑他。三方面粗看起来谁都有点像，谁都缺乏证据。"最后他"言归正传"，"海州公安在七叔的案件上为我扫清了一切障碍，我没走弯路，他们功不可没。"

盛思贤同意游俊的分析，接着又回归到"七叔的案件"，说："所以那天晚上你主动邀请李老睡到同一张炕上，为的是找寻证据?"

"当我说出癞头和尚有疤无戒时,李老眼睛放出光芒,我让他画出此人,七叔认定此人就是杀人元凶。"

"你请老师带来的那瓶酒的确有问题,它让人慢性中毒且不可逆,可舒芸亲眼看到你把酒喝进嘴里。"盛思贤说。

"说穿了一文不值,我袖口里事先准备一个薄型油布口袋,酒全倒进里面,然后我快速把它收紧带回来装到瓶里用蜡密封好。这些是特工必备的简单道具。舒芸看我将酒喝到嘴里,其实这完全是魔术师的手法。"

"你怎么认定癞头和尚与老赵有牵连?"

"我问过舒芸,附近有没有人驯狗?她说有,听说就是老赵,而且老赵的住地与案发现场靠得很近,所以我去他'府上'寻找证据,而不是下结论,差一点被他算计两次。"

停了一会儿,游俊又问:"那只磬找到没有?"

"正如你的估计,沉到城河里。再问你一个问题,"盛思贤说,"他们的动机是什么?"

游俊说:"将来会有更大阴谋。癞头和尚也好,老赵也罢,都是过河的小卒,大鱼在后面。"

盛思贤对这位险些成为部下的游俊信服了,对他说:"我要对你特别嘉奖。"

"嘉奖就免了,我想要的是挑战。"

"你对李老是怎么认定的?"盛思贤突然话锋一转。

"我个人一直认为他是个极为普通且没受过污染的老百姓,但是当时我可以利用的资源有限,幸好去年秋天雷部长和李所长动用了你的力量,前几天我又请四叔把他的画和文物带去部分,请你帮助鉴定。"

"上海专家连夜进行鉴定，结果证明了你的判断。"盛思贤淡淡地一笑。

　　"所以你和李老、胜利合拍一张照片，别人认为这是理所当然的举止，我认为有更深刻的内涵，那时我完全放心了。"游俊接着说，"老人的绘画技艺的确精湛，春节前后他在我的面前画过三幅画，一幅比一幅难度大。第一幅是'写生'，现场给莉娅作画，艺术性特强，是一幅佳作，他是在用心画，我很满意。第二幅画是回忆，用印象来画画，七叔说画得很传神，对破案起到关键作用。第三幅画是从抽象思维到形象思维，对他是一场大考，得到了大家的认同。可以说舅爷的画艺到了炉火纯青的地步，不愧是清朝画家的传人，不得不令人敬佩。是意志成就了他的画艺，他独特的'从抽象到形象的画法'可以传承下去。"

　　"你说得很专业，他的画艺来自数十年的执着追求，将来有用得着的地方。"盛思贤接着模棱两可地问，"你对成虎同学有何看法？"

　　"成虎是个好同志。对党忠心耿耿，对工作兢兢业业，对自己严格要求，生活艰苦朴素。"

　　盛思贤心里默认游俊对朱成虎的客观评价，认为他没有落井下石，所以没有掉进自己设下的陷阱，这是过硬党性的表现。盛思贤接着问："既然如此，他为什么没有迅速破案？"

　　"责任不在他，是用人上出现了问题，他是侦察英雄而不是资深特工，两者有很大的区别，应该让他接受这一方面专门、严格的训练。海州相关的公安干警更需要加强这方面的训练。"

　　"你连一天的侦察英雄都没当过，不照样能迅速破案？"

　　"我有璠哥教给我的基础，后来一直努力自学这方面的知识。正如我在大学里只学了三年的英文，可我现在懂得六种语言。"

"你还当过一位德国语言学家的老师？"

游俊默认，觉得老领导对他了如指掌。

他在德国读书时，住在一对固执的老夫妻家中，老人鹤发童颜，精神矍铄。"房租讨价还价免开尊口。"老人对他有言在先，"你教会我汉语，我退给你全部租金。"这是一句很模糊的口头合约，不符德国人的风格，游俊也没指望他给予多大的恩惠。游俊一边认真当老人的老师，一边按月向他付出房租，虽然不图回报，但是教得相当敬业。无论他在考试还是撰写论文的繁忙时期，从没有因此而停止教学，外出旅游不但给他布置一大堆功课，还向老人请假，老人心安理得的同时也学得十分努力。临别时游俊送给他一套中文原版《水浒传》。老人打开书翻来覆去地看得眉开眼笑，结果老人回馈游俊一本有双份房租的存折，其中一份是前一位中国留学生付给他的租金。老人用带有日耳曼民族口音的中文说："你的前任没有耐心地教好我这个笨拙的学生，是你证明了我存在的价值，多余的一份钱是对你的奖励。"老人的话体现出德国人的又一种精明和傲慢。面对比自己年长许多的学生，游俊感到特别骄傲，老人孜孜不倦的精神也成了他的榜样。老人的回馈给他的不只是存折，还是一份资质证明，这本现在空空如也的存折的含金量特高，他一直珍藏。游俊最后说："后来我花了一个多星期的时间打听到了有关老人的一切，原来他是海德堡大学西方语言学系的资深教授。哪一位学者不固执？我翻越了一座大山，给中国人争回一份应有的尊严。"

"那你岂不成了资深教授的教授？"盛思贤补充一句，"你不是懂得六种语言，是精通。"

"如果说我精通六国语言，那我更精通特工技术。"

"你为什么学非所用，把精力白白浪费在这方面？"

"因为我有一个明确的目标。"

"可是政策不允许我接纳你。"

"我等待。"

"别胡思乱想了，抓紧时间结婚吧。过去的事情不必多想，过去的教训更不能忘记。莉娅是个好姑娘，我和老师都这么认为。老校长和舒芸更希望你们有一个完美的家，方对得起你完美的人生。"

"莉娅确实不错，是一位理想的伴侣，正如嫂子是一位最佳的'特工搭档'。"游俊看着老领导在侧耳倾听，接着说，"在东城河窑货店，换了其他任何一位女性这出戏都可能会演砸，除非是训练有素的女特工，因为事先没有剧本，全靠即兴发挥。"盛思贤点点头说："你总结得不错，但不要走题。现在我们不谈工作，谈家庭。"

"我认同莉娅她们这个家庭。"游俊说，"雷部长是位儒雅的领导，对晚辈很有亲和力，看问题很有穿透力，做事既有张力又不让你感到压力，我很敬佩。李所长公私分明，当初她请我教莉娅的俄语似乎有些难以启齿，岂不知道我好为人师，不要说莉娅，我都敢当外国老教授的老师。"盛思贤被游俊的幽默逗乐了。游俊接着说："李所长仗义执言，是女中豪杰。"

"既然如此，应该抓紧时间结婚。"盛思贤说。可是游俊给老领导浇了一盆冷水："在婚姻问题上我总是瞻前顾后，犹豫不决，这是我的短处。""还有什么好犹豫的？莉娅深爱着你，她的父母更是疼爱着你。"盛思贤劝慰他。游俊对老领导直言不讳："我不想太完美，让他人看着不自在。"

"胡思乱想！她是那种小肚鸡肠的人？"盛思贤突然明白了游俊的想法，狠狠地说，"让莉娅也陪你耗着？这种想法自私到极点。”

面对突如其来的指责，游俊心如止水，显不出任何恐惧和不安。两人面对面地盘腿而坐。“小子的定力相当不错。”盛思贤暗自赞叹。不一会儿雨过天晴，盛思贤的眼神如涓涓细流滋润着对面曾经的老部下。“你不要拿友情冲击爱情，两者之间没有矛盾。我建议你最迟今年国庆节结婚，到时我去北京当你们的证婚人。”盛思贤给足了游俊的面子，说着说着，便给游俊披上外套，自己也穿上棉袄，说，“明天我要与你岳父母沟通，一旦定下时间你就不可以讨价还价。”接着他问，“还有什么要说的？”

游俊说：“我感到目前海州成了矛盾的又一个焦点，具体细节不得而知，但似乎与‘离群独居的雁’有关。”他的回答与盛思贤不谋而合。停了一会儿，盛思贤拍拍游俊的肩，放缓口气说：“你要打听的‘鬼灵精’的口信舒芸带到了，到时会告诉你。”“啊！难道这就是老领导给我的嘉奖？‘到时’又是什么时候？”他正猜测时，只听盛思贤说：“时间不早了，现在睡觉明天再议。”

“老领导，还有一件重要的事要向您汇报。”游俊向老领导提出新要求。

“你说。”

“请成虎对我嫂子关心一点，哪怕是心理安慰。她太苦了，这样下去撑不了多久。”

“我知道。”

盛思贤心想：说得真到位。

“她的外语可以说海州无人可比，哪怕当个中学英语教师。”说着游俊将嘴凑到盛思贤的耳旁嘀咕了几句，黑夜中看不到盛思贤的惊诧的样子，但他似乎看到一丝光明：“你的话有依据?""我俩单独相处了一个上午，是直觉告诉我，我的判断没有错，有时她欲言又止，心里很难受。这种感觉我也曾有过，她是一个很有毅力的人。"

一种从未有过的设想突然在盛思贤心中泛起，但他没有一吐为快，只是淡淡地说："休息吧，有时间我会与你详谈。"

盛思贤走到门前，拉着被反扣着的门，门没能打开。游俊轻轻一拨，问题迎刃而解。盛思贤看着游俊宽厚的背影，目送他离开房间，心里暗自赞许。如果说青少年时代的他是块"原石"，经过残酷战争的折磨已成为光华内敛、温润的美玉。分别以后的经历和岁月的沉淀让他变得成熟，更具理性，让人感叹。

游俊来到清冷的客厅，对雷鸣说："伯父，我们聊完了，你上炕和我们一起睡吧。"

三人挤在一张温暖的炕上，一边是曾经的领导，一边是未来的岳父，有他们的呵护，游俊感到别样的温暖和难得的自在。然而人生的历练教会他谦卑和感恩，他意识到自己是何等幸运，十多年的风雨，他安然无恙地走过来了是幸运，爱情失而复得是幸运，所做的一切得到大家的认可是幸运，与嫂子的处境相比更是幸运。他不想在平静的"悠闲"和令人羡慕的"幸运"中让嫂子苦苦等待。以前想到这些游俊感到痛苦迷惘，怅然若失，今天与曾经领导的邂逅、详谈像一束希望之光照亮了他尘封已久的初心和梦想。他想对命运说"不"，接受新的挑战。

游俊对未来产生了无可名状的期盼。

（上册完）